Roland Voggenauer · Kreuzweg

Auf dem Schachenberg bei Sachrang wird ein Priester grausam ermordet. Etwa zur gleichen Zeit verschwindet eine Klosterschwester spurlos von der Fraueninsel. Jahre später findet man im Chiemsee einen Kessel aus purem Gold. Was zunächst nach einem prähistorischen Fund aussieht, entpuppt sich schnell als Beutekunst der Nazis.
Die Priener Anwältin Sylvia Staudacher sieht als einzige die Verbindungen und wittert dahinter eine größere Geschichte. Zusammen mit ihrem Mann Matthias entdeckt sie einen unrühmlichen Teil ihrer Heimathistorie: Ein Kinderheim in der Nähe von Wasserburg war die Keimzelle des NS-Vereins Lebensborn e.V., der die Durchsetzung der NS-Rassenideologie vorantreiben sollte. Nachdem sich herausstellt, dass sowohl der tote Priester, als auch die geheimnisvolle Nonne mit dem Kinderheim in Verbindung standen, ist ihre kriminalistische Neugierde geweckt. Die beiden Privatermittler enthüllen die Geschichte von zwei ungewöhnlichen Menschen, die das Schicksal früh getrennt hat. Als ihre Wege sich Jahrzehnte später wieder kreuzen, scheint nichts die Katastrophe stoppen zu können ...

Roland Voggenauer wurde 1964 geboren. Nach dem Abitur studierte er in München Mathematik und Philosophie. Seit 1991 übt er diverse Tätigkeiten als Versicherungsmathematiker aus. Er wohnt mit seiner Frau und drei Kindern am Chiemsee. Sein erster Krimi „Blut und Wasser" liegt bereits in der 6. und sein zweiter Krimi „Übersee" in der 5. Auflage vor.

Roland Voggenauer

Kreuzweg

PENDRAGON

Pendragon Verlag
gegründet 1981
www.pendragon.de

Gedruckt auf holz- und säurefreiem Naturpapier

1. Auflage 2010

Originalausgabe
Veröffentlicht im Pendragon Verlag
Günther Butkus, Bielefeld 2010
© by Pendragon Verlag Bielefeld 2010
Alle Rechte vorbehalten
Lektorat: Eike Birck, Alexandra Kalinowski
Umschlag & Herstellung: Baltus Mediendesign
Umschlagfoto: Roland Voggenauer
Motiv: Gipfelkreuz auf dem Schachenberg bei Sachrang
Satz: Pendragon Verlag auf Macintosh
Druck: Aalexx Buchproduktion, Großburgwedel
ISBN 978-3-86532-192-3
Printed in Germany

Vorbemerkung

Wie meine beiden ersten Chiemgau-Krimis „Blut und Wasser" und „Übersee" ist auch diese Geschichte frei erfunden – fast.

Einige der Darstellungen haben zwar einen wahren Kern. Die Handlungen aber, die sich daraus entwickeln, sind allein meine Erfindungen. Es hätte vielleicht so sein können, es war aber sicher nicht so.

An erster Stelle gilt das für das Kinderheim Oberland, das ich irgendwo in der Nähe von Wasserburg am Inn angesiedelt habe. Man kann leicht erkennen, dass dieses Heim eine historische Vorlage hat, nämlich das Heim Hochland in Steinhöring bei Ebersberg, das 1936 als das erste Kinderheim des nationalsozialistischen Vereins „Lebensborn" eingerichtet worden war. Die geschilderten Ereignisse und auch die meisten der verwendeten Daten rund um das Kinderheim sind aber frei erfunden.

Des Weiteren ist die Figur des Generals der SS, Franz Breithaupt, zwar eine Person der neueren Geschichte, die Zusammenhänge jedoch, in denen ich ihn hier darstelle, entsprechen nicht der historischen Wahrheit.

Auch der goldene Kessel hat einen realen Hintergrund: Er wurde tatsächlich 2001 im Chiemsee gefunden und hat danach eine abenteuerliche Geschichte erfahren. Die, die ich ihm andichte, ist reine Spekulation. Und die Bootshütte am Schöllkopf, die gibt es auch nicht.

Wieder habe ich nur frei zugängliche Quellen benutzt – inklusive meiner beiden „Sprachquellen" Hans Mayer und Franz Fritz, die mir für ein herzliches „Vergelt's Gott" wieder unbezahlbare Tipps gegeben haben.

Schließlich: Mit Ausnahme des Generals haben alle dargestellten Personen keinerlei Bezug zur Realität. Dies gilt insbesondere für die Familie Bachler.

Zum leichteren Verständnis des Zusammenspiels der Personen in den verschiedenen Handlungssträngen, findet sich am Anfang eine kurze Zusammenstellung der wichtigsten Figuren.

Die wichtigsten handelnden Personen

Sylvia Staudacher, geborene Thanner.
Geboren 1970 in Prien am Chiemsee.
Anwältin

Matthias Staudacher
Geboren 1972 in Törwang am Samerberg
Ehemann von Sylvia Staudacher, Angestellter im Priener Rathaus.

Evi Heumann
Geboren 1934 in Rimsting.
Bäuerin auf den Grubner Hof bei Rimsting.

Agnieszka Bienderova, alias Agnes Binder
Geboren 1910 in Teschen, Schlesien, verschollen seit 1978.
Lebte zuletzt als Schwester Maria im Kloster auf der Fraueninsel.

Wilhelm Krenzner
Geboren 1901 in München, ermordet 1978 in Sachrang.
Lebte zuletzt als Pfarrer im Ruhestand in Rosenheim.

Alois Fischer
Geboren 1944 irgendwo in Bayern.
Pfarrer in Altötting.

Erika Steinberger
Geboren 1939 im Kinderheim Oberland bei Wasserburg.
Haushälterin von Alois Fischer.

Heinrich
Geboren 1935 irgendwo in Bayern.
Sohn der Agnieszka Bienderova und des Wilhelm Krenzner.

Franz Breithaupt
Geboren 1880 in Berlin, ermordet 1945 in Prien am
Chiemsee. General der SS und zuletzt Leiter des
Kinderheims Oberland.

Anna Wimmer
Geboren 1843 in Greimharting, ermordet 1869
am Langbürgner See.
Damals Bäuerin auf den Grubner Hof.

Therese (Resi) Bachler, verheiratet van Gries.
Geboren 1845 in Hittenkirchen, gestorben 1939
in New Holland, USA.
Cousine der Anna Wimmer.

Richard (Dick) van Gries
Geboren 1925 in New Holland, USA.
Jüngster Enkel der Resi van Gries, geborene Bachler.

Johann Steinberger, auch genannt „Der Bachler".
Geboren 1900 in Hittenkirchen, ermordet 1945 in Prien
am Chiemsee. Damals Bauer auf dem Bachler Hof
in Hittenkirchen.

Nicht der Wind, ...

Teil 1

**Sachrang
im Herbst 1978**

„Raus mit dir!"

Der Mann packte den alten Priester mit einer Hand grob an der Schulter und zerrte ihn aus dem Wagen. Als er ihn losließ und die Fahrertür krachend zuschlug, fiel der Alte vor ihm auf den Boden. Der andere zog ihn mit beiden Händen wieder hoch, stellte ihn auf seine schwachen Beine und stieß ihn von sich weg.

„Dort hinauf", fuhr er ihn an und wies mit dem Kinn nach oben.

Die Silhouette des wuchtigen Gipfelkreuzes zeichnete sich schemenhaft gegen den Vollmondhimmel ab. Der Schatten der zwei mächtigen Balken schien ihren Blicken entgegen zu laufen. Im Mondschein erkannte man schwach einen Trampelpfad, der über die Wiese den Berg hinaufführte. Es waren noch gut hundert Meter bis zu dem kleinen Gipfel des Schachenbergs.

„Die letzten Meter wirst du selber gehen können!" Er stieß ihn von hinten brutal in den Rücken.

Der Alte stolperte vorwärts. Seine Füße spürte er kaum noch. Ein Strick verband seine beiden Knöchel. Er war gerade so lang, dass er nur kleine Schritte machen konnte. Immer wieder verfing er sich darin und fiel der Länge nach auf den hart gefrorenen Boden. Er wollte aufschreien vor Schmerz, doch jedes Mal, wenn er es versuchte, wurde das Würgen gegen den Knebel in seinem Mund nur noch schmerzhafter. Wahrscheinlich hatte er ohnehin keine Kraft mehr zum Schreien.

Seine Arme waren hinter seinem Rücken fest zusammengebunden, seine Hände eng gefesselt. Der Draht schnitt tief in seine Handgelenke ein und hatte seine Finger vollkommen taub gemacht. Er fühlte nur noch, wie das Blut darin pochte. Jeden einzelnen Knochen in seinen Fingern, so glaubte er, hatte er ihm mit der Zange gebrochen.

Der Mann blieb dicht hinter ihm. Nach jedem Sturz packte er den Alten an seinem Kragen, zog ihn mit Gewalt hoch und brachte ihn mühsam wieder auf die Beine.

„Dort hinauf! Hörst du?", fauchte er ihn an. „Bis zum Kreuz. Ist nicht mehr weit ... nach Golgatha!"

Er wusste nicht mehr, seit wann er in der Gewalt seines Peinigers war. Sein Zeitgefühl hatte er längst verloren, aber während der letzten Stunden war ihm allmählich klar geworden, dass dieser Mann ihn umbringen würde.

Seitdem hatte er unwillkürlich angefangen, die Bilder seines langen Lebens an sich vorüberziehen zu lassen. Zunächst waren sie von ganz alleine aufgetaucht und auch wieder verschwunden. Einige sah er so klar und intensiv, dass er meinte, er könne sie mit Händen fassen, und er wollte sie festhalten. Andere waren blass wie hinter Milchglas.

Jetzt, auf den letzten Metern zum Gipfelkreuz, stürzten die Bilder auf ihn ein und vermischten sich mit den Bildern von ihr: Agnieszka.

Das alles hatte mit ihr begonnen, vor mehr als 40 Jahren.

Er sah sie, wie sie vor ihm stand, in seiner Kirche. Ihr Gesicht war kalt, denn sie war an diesem frostigen Herbsttag lange durch die Straßen von München gelaufen, um ihn zu treffen. Ihr Körper und ihre Kleidung strahlten die Kälte ab. Sie hatte nach seiner Hand gegriffen, um sie zu sich herüber zu ziehen. Es war eine stockende Bewegung. Er wehrte sich dagegen und trat einen Schritt zurück, um Abstand zu gewinnen. In ihrem Gesicht sah er einen Blick voller Verzweiflung und Angst.

An diesem düsteren Tag im Herbst 1934 hatte das alles seinen Anfang genommen.

Und dann sah er sich selbst, wie er sie kurz danach vor sich hergetrieben hatte. Zwischen den Bänken und der kalten, feuchten Kirchenwand stolperte sie nach vorne, vorbei an den Stationen des Kreuzwegs, er dicht hinter ihr.

Vor dem Altar machte er eine kurze hektische Verbeugung zum Tabernakel, bevor er sie an ihrem Ärmel nach rechts zerrte und von sich wegstieß. Sie stürzte in den engen, dunklen Raum hinein; ein kalter, schmuckloser Raum. Die bunten Fenster ließen nur trübes Licht einfallen und verdunkelten die Atmosphäre zusätzlich.

Als er sich selbst sah, wie er die schwere Tür der Sakristei hinter ihnen ins Schloss schlug, rammte der Mann ihm seinen Ellenbogen ins Kreuz. Er stolperte und fiel erneut hin. So hatte auch sie vor ihm dagelegen, während er den großen Schlüssel umdrehte. Vorher hatte er ihr zugeraunt:

„Rein mit dir!"

1

Kaum war sie wieder auf den Beinen, ging der Priester wutschnaubend auf die junge Frau los.

„Und jetzt? Willst du mir etwa sagen, ich habe damit etwas zu schaffen?", fuhr er sie an und fletschte dabei seine Zähne. Sein Mund war klein und beinahe lippenlos.

Wie verloren stand sie in der Mitte des Raums da und breitete ihre Arme aus, eine Geste der Hilflosigkeit.

„Wie kannst du mich das fragen?", gab sie leise zurück.

Es war so kalt in der Sakristei, dass sie ihren eigenen Atem in der kühlen Luft sehen konnte. Mit hektischen Schritten kam er auf sie zu. Als er vor ihr stand, holte er weit aus, und ohne ein weiteres Wort schlug er mit der flachen Hand brutal in ihr Gesicht.

Agnieszka war klein von Gestalt, aber ihr Körper war nicht zierlich, sondern wirkte zäh, fast drahtig. Dem Schlag hatte sie trotzdem nichts entgegen zu setzen. Sie wirbelte herum und taumelte kurz. Dann fiel sie rücklings um. Ihre Brille flog in hohem Bogen davon und schlitterte über den kalten Fußboden.

„Reingelegt hast du mich! Ja! Reingelegt! So einfach ist das!"

Er presste die Worte hervor, als wolle er ein Schreien unterdrücken. Während sie auf allen vieren war und sich halbwegs hochrappelte, tropfte das Blut aus ihrer Nase auf den Marmorboden. Ihr Kopftuch war verrutscht und gab den Blick auf ihre dunklen Haare frei, die zerzaust bis über ihre Schultern herabhingen. Sie kniete sich vor ihn.

„Wilhelm?! Warum tust du das ...? Was kann ich denn dafür?"

„Ach ja? Aber ich? Kann ich denn was dafür?"

Er wurde lauter und schrie sie jetzt ungehemmt an. Mit der Faust klopfte er sich bei jedem Wort auf die Brust. Seine Augen funkelten wild und sein Blick drang bis in ihre Seele hinein. Drohend stand er über ihr und hob die Hand wieder zum Schlag, während sie schützend die Arme über ihren Kopf hielt.

„Hör auf, mich so anzustarren", fuhr er sie an.

Sekundenlang blickte er hasserfüllt auf sie herab. Er konnte die Angst in ihren großen Augen sehen.

Draußen kam kurz Wind auf. Eine Böe drückte gegen die Fensterscheiben. Es knackte und die Tür klapperte, als ob jemand daran rüttelte. Wilhelm hielt kurz inne, als lauschte er auf ein göttliches Zeichen. Dann ließ er seine Hand sinken und warf ihr wortlos sein Taschentuch hin.

„Wisch das Blut auf!"

Nach dem Tuch tastend sah sie sich hilflos um. Ihre Brille schob er mit seinem Fuß zu ihr hinüber.

„Du hast gesagt, es ist gut ... es kann nichts passieren", fauchte er.

Sie fingerte nach ihrer Brille und setzte sie sich mit zitternden Fingern auf. Ihre Lippen waren blau vor Kälte und blutverschmiert, ihr Gesicht leichenblass. Sie schluchzte, rang nach Luft und wollte gleichzeitig sprechen.

„Und hast du nicht gesagt ... der liebe Gott hat uns so gemacht ... und dann ist es gut ...?"

Sie versuchte, ihm nicht in die Augen zu sehen, sondern blickte unruhig hin und her. Als sie dann doch seinen Blick traf, schüttelte er ernst den Kopf.

„Und hab' ich dir nicht auch gesagt, dass man uns nicht mehr zusammen sehen darf ...?", stieß er hervor.

Voller Verachtung drehte er sich von ihr weg und ging ein paar kurze Schritte auf und ab. Sein Gang war tapsig, fast wie der eines gefangenen Bären, der in seinem Käfig hin und her läuft.

Vor dem kleinen Fenster blieb er stehen und starrte hinaus. Schnee legte sich leise über den Kirchhof. Er atmete jetzt tief durch und massierte druckvoll seine Schläfen, während er den Kopf senkte wie zum Gebet; ein Zeichen, dass er angestrengt nachdachte. In regelmäßigen Abständen rückte er mit ausgestrecktem Zeigefinger hektisch die Brille auf seiner klobigen Nase zurecht und schob vor Ärger seinen Unterkiefer vor.

Agnieszka stand wie erstarrt und beobachtete ihn. Sie konnte sehen, dass er sich langsam beruhigte.

„Weiß sonst noch jemand davon ...?", fragte er schließlich beherrscht.

„Nein, niemand."

„Auch die Fischers nicht?"

„Nein, niemand weiß, dass ich hier bin, keine Menschenseele."

„Hast du keine Arbeit in der Schneiderei heute?"

„Doch ..."

„Dann wird man dich dort vermissen."

„Ich habe Botengänge zu machen ... ich muss gleich zurück."

„Dann schick dich lieber!"

Sie trat neben ihn.

„Was denkst du?", flüsterte sie und legte ihre Hand kurz auf seinen Arm. Ruckartig zog er ihn weg und drehte ihr seinen Rücken zu.

Er war einen guten Kopf größer als sie und von kräftiger Statur. Sein Haar lichtete sich bereits, obwohl er erst Mitte 30 war.

„Es ist eine neue Zeit angebrochen", sagte er. „Und hier ist kein Platz für dich. Du musst weg ... sofort."

„Weg?" Sie starrte ungläubig auf seinen Rücken. Ein nagendes Angstgefühl breitete sich in ihrem Magen aus und ging nicht mehr weg.

„Wie meinst du das? Wo soll ich denn hin?" Ihr Blick verlangte eine Antwort.

„Ich weiß etwas ... auf dem Land. Da kannst du das Kind bekommen; und dann kümmere ich mich schon darum, so wie es sich gehört ... das schulde ich dir ... aber dann musst du gleich weg, bevor jemand etwas merken kann."

Ihr Mund stand fragend offen.

„Und dann? Wo sollen wir dann hin?"

Er legte eine Hand vor seine Augen und versuchte nachzudenken. Während sie auf seine Antwort wartete, hielt sie die Luft an.

„Weiß ich nicht. Werden wir sehen. Zurück nach Polen ... vielleicht ..."

„Mein Gott, nein, das geht nicht."

„Doch. Das geht. Musst eh wieder zurück, irgendwann. Sei froh, dass du katholisch bist."

Ohne sie noch einmal anzusehen, ging er zur Tür und sperrte auf.

„Sei still!", sagte er und wagte einen vorsichtigen Blick in die Kirche hinaus. Es war niemand zu sehen.

„Raus mit dir!"

Er wies mit dem Kinn nach draußen. Die Silhouette des wuchtigen Kreuzes zeichnete sich schemenhaft gegen das Kerzenlicht ab. Der Schatten der zwei mächtigen Balken schien ihren Blicken entgegen zu laufen.

„Raus!", wiederholte er.

Das Wort klang wie ein Peitschenschlag.

„Und hol deine Sachen."

Demonstrativ hielt er ihr die Tür auf.

Agnieszka nickte stumm.

Am Tag danach verschwand sie spurlos.

2

Ein halbes Jahr später überlebte Agnieszka die Geburt ihres Kindes nur knapp.

Nachdem sie im Herbst verschwunden war, wurde sie nur von wenigen Menschen vermisst. Die Familie, bei der sie damals lebte und arbeitete, gab eine Vermisstenmeldung bei der Polizei auf. Man suchte sie kurz, fand aber nichts, keine Spur, keinen Anhaltspunkt, und nach wenigen Tagen schon stellte man die Suche wieder ein.

Sie hatte das Nötigste in einer kleinen Tasche untergebracht und musste sich mitten in der Nacht wie ein Dieb aus dem Haus geschlichen haben. Ihre Kolleginnen aus der Schneiderei hängten Bilder von ihr auf, doch die wurden schnell wieder abgenommen oder von irgendwelchen Plakaten überklebt. Bis Weihnachten hatten alle, die sie kannten, aufgegeben. Man hoffte und ging davon aus, dass sie in ihre alte Heimat zurückgegangen war, nach Schlesien.

Tatsächlich aber hatte Wilhelm sie in einem Kloster nahe den Bergen unterbringen können. Dort war er gut bekannt und musste nicht viel erklären. Man müsse die arme Frau verstecken, um sie und jemand anderen zu schützen, gab er vor. Mehr wollten die Schwestern erst gar nicht wissen, denn sie begriffen schnell, in welchem Zustand Agnieszka war.

Sie sei an sich sehr fleißig und geschickt, und sie könne zumindest eine Zeit lang in der Hauswirtschaft mitarbeiten, hatte Wilhelm vorgeschlagen, aber wenn es soweit sei, solle man keinesfalls einen Arzt hinzurufen. Das sei zu gefährlich für sie. Danach würde er zurückkommen und sich wieder um sie kümmern.

Agnieszka ergab sich in ihr Schicksal und war bemüht, nirgendwo aufzufallen. Wilhelm hatte ihr eindringlich geraten, sich still zu verhalten. Meist blieb sie für sich allein und nahm zu den anderen Schwestern kaum Kontakt auf, denn sie fürchtete, dass sie eine Last sei und schämte sich insgeheim für die

Umstände, die sie machte. Sie half in der Küche und der Wäscherei aus so gut und so lange es ging. Anfangs überlegte sie sich oft, ob sie nicht einfach weglaufen sollte, doch je weiter ihre Schwangerschaft voranschritt, desto mehr nahm sie von dem Gedanken Abstand.

Die Geburt war schwer.

Die Wehen hatten morgens um halb vier eingesetzt, plötzlich und heftig. Um niemanden aufzuwecken, hatte sie sich alleine bis zur Krankenstation geschleppt. Dort brach sie zusammen und kam erst wieder zu sich, als sie schon auf einem Bett lag. Sie war nackt, und der Schmerz war unerträglich. Krampfgeschüttelt konnte sie kaum erkennen, was um sie herum geschah. Einige Schwestern standen an ihrem Bett und hielten sie an Armen und Beinen, andere stützten ihren Kopf. Wieder andere bewegten sich hektisch durch den Raum. Niemand sprach, es fielen nur einzelne Worte, wie Befehle.

Irgendwann waren die Schmerzen überall in ihrem Köper und raubten ihr die Sinne. Agnieszka vernahm die Stimmen nur schwach und durcheinander. Wie von fern hallten sie an ihr Ohr.

„Austreiben – Pressen – Atmen" waren die Worte, die sie immer wieder hörte.

Wellen von Krämpfen liefen durch sie hinweg, trugen sie fort, und bei jedem Mal war ihr, als ob sie wieder in Ohnmacht fiele, als ob jemand wolle, dass sie diesen Schmerz nicht ertragen müsse.

„Pressen – pressen – mach schon – weiter – du schaffst es!"

Es klang wie Zischlaute. Sie war sich nicht bewusst, dass sie irgendetwas tat. Alles passierte ohne ihr Zutun. Sie wusste nicht einmal, ob sie überhaupt die Kraft hätte, irgendetwas zu tun; und sie hatte keine Vorstellung, wie lange es dauerte. Jegliches Zeitgefühl hatte sie verloren.

Die Hebamme tat ihr Bestes. Der Schrei des Kindes war wie eine Erlösung, für alle.

Mit einem Mal spürte sie, wie ihre Sinne wieder zurückkehrten. Von einer Sekunde zur anderen nahm sie ihre Umgebung wieder schärfer und deutlicher wahr. In diesem Augenblick wich alle Anstrengung von ihr, zerplatzte wie ein böser Traum, und die Erinnerung an die Schmerzen verblasste augenblicklich.

Sie sah in die Gesichter der Schwestern. Einige lachten vor Glück, andere sahen aus, als unterdrückten sie die Freude, doch überall im Raum konnte sie die Erleichterung spüren, die sie selber empfand.

„Ein Junge!", hauchte die Hebamme, als sie sich über sie beugte und ihr das blutverschmierte Kind in die Arme legte.

Und wieder hatte Agnieszka das Gefühl, sie würde davongetragen, diesmal von einer Woge aus Tränen und Schweiß. Sie weinte hemmungslos, besinnungslos, trunken vor Glück, als sich das warme, feuchte Etwas an sie schmiegte. Alles um sie herum versank erneut, und sie spürte nur noch sich selbst und das suchende Kind an ihrer Brust.

Wie im fiebrigen Delirium presste sie den kleinen Jungen an sich.

Ihre Hände versuchten, jeden Teil seines kleinen Körpers abzudecken und zu schützen. Als könne sie nicht begreifen, dass dieses blutige Bündel ein ganzer Mensch sein sollte, tastete sie die warme weiche Masse mit zitternden Fingern hastig ab. Von seinem Kopf aus glitten ihre Hände an seinen Armen entlang und griffen nach seinen Händen. Jeden einzelnen Finger nahm sie vorsichtig auf. Sie strich über die angewinkelten Beine des Jungen, drückte seine Füße und tastete nach seinen Zehen.

„Alles dran?", hatte sie fragen wollen, und sie glaubte, die Worte gesprochen zu haben, doch bevor sie sich selber hörte, wurde es wieder schwarz um sie herum, und sie fiel in einen tiefen, dunklen Schlaf.

Die Hebamme konnte ihren Blutverlust nicht stoppen und bemühte sich nach Kräften, ihren Kreislauf zu stabilisieren, doch ihr Zustand verschlechterte sich rapide. Gerade erst hatte sie selbst Leben geschenkt, und nun kämpfte sie gegen den eigenen Tod.

Sie war in ein Koma gefallen, aus dem sie erst nach Tagen langsam wieder erwachte. Ihr erster klarer Gedanke war das Kind.

„Wo ist mein Junge?"

Eine Schwester stand an ihrem Bett und hielt ihre Hand. Sie bewegte ihre Lippen, aber Agnieszka hörte nichts.

„Wo ist mein Junge?", wiederholte sie schwach.

Einzelne Worte drangen leise an ihr Ohr, ohne dass sie sie verstehen konnte.

Angestrengt versuchte sie, sich an die Geburt zu erinnern. Die Minuten, in denen sie das Kind in den Armen gehalten hatte, hatten sich tief in ihr Gedächtnis eingegraben. Sie glaubte immer noch, die Haut des Kindes an ihrer Schulter zu spüren und seinen Duft durch ihre Nase einzuatmen.

Mit Blicken hatte sie ihn fast nicht wahrgenommen, und sie konnte sich überhaupt nicht an das Gesicht ihres Sohnes erinnern, aber sie wusste genau, dass sie seinen Körper abgetastet hatte, und dass da etwas war, was sie nicht hatte glauben können.

Sie war sich nicht sicher, ob sie das nur geträumt hatte oder ob es wirklich so war. Jedenfalls meinte sie bemerkt zu haben, dass der Junge an beiden Füßen nur wenige Zehen hatte.

Mit jeder Stunde wurde sie wacher und die Erinnerungen klarer.

Meist war jemand in ihrer Nähe und kümmerte sich um sie. Sie war noch lange zu schwach, um aufzustehen.

„Wo ist mein Kind?", fragte sie wieder und wieder.

Man reagierte auf jede Regung, die sie von sich gab, doch keine der Schwestern gab ihr eine Antwort. Stattdessen beruhigten sie sie. Dem Kind gehe es gut. Jetzt müsse erst einmal sie selbst wieder zu Kräften kommen.

Tagelang sagte man ihr nichts weiter, aber je länger sie wartete, desto sicherer war sie sich, dass etwas nicht stimmte.

„Sie lügen", sagte sie irgendwann. Ihre Stimme klang matt und resigniert, und ihre Augen flehten um eine ehrliche Antwort. Sie fixierte die Schwester, bis diese wortlos den Raum verließ.

Nach einer halben Stunde kam sie wieder zurück, gefolgt von der Hebamme. Schweigend traten die beiden an Agnieszkas Bett, und die Hebamme griff nach ihrer Hand.

Agnieszka fühlte wie die Tränen in ihren Augen anschwollen, denn sie ahnte, was die Frau ihr sagen würde. Ein unerträgliches, schweres Schweigen lag sekundenlang im Raum.

„Ihr Sohn war sehr schwach", murmelte sie schließlich. „Wir haben nichts mehr für ihn tun können."

Obwohl sie es gewusst hatte, trafen die Worte sie wie ein Schlag.

Agnieszka sank zurück in ihre feuchten Kissen und bewegte langsam ihren Kopf hin und her.

Die Hebamme strich ihr sanft über die schweißnassen Haare.

„Schlafen Sie wieder. Sie brauchen immer noch Ruhe."

Agnieszkas Körper begann sich zu schütteln. Erst zitterte sie ganz langsam, dann immer schneller, bis sie sich in einen Krampf hinein schrie. Schwestern liefen herbei und drückten ihren Körper in das Bett, während die Hebamme hektisch eine Spritze aufzog.

Agnieszka schrie bis zur Bewusstlosigkeit.

Drei Tage danach war ihr Schmerz vorbei.

Als sie endlich wieder aufstehen konnte, verlangte sie zunächst nach der Hebamme.

„Wo haben Sie ihn begraben?", fragte sie, ohne sich nach ihr umzudrehen.

Agnieszka stand am Fenster und blinzelte hinaus auf die Felder. Es war ein sonniger Tag. In der Ferne standen die Berge, auf deren Gipfeln noch der Schnee lag. Der Frühling war nicht mehr weit.

„Er ist gestorben, bevor der Pfarrer da war", sagte die Frau in ihrem Rücken. „Wir haben ihn nicht mehr taufen können."

Agnieszka schluckte und drehte sich um. Die Hebamme senkte ihren Blick. Sie wussten beide, was das bedeutete. Man hatte das Kind nicht in geweihter Erde begraben können.

„Was haben Sie mit ihm ... gemacht?"

Die Angesprochene hielt ihren Kopf gesenkt und schüttelte ihn kaum merklich.

„Der Pfarrer hat sich darum gekümmert", sagte sie leise. „Mehr wissen wir leider auch nicht."

Agnieszka blickte wieder auf die Berge und nickte langsam.

„Verstehe", murmelte sie. „Der Herr Pfarrer ..."

„Ja, und Sie können bleiben, bis Sie wieder ganz bei Kräften sind. Das hat er auch gesagt."

Damit ging sie schleunigst hinaus, ohne den Kopf noch einmal zu heben. Sie hatte Agnieszka gar nicht angesehen.

Zwei Wochen später war der Schnee auf den Bergen geschmolzen und eines Morgens war Wilhelm wieder da. Wie aus heiterem Himmel stand er plötzlich in ihrem Zimmer.

„Ich nehme dich mit", hatte er gesagt.

„Wohin?"

Sie war überrascht und skeptisch, ob sie mit ihm mitgehen sollte.

„Nach München. Ich habe wieder etwas für dich finden können."

Sie sah ihn kaum an. Er schien nervös, denn in kurzen Abständen schnellte sein ausgestreckter Zeigefinger hoch und schob seine Brille nach oben.

„Ein Kloster?"

„Englische Fräulein." Er bemühte sich, begeistert zu klingen.

Agnieszka wandte sich ab und biss sich auf die Unterlippe.

„Wo ist unser Kind?", fragte sie leise.

„Sei still. Du sollst so was nicht sagen! Ich war zu spät. Es ist gestorben, bevor ich ihm die Heiligen Sakramente habe spenden können."

Agnieszka kniff die Augen zusammen und sagte nichts. Sie

wusste nicht, ob sie ihm glauben sollte. Als sie ihn ansah, bemerkte er den Zweifel in ihrem Blick.

„Bitte! Du musst mir die Wahrheit sagen ..."

„Komm jetzt!", sagte Wilhelm. „Da ist ein Wagen ... der wartet."

Sie musterte ihn kalt.

Während der nächsten zwei Jahre arbeitete sie weggesperrt hinter Klostermauern. Sie erledigte Schneiderarbeiten und half in der Küche. Von Wilhelm hörte sie anfangs noch regelmäßig, doch mit der Zeit zog er sich mehr und mehr zurück, bis der Kontakt schließlich ganz abbrach.

Das änderte sich erst, als sie 2 Jahre später ihren Sohn wiederfand.

**Sachrang
im Herbst 1978**

Wieder und wieder war Wilhelm zusammengebrochen, wieder und wieder hatte der Mann ihn hochgezogen, bis er es schließlich aufgab. Auf den letzten Metern musste er den fast leblosen Körper abwechselnd tragen und schleppen. An den Beinen zog er ihn hinter sich her wie einen schweren Karren.

Er schwitzte und keuchte heftig, als sie auf dem Gipfel des Schachenbergs ankamen. Die Sonne war noch nicht aufgegangen, doch langsam zog die Dämmerung herauf. Das Kreuz ragte über ihnen hoch in den grauen Himmel. Schwer atmend legte er den alten Mann ab und wischte sich mit dem Handrücken den Schweiß von der Stirn.

Quer über seiner Schulter trug er ein aufgewickeltes Seil. Er streifte es ab, löste bedächtig eine Schlaufe und band damit Wilhelms Füße eng zusammen. Den Rest des zusammengerollten Seiles warf er schwungvoll über den Querbalken des Gipfelkreuzes und fing es auf der anderen Seite wieder auf.

Der alte Mann lag zu seinen Füßen und röchelte zitternd.

Sein Peiniger tat einige tiefe Atemzüge. Dann griff er mit beiden Händen nach dem losen Ende des Seils und zog es ruckartig nach unten. Sobald der Strick sich spannte, wurden Wilhelms Beine nach oben gezogen. Der Mann hielt kurz inne, holte wieder tief Luft, stemmte sich mit seinem ganzen Gewicht gegen den Untergrund und zog noch zwei-, dreimal kräftig nach.

Der alte Körper verlor den Kontakt zum Boden.

Als würden dadurch seine Lebensgeister wieder geweckt, fing er plötzlich an zu zappeln und zerrte an den Fesseln, mit denen seine Arme und Hände hinter seinem Rücken verschnürt waren. Mit letzter Kraft wand er seinen Oberkörper noch ein paar Mal hin und her, hilflos. Er baumelte kopfüber am Kreuz.

Der Mann schlang das Seil mehrfach um den massiven Balken, verzurrte es und knotete es um einen Haken in der Bodenplatte.

Dann ging er langsam um das Kreuz herum und trat ein paar Schritte weg, als könne er den Anblick des Alten nicht länger ertragen.

Er blickte sich um und lauschte. Außer dem leisen Wimmern des alten Mannes war nichts zu hören. In der Ferne zeichnete sich im Licht der Dämmerung allmählich das Westufer des Chiemsees ab.

Er sah nicht, dass Wilhelm sich noch ein-, zweimal um die eigene Achse drehte, bis auch die letzte Kraft aus ihm gewichen war und sein Körper vollkommen erschlaffte.

Der Mörder setzte sich auf einen Stein. Minutenlang betrachtete er sein Opfer, aber was er sah, war nicht die wie leblos am Kreuz hängende Gestalt, sondern es waren die Bilder seines eigenen Lebens, die jetzt an ihm vorüberzogen.

Als er wieder ruhig und tief atmete, stand er langsam auf. Bedächtig näherte er sich dem Kreuz und fing dabei an, seine Ärmel aufzukrempeln, als wolle er eine Arbeit angehen. Vorsichtig zog er das Messer aus seinem Gürtel. Zunächst zerschnitt er nur die Kleider des alten Mannes und riss sie auseinander.

Kurz erlangte Wilhelm noch einmal das Bewusstsein. Die letzten Bilder, die er sah, waren die von Agnieszka. Sie hatte vor ihm gestanden, ihn angeschrien und ihm ins Gesicht gespuckt, weil sie ihr Kind gefunden hatte.

3

„Er lebt!", schrie sie ihn an. „Du hast mich belogen! Niederträchtig belogen hast du mich!"

Ihre Fäuste trommelten gegen seine Brust, bis er sie entschlossen in seine Hände packte und ihr scharf ins Gesicht blickte. Er tat nicht einmal so , als suche er irgendwelche Ausflüchte.

„Ja, ich habe dich belogen", fuhr er sie an und drohte ihr mit dem Finger, „so, wie du mich auch belogen hast. Auge um Auge, Zahn um Zahn. Wir sind quitt."

Sie hielt kurz inne. Dann spuckte sie ihm ihre ganze Wut und ihren hilflosen Hass ins Gesicht.

Er wich zurück, riss sich die Brille von der Nase und fingerte nach einem Taschentuch unter seinem Priestergewand.

Agnieszka rang nach Worten, aber sie blieb sprachlos und warf ihm einen kalten, harten Blick zu, während er hektisch sein Gesicht abtupfte.

Wilhelm schwieg. Dann begann er auffällig langsam, seine Brille zu putzen.

„Menschen zu hassen, Agnieszka", sagte er schließlich, „das tut dir selber nicht gut. Das ist kaum jemand wert."

„Du bist es mir wert!" Ihre Augen verengten sich zu Schlitzen, während sie das sagte.

„Ich hatte doch keine andere Wahl, Agnieszka. Was hätte ich denn tun sollen?"

Offenbar wollte er sie beruhigen, denn er sprach jetzt leise und monoton.

„Alles wäre besser gewesen als das!", schrie sie wieder. „Du hast mir mein Kind genommen! Gibt es etwas Herzloseres als das?" Ihre Stimme überschlug sich fast. Wilhelm blieb unbeeindruckt und redete ruhig weiter.

„In dem Heim ist es ihm doch gut ergangen, oder? Besser jedenfalls, als er es bei dir gehabt hätte."

„Nichts und niemand ist besser als die eigene Mutter ..." Es war das Schluchzen einer tränenerstickten Stimme.

„Na, na", sagte er und griff nach ihrer Hand. Es schien fast so, als wolle er sie aufmuntern.

„Da hast du natürlich Recht ... und die hat er ja jetzt. Und du hast doch auch, was du haben wolltest. Ihr seid zusammen und es geht euch beiden doch gut dort, oder?"

Fast salbungsvoll sprach er sie an, doch die Worte verfehlten ihre Wirkung.

„Zwei Jahre hast du dem Kind genommen ... gestohlen! Dafür wirst du büßen!"

Kampfeslustig schleuderte sie ihm die Worte entgegen und entzog ihm ihre Hand mit einem Ruck. Sein Gesichtsausdruck wurde von einer Sekunde auf die andere wieder ernst.

„*Was* willst du damit sagen?"

Er betonte das *Was*, und seine Stimme klang strafend.

„Willst du mir vielleicht wieder Ärger machen? Mir was anhängen?"

Seine Augen verengten sich, als wittere er Gefahr.

„Ist das deine Sorge? Dass du ein Problem bekommen könntest?"

„*Du* machst mir Sorgen, Agnieszka, *du*."

„Vergiss nicht, du bist keine ... *Deutsche*."

Er hielt wieder den ausgestreckten Zeigefinger drohend vor ihr Gesicht.

„Verhalt dich lieber still. Du hast keine andere Wahl."

Agnieszka wandte sich zum Gehen. Sie sah ein, dass er Recht hatte.

Als sie bei der Tür stand, hörte sie wieder seine Stimme.

„Und jetzt? Was willst du jetzt tun?"

„Ich weiß es nicht", sagte sie ruhig und ohne sich nach ihm umzudrehen. „Aber ich werde bei ihm bleiben."

„Wenn du Ärger machst, dann schadet das nur euch beiden ... Dir ... aber mehr noch dem Kind."

In den Blick, den sie ihm über ihre Schulter zuwarf, legte sie ihre ganze Verachtung.

„Geh mir aus den Augen", raunte sie ihm zu. Dann schlug

sie die Kapuze ihres Habits über den Kopf und verließ die Sakristei ohne ein weiteres Wort.

Sie nahm den Zug zurück nach Wasserburg und lief die letzten Kilometer vom Bahnhof bis zum Kinderheim zu Fuß. Die Straßen waren frisch verschneit, aber sie kannte den Weg mittlerweile gut. Seit Oktober war sie hier.

Während der zwei Jahre nach ihrer Niederkunft hatte sie in ständiger Anspannung gelebt. Die Schwestern bei den Englischen Fräulein waren zwar gut zu ihr gewesen, aber im Klosterleben blieb sie stets ein Fremdkörper.

Agnieszka war fleißig und gehorsam, arbeitete gern als Schneiderin und erledigte alle Arbeiten in der Küche und der Wäscherei klaglos. Gerne hätte sie auch im Garten mitgeholfen, doch das ließ man nur selten zu, denn man musste sie vor einer Entdeckung bewahren.

Das Trauma der Geburt und der vermeintliche Tod ihres Kindes verfolgten sie bei Tag und bei Nacht. Sie hatte keine Ahnung, wie viel die Schwestern von ihr wussten, und die einzige Person, der sie sich hätte anvertrauen können, war immer noch Wilhelm gewesen. Aber der entzog sich ihr mehr und mehr. Im ganzen letzten Jahr hatte sie ihn nicht mehr gesehen und auch praktisch nichts von ihm gehört.

Der Gedanke an eine Flucht blieb zwar immer lebendig, aber mittellos wie sie war, hätte das über kurz oder lang die Aufdeckung ihrer Vergangenheit bedeuten können. Die Furcht vor dieser Schande war stärker, und so verhielt sie sich weiter ruhig, wie Wilhelm es ihr angeraten hatte.

Ende September 1937 war sie überraschend zur Oberin gerufen worden. Dort wurde sie von mehreren Schwestern empfangen, und sie ahnte, das würde nichts Gutes bedeuten.

Man sagte ihr, dass sie in dem Kloster nicht länger bleiben könne.

Die Nachricht traf sie zunächst wie ein Schlag. Ihre schlimmsten Befürchtungen wurden wahr: Sie würde ihren Platz verlieren, man würde sie wegschieben und in eine neue Ungewissheit fallen lassen. Dass die Angst in ihr hochstieg, musste man ihr in diesem Moment angesehen haben, denn die Oberin sagte, sie solle sich nicht fürchten: Man habe etwas für sie gefunden. Das waren auch Wilhelms Worte gewesen, dachte sie. Wieder kümmerte sich jemand um sie, wieder hatte man etwas für sie gefunden, wieder stellte man sie irgendwo ab.

Es gäbe eine neue Einrichtung, teilte man ihr mit, wo sie arbeiten könne. In der Nähe von Wasserburg sei ein Kinderheim neu eröffnet worden. Dort bräuchte man tüchtige Frauen wie sie. Man müsse ihr allerdings eine neue Identität geben, denn als Ausländerin, sagte die Oberin, sei sie jetzt ohnehin gefährdet.

Agnieszka las ein aufrichtiges Bedauern in der Mimik der Frau, konnte die Bedeutung der Worte aber nicht erfassen.

Deshalb wolle man sie als Schwester ausgeben, hörte sie jemand sagen, während sie noch nachdachte. Sie solle sich einen Namen erwählen.

Am nächsten Tag hatte sie sich für den Namen Maria Magdalena entschieden, denn die – so nahm sie an – hatte auch ein Kind geboren.

Das Heim hieß Oberland.

Es war im selben Jahr neu eröffnet worden, als sie dort eintraf. Anfangs waren erst wenige Kinder dort, und eines davon war ihr schon nach wenigen Tagen aufgefallen: Ein Junge mit Namen Heinrich. Er war Wilhelm wie aus dem Gesicht geschnitten.

Als sie sich nach ihm erkundigte, sagte man ihr, er sei schon fast zwei Jahre alt und seit seiner Geburt im Heim. Seine Eltern seien unbekannt. Der Kleine sei ein schwieriges Kind, meist apathisch, aber oft auch überaus aggressiv gegen sich und andere Kinder. Sprechen würde er kaum.

Es ließ sie nicht los. Einer Eingebung folgend nutzte sie die nächstbeste Gelegenheit, um sich das Kind näher anzusehen.

Beim ersten samstäglichen Baden der Kinder übernahm sie ihn. Obwohl sie es erwartet hatte, traf es sie trotzdem wie ein Schock. Im warmen Wasser tastete sie nach Heinrichs Füßen, und als sie gewahr wurde, dass der Junge an beiden Füßen nur je zwei Zehen hatte, wich sie erschrocken zurück.

Die Erinnerungen an die Geburt kamen wieder hoch. Sie sah sich selbst, wie sie damals ihr Kind abgetastet und gemeint hatte, dem Kind würden Zehen fehlen. Damals wusste sie nicht, ob sie das nur geträumt hatte, aber jetzt war sie sich sicher, dass sie dieses Kind geboren hatte, das hier und jetzt vor ihr in einer blechernen Badewanne saß und sie anlächelte, ihren und Wilhelms Sohn.

Teil 2

4

Der Mensch neigt zu dem Glauben, dass Tragödien immer nur die anderen treffen. Wenn das stimmt, dann war Matthias Staudacher „die anderen".

Er hatte seine Frau Sylvia zwar vor Wochen noch gesehen, aber sie hatte ihn vorher schon verlassen, vor Monaten schon, im letzten Oktober. Da war sie gegangen, Ende Oktober, und zum zweiten Mal, wenn man es genau nahm. Er nahm es genau.

Gleich nach ihrem letzten Treffen war sie wieder in die USA zurückgereist, hatte ihn einfach stehen gelassen, wie einen Regenschirm, den man vergisst. Sie war abgetaucht und tagelang nicht erreichbar, meldete sich auf keine Aufforderung zurück. Erst als er ihr in einem Anflug von Verzweiflung eine „Blöde Kuh" auf ihrem Anrufbeantworter hinterlassen hatte, meldete sie sich mit einer lapidaren SMS zurück.

„Danke. Das macht es mir leichter", hatte sie ihm geschrieben, und danach reagierte sie wieder nicht, auf nichts. Es kam ihm vor, als habe sie einfach den Stecker gezogen, und er wusste nicht, warum.

Die Situation machte ihm Angst, und je länger sie andauerte, desto schlimmer wurde es. Die Angst wuchs von Tag zu Tag, bis sie alles erfasste, seinen Alltag beherrschte und sogar die Leere in ihm fast ganz verdrängt hatte.

Er hatte täglich Angst davor, nach Hause zu gehen, denn er wusste, was dort passieren würde. Wie jeden Abend würde er durch die leere Wohnung gehen und sich umsehen, so als ob er sie suchte. Immer hoffte er, sie wäre plötzlich wieder da, als sei nichts gewesen. Aber an jedem Tag erlebte er die gleiche Enttäuschung: Die Leere der Wohnung ergriff ihn. Sie ging auf ihn über, und er empfing sie wie eine gerechte Strafe; die Krönung eines enttäuschenden Tages, jedes Mal.

Deswegen spazierte er nach der Arbeit oft ziellos durch Prien. Am liebsten ging er auf den Friedhof, auch im November tat er das, als es schon geschneit hatte und die Luft am Nachmittag grau wurde wie der Schnee in der Dämmerung.

Friedhöfe hatten ihn schon immer angezogen. Die Inschriften auf den Grabsteinen inspirierten ihn. Er stellte sich Geschichten vor, die hinter diesen Namen und Daten stehen konnten, und das faszinierte ihn. Das Flackern der kleinen roten Lichter auf den Gräbern beruhigte ihn, aber wenn er dort ein Käuzchen schreien hörte, dann stellte er sich vor, dass er eines Tages selber dort liegen würde. Und das machte ihm Angst.

Seine Abende verbrachte er oft vor dem Fernseher. Aber meist sah er gar nicht richtig hin, sondern saß nur da bis spät und kämpfte gegen die Angst, ins Bett zu gehen.

Er wusste, dass er dort liegen würde, und dass ihr Atmen ihm fehlen würde, dass er Sylvias gleichmäßige und ruhige Atemzüge vermissen würde; auch ihr leises Schnarchen ab und zu, wenn sie etwas getrunken hatte.

Schon als sie noch zusammen gelebt hatten, konnte er immer schlecht einschlafen, wenn sie abends nicht da war, weil sie noch unterwegs war oder länger arbeiten wollte. Dann hatte er immer dagelegen und auf jedes Geräusch gelauscht. Früher war das häufig vorgekommen, jetzt war es der Normalzustand, und es war noch schlimmer geworden. Nicht, dass er sich Nacht für Nacht in den Schlaf weinte, aber es verging dann keine Sekunde, in der er nicht an sie dachte.

Und jedes Mal, wenn er morgens oder abends seine Zahnbürste zurück in den Becher stellte, dachte er an diese Kontaktanzeige, in der jemand geschrieben hatte, dass seine Zahnbürste in ihrem Becher so einsam aussehen würde.

So verging seine Zeit: gleichmäßig, träge. Jeder Tag war wie der andere. Hätte er nicht ab und zu seinen wenigen Müll heruntergetragen, er hätte gemeint, dass die Zeit stehen geblieben sei.

Er versuchte sich abzulenken. An seinen freien Tagen stürzte er sich meist in die profanen Dinge des Alltags: Essen kochen, Küche aufräumen, Bad putzen. Damit konnte er sich oft problemlos den ganzen Tag lang beschäftigen, und er war froh darum.

Auch hatte er begonnen, die Geschichten aufzuschreiben, die er zuletzt zusammen mit Sylvia erlebt hatte.

Im vergangenen Herbst hatten sie sich mit diesem Steinberger beschäftigt, dem Johann Steinberger, wie er richtig hieß. Er wurde von allen nur der *Bachler* genannt, weil er vom Bachler Hof in Hittenkirchen stammte. In den letzten Kriegstagen 1945 lag er tot in der Prien, erschossen, und die Hintergründe seiner Ermordung waren jahrzehntelang im Dunkeln geblieben. Erst die beiden konnten Licht in die Sache bringen und den gewaltsamen Tod von eben diesem Bachler aufklären; um ehrlich zu sein: Sylvia hatte ihn aufgeklärt. Er, Matthias, hatte ihr nur geholfen. Aber das Ganze war Sylvias Geschichte, so wie die Sache mit der Wimmer Anna ein halbes Jahr vorher seine *eigene* Geschichte gewesen war – im wahrsten Sinne des Wortes. Die hatte er gefunden.

Am Ufer des Langbürgner Sees war er im Frühjahr des letzten Jahres auf eine Leiche gestoßen, eine Moorleiche. Der Fund war eine kleine Sensation, und er machte Matthias Staudacher wider Willen zu einer großen lokalen Berühmtheit.

Die offizielle Untersuchung des Falls hatte schnell ergeben, dass es sich um eine Frauenleiche handelte, die seit gut 140 Jahren dort im Uferschlamm des Sees gelegen hatte. Im Laufe der weiteren Recherchen konnte man auch die Identität der Toten bestimmen: Anna Wimmer, eine Bäuerin, die ganz in der Nähe des Fundorts gelebt hatte, nämlich auf dem Grubner Hof zwischen Prien und Rimsting. Von dort war sie 1869 im Alter von 26 Jahren spurlos verschwunden. Kurz danach war ihr Ehemann, Franz Wimmer, aufgrund von Indizien des Mordes an ihr für schuldig befunden worden.

Den Fund der Leiche 140 Jahre nach der Tat nahmen die

heutigen Behörden als späte Bestätigung des damaligen Urteils. Für Sylvia aber blieb eine Frage offen. Es war eine eher nebensächliche Frage, aber sie war entscheidend. Die Antwort darauf fand Sylvia auf eben jenem Grubner Hof, auf dem einst Anna Wimmer gelebt hatte, und der jetzt von der alten Bäuerin Evi Heumann bewirtschaftet wurde. Mit deren Hilfe konnten Matthias und Sylvia das Leben dieser unglücklichen Frau aus dem 19. Jahrhundert rekonstruieren und den Mord an ihr aufklären. Was sie herausfanden, war die Geschichte einer Frau, die ihn bis heute faszinierte.

Der Fall hatte seinem Leben eine andere Richtung gegeben, weil er Sylvias Leben eine andere Richtung gegeben hatte. Im Laufe der Recherchen zu dem Fall hatten sie sich zunehmend voneinander entfernt, und am Ende waren sie so weit voneinander weg, dass Sylvia ihren Koffer packte und sich beruflich in die USA versetzen ließ. Später schrieb sie ihm aus New York; eine Postkarte mit der Freiheitsstatue, und er fragte sich, ob sie das Motiv bewusst gewählt hatte. Jedenfalls hängte er die Karte an seinen Kühlschrank und wollte sie dort nie wieder wegnehmen.

Und dann war das mit dem Steinberger. Das war Sylvias Geschichte.

Im Einwanderungsmuseum auf Ellis Island vor New York hatte sie alte Passagierlisten studiert und war dabei auf den Namen *Therese Bachler* gestoßen; einen Namen, den sie beide aus ihren Nachforschungen zum Fall der Anna Wimmer kannten. Sie wussten, dass diese Frau 1866 aus Hittenkirchen nach Amerika ausgewandert war. Sylvia drängte Matthias, sich vor Ort nach der Familie zu erkundigen. Gleichzeitig suchte und fand sie selbst die Nachfahren der *Bachler Resi*, wie sie genannt wurde, und zwar in Pennsylvania. Mit deren Hilfe und mit dem, was Matthias zusammen mit Evi Heumann ermittelte, konnten sie nicht nur das Leben der Therese Bachler nachzeichnen, sondern auch einige bis dahin dunkle Vorfälle aus der Zeit gegen Ende des Zweiten Weltkriegs in Prien am Chiemsee aufklären: Unter anderem den mysteriösen Tod des Johann Steinberger aus Hittenkirchen.

Sie hätten daraus eine „große Story" machen können, denn sie wussten oder ahnten wichtige Dinge, die bis dahin völlig unbekannt waren. Wie schon bei der Wimmer Anna, war auch dieser Fall spektakulär, aber am Ende entschied Sylvia, dass man mit der Sache nicht an die Öffentlichkeit gehen sollte, denn es war – so fand sie – eine Familienangelegenheit, zudem übel und schmerzhaft für alle Beteiligten. Und außerdem war sie insgeheim der Meinung, dass es gut war: Dieser Steinberger, der hatte nichts anderes verdient.

Matthias willigte ein, zunächst gegen seine Überzeugung, aber je mehr er sich damit befasste, desto mehr sah er ein, dass Sylvia Recht hatte.

Trotzdem: Um zu verhindern, dass all das in Vergessenheit geriet, hatte er heimlich angefangen, die Geschichten dieser beiden Frauen, Anna Wimmer und Therese Bachler, aufzuschreiben. Dabei konnte er sich auf eine ganze Menge von Quellenmaterial stützen, das ihnen im Laufe der Zeit in die Hände gefallen war: Zeitungsartikel, Briefe, Tagebücher, Tauf- und Gerichtsakten, sogar Bilder hatten sie gefunden. Matthias hatte das meiste gesammelt und schrieb, wann immer er konnte.

Er brauchte diese Beschäftigung. Nicht nur, weil er diese beiden Biographien der Nachwelt erhalten wollte, sondern auch, weil es ihn einerseits ablenkte und andererseits, weil es ihm Sylvia näherbrachte. Seitdem sie sich zum Abschied im Bayerischen Hof in Prien getroffen hatten, um die letzten Einzelheiten aus der Geschichte des Johann Steinberger zu besprechen, war er wieder ohne sie. Das war im Oktober gewesen. Danach hatte sie ihn sitzengelassen, schlimmer noch, sie hatte ihn allein gelassen.

Dabei hatten sie sich doch so gut unterhalten, sich ausgetauscht, gemeinsam überlegt, was in dieser Sache mit dem Bachler denn nun wirklich alles passiert war. Es war eine Menge, was sie da zusammen ans Licht gebracht hatten, fand er. Und diesmal war doch alles harmonisch verlaufen, nicht wie bei der Sache mit der Wimmer Anna, wo sie teilweise sogar heftig gegeneinander gearbeitet hatten; nicht so beim Bachler. Nein, im letzten Herbst hatte er die berechtigte Hoffnung, dass jetzt alles wieder besser werden würde.

Aber es kam anders, wieder einmal. Seine Hoffnungen zerplatzten wie ein Luftballon, den ein Kind unbedacht zum Platzen bringt. Aus heiterem Himmel hatte sie ihn stehen gelassen wie einen Regenschirm, den man vergisst, und an den man sich erst wieder erinnert, wenn es regnet. Er hoffte auf Regen, denn sie fehlte ihm furchtbar.

Erst nach Wochen fing sie wieder an anzurufen, genauer gesagt, sie rief zurück, nachdem er ihr zum x-ten Mal auf die Mailbox gesprochen hatte. Meist war sie jedoch kurz angebunden, fragte nur nüchterne Details ab, zum Beispiel, welche Post für sie gekommen sei, was er den Tag über geschafft habe, und andere Belanglosigkeiten. Nie fragte sie ihn, wie es ihm ging.

Er spürte, dass sie sich täglich weiter von ihm entfernte, als würde sie von unsichtbaren Fäden gezogen, wie eine Marionette.

Für Weihnachten meldete sie sich zu Besuch an. Sie wolle das Fest natürlich bei ihrer Familie feiern, sagte sie, weil es sich so gehört, also auch mit ihm, aber bei ihren Eltern, und er solle ja keine Umstände machen, ihre Mutter habe schon alles organisiert.

Heiligabend waren sie also bei seinen Schwiegereltern. Sylvia gab sich ausgelassen und war unterhaltsam. Sie trank. Nach einer Weile erzählte sie auch von Amerika und machte sich lustig über die „religiösen Vorlieben der Fundamentalisten", so nannte sie es.

„Aber das Witzigste überhaupt", lachte sie, „das sind die Fernsehprediger! So was habt ihr noch nicht erlebt, gerade in der Vorweihnachtszeit." Ihre Mutter hörte ihr interessiert zu und fand deren Treiben zwar auch ungewöhnlich, ja, sie war sogar irritiert über deren Art und Weise des Spendensammelns, hielt aber Sylvias Humor in dieser Sache für nicht angebracht und nötigte sie, das Thema zu wechseln.

Matthias hielt sich zurück und trank kaum etwas. Er hörte seiner Frau aufmerksam zu, bis sie entschied, sie würde heute bei ihren Eltern übernachten, denn sie könne jetzt nicht mehr fahren. So machte er sich allein auf den Weg nach Hause, zu Fuß, denn es war nicht weit.

Am ersten Weihnachtstag in der Früh stand er wieder vor ihrer Tür. Er wollte sie zur Kirche begleiten, doch sie sagte, sie habe wenig geschlafen, und außerdem sei sie schlecht gelaunt. Die Verwandtschaftsbesuche, die in den nächsten paar Tagen unumgänglich waren, lagen ihr im Magen. Matthias sollte mitgehen, hatte sie gesagt. Er tat es – ohne Widerworte.

Danach meldete sie sich wieder ab. Sie habe noch diverse Besuche und Erledigungen zu machen, sagte sie. Und Silvester wolle sie einen Abend mit alten Freundinnen verbringen, alle ohne Männer; er solle doch auch so etwas machen. Seine Antwort darauf war ein enttäuschtes Flehen, es sich anders zu überlegen.

Nein, sie könne ihn nicht vor einem einsamen Silvesterabend retten, falls er das meinte, und auch nicht davor, sein eigenes Leben zu leben, lag ihr auf der Zunge, aber das sagte sie ihm nicht.

Vorher aber kam sie noch einmal zu ihm nach Hause und holte sich die wenigen persönlichen Dinge ab, die sie dort noch hatte.

„Der Haushalt ist nicht so deine Sache", sagte sie, nachdem sie bemerkt hatte, dass ihr ehemaliges Zuhause nicht mehr so ordentlich war wie früher. „Du lässt dich ein bisschen gehen."

Sie war kurz durch die Wohnung gegangen und hatte in jedes Zimmer einen vorsichtigen Blick geworfen. Matthias zuckte nur mit den Achseln, und sie merkte, dass ihm die Bemerkung peinlich war.

„'tschuldigung", sagte sie. Es klang genervt.

Er hatte in dem Moment ein ehrliches ‚Tut mir leid' erwartet und sah sie auffordernd an, doch sie wandte sich ab und blieb einfach still, als ob es ihr schwer fiel, mit ihm zu sprechen.

Sie hätten überhaupt mehr miteinander reden müssen, schoss es ihm durch den Kopf. Es hatte Tage eisigen Schweigens zwischen ihnen gegeben, aber auch Tage der Heiterkeit. Hätte sie nur zur rechten Zeit die rechten Dinge gesagt. Dann wäre ihnen vielleicht einiges erspart geblieben. Sie hatte ihm bestimmt viel verschwiegen, aber er selbst hatte ihr sicher auch nicht die Fragen gestellt, die ihn wirklich bewegten. Ob es klug war, diese Verbindung einzugehen, gehörte dazu. Von ihr wusste er, dass sie täglich solche Gedanken gehabt hatte. Warum sie überhaupt in der ganzen Zeit bei ihm geblieben war, hätte er wissen wollen, aber er hatte Angst vor ihrer Antwort und hatte deswegen nie gefragt.

Kurz bevor sie gehen wollte, überkam es ihn auf einmal, und wie ferngesteuert kam die Frage, auf die er die Antwort kannte, aber er hatte das Gefühl, er könne nichts mehr verlieren.

„Können wir noch einmal neu anfangen …?"

Er hörte seine eigenen Worte, als habe jemand anderer sie ausgesprochen. Die Frage überraschte Sylvia, aber sie hatte ihre Schlagfertigkeit sofort wiedererlangt.

„Das tue ich ja gerade", gab sie zurück.

„Ohne mich …?!"

Es war halb Frage, halb Feststellung.

Sylvia zog ihre Augenbrauen zusammen und nickte schwach. Ihr Blick drückte Mitleid aus.

„Ich muss jetzt gehen", sagte sie schließlich und streckte ihm die Hand entgegen, um sich zu verabschieden. Er nahm sie zögerlich. Wie leblos lagen ihre Hände ineinander. Als sie loslassen wollte, zog er sie zu sich und machte Anstalten, sie zu umarmen, doch Sylvia blieb steif und angespannt.

„Halte dich nicht an mich", flüsterte sie, während sie sich vorsichtig aus seiner Umklammerung löste. „Zusammen kommen wir nicht weit."

„Aber du kannst doch nicht wieder so einfach weglaufen ... vor uns beiden ... "

Seine Stimme stockte.

„Sag mir den Grund, warum ich bleiben soll."

Er schwieg.

Sie waren sich selten sehr nah gewesen, aber jetzt standen sie sich gegenüber wie zwei Fremde. Er blickte lange zu Boden, und als er endlich zu ihr hinsah, holte er tief Luft und sagte „Ich glaube, ich liebe dich."

Sie ließ ihre Schultern sacken und atmete hörbar aus, als habe man ihr eine Last auferlegt. Ihr Nicken stand für ein „Ich weiß."

„Ich finde alleine raus", sagte sie und griff nach der Klinke hinter sich. Dabei straffte sie ihre Schultern wieder und der Tonfall in ihrer Stimme machte diese Geste zu einer Aufforderung zum Duell, wenn nicht zu einer Kriegserklärung.

„Klar! Das hast du immer geschafft", murmelte er.

Sie drehte sich noch einmal kurz um. Dann zog sie die Tür ins Schloss und war weg.

„Ich bin zu alt, um dir nachzulaufen", dachte er sich und starrte auf die Stelle am Boden, wo sie gerade noch gestanden hatte.

Am 2. Januar ging ihr Flieger zurück in die USA.

Sie reiste ab, ohne ihn vorher noch einmal gesprochen zu haben. Erst an Heilig Drei Könige rief sie wieder an und wünschte ihm ein gutes Neues Jahr. Er bedankte sich und war ansonsten sprachlos. Dann hörte er lange nichts mehr von ihr.

Es war eine Zeit zwischen zwei Fixpunkten in seinem Kalender: Weihnachten und Frühlingsanfang.

Das Fest war gerade vorbei, das Frühjahr war noch weit weg.

Er wusste nicht viel mit sich anzufangen und machte Dinge, die er sonst nie tun würde. Zum ersten Mal in seinem Leben fuhr er mit der Bergbahn auf die Kampenwand und aß dort oben zu Mittag; einfach, weil er wusste, dass tausende von Menschen das Gleiche tun, und weil er hoffte, sich dann nicht ganz so alleine zu fühlen. Diese Hoffnung wurde enttäuscht.

Weil sie das Gleiche tun wie alle anderen, halten die Leute sich für normal, sagte er sich, als er wieder in der Gondel saß und langsam hinab ins Tal schwebte. Kurz dachte er sogar an Selbstmord. Er hatte das kleine Fenster nach oben geschoben und ins Tal geblickt. Der weiße Schnee glitzerte so stark, dass er die Augen zusammenkneifen musste.

„Wenn du da runter springst", sagte er sich, „dann hast du keine Sorgen mehr."

In diesem Winter hatten sie viel Schnee gehabt – man würde ihn erst im Frühjahr finden. Er lächelte bei dem Gedanken.

An einem anderen Tag ging er nach der Arbeit am Chiemsee spazieren. Es war ein bewölkter Tag, kalt und grau. Von den Schären in Prien aus sah er hinüber zu den Bergen, deren Gipfel schon im Dunst verschwanden. Von dort aus schien das Abenddunkel langsam herunter zu kriechen, um sich bedächtig über den See zu legen. In seinen Fingern spürte er die Kälte, die vom Wasser aufstieg, in seinem Gesicht aber auch einen warmen Luftzug hin und wieder, in dem dieser Geruch von feuchter Erde schwebte, der eine erste Ahnung von Frühling aufkommen ließ.

Als er später nach Hause kam, hatte er etwas beschlossen: Er wollte alles aus der Wohnung verbannen, was ihn an sie erinnerte. Es war ihm klar, dass das ein hoffnungsloses Unterfangen war, aber er hielt seinen Plan für den ernsthaften Versuch, dem Ende einen Anfang zu geben, mit dem Vergessen zu beginnen, bevor er verrückt werden würde. Die meisten Dinge hatte sie selbst schon mitgenommen. Was noch übrig war, passte in zwei Kisten, die er vollgepackt aus dem Weg räumte. Nur die Postkarte aus New York, die blieb, wo sie war, am Kühlschrank.

Es half nicht viel. Sylvia war allgegenwärtig, nicht nur in seinen Gedanken, sondern auch in seiner Wohnung. Selbst in den

Handtüchern und der Bettwäsche meinte er sie auch nach Wochen und Monaten noch zu riechen. Er hatte sie im Blut, dachte er sich.

Wollte er sie loswerden, er müsste sie schon herausspülen. Vielleicht sollte er sich einmal so richtig betrinken ... am besten mit irgendeinem billigen Fusel von der Tankstelle ... oder vom Aldi ..., den Sylvia immer verpönt hatte ... oder einfach in irgendeiner Kneipe, so dass er kaum noch aufrecht nach Hause kommen konnte. Aber nein, er trank ja kaum etwas. Auch da war Sylvia anders als er.

Als er wieder einmal, vom Friedhof kommend, durch das nächtliche Prien wanderte, fühlte er mit jedem Schritt, der ihn näher nach Hause brachte, die Einsamkeit wachsen, und mehr noch als das: die Furcht vor der Leere der Wohnung.

Einer Eingebung folgend verließ er seinen Heimweg und steuerte kurzerhand die *Hacienda* an, einen meist gut besuchten Treffpunkt von Nachtschwärmern mitten in Prien.

Er bestellte ein Bier, ließ es aber zunächst unberührt stehen und beobachtete die Menschen um ihn herum. Ein Mann im Trenchcoat vergnügte sich mit drei gutgelaunten Frauen. Offenbar tranken sie Absinth.

„Das ist doch dieser Anwalt", dachte er und beneidete ihn insgeheim.

„Ja, der ist wichtig ... ", ging es ihm durch den Kopf. „Wir wollen alle nur wichtig sein für jemanden ... wollen bewundert werden ... von jemandem ... von irgendjemandem."

Sicher gab es andere Frauen, von denen er wusste, dass er ihnen nicht unwichtig war, aber bewundert ...? Nein, das wurde er nicht.

Er hatte sogar schon versucht, sich in andere Frauen zu verlieben. Es war ihm nicht gelungen. Allein, dass er einsah, er müsse es *versuchen*, hatte ihm gezeigt, dass es sinnlos sein würde. Immer, wenn es soweit kam, dass es um die *Sache* zwischen Männern und Frauen ging, verfiel er in eine Abwehrhaltung. Bei Sylvia war das nicht so, war das nie so gewesen. Von Anfang an war er bereit gewesen, sie zu lieben, und er empfand es immer noch als leicht, sie zu lieben – trotz allem.

Kurz gesagt: Er war immer noch verliebt in sie.

Aber er hatte sie verloren, und damit hatte er nichts mehr zu verlieren. Was also sollte er eigentlich noch fürchten? Die tiefsten Wunden, meinte er, können nur Liebende sich zufügen. Er war ein verletzter Mann, einsam, ohne Freunde, ohne Abwechslung, ohne Frau.

Er blickte zu dem offenen Kamin hinüber. Das Feuer war langsam abgebrannt. Man hätte etwas nachlegen müssen, um es wieder zu entfachen, aber es war wahrscheinlich schon zu spät. Zeit, es ausgehen zu lassen.

Unsicher begann er zu trinken. Dann stellte er das Glas wieder ab und starrte auf das Bier, sah, wie der Schaum weniger wurde und schließlich verschwand.

„Warum wollen wir, dass Liebe ewig dauert?", fragte er sich und gab sich die Antwort wie im Selbstgespräch.

„Weil wir den Verlust hassen ... den Verlust der Liebe ... das Gefühl verlassen zu werden, allein zurückgelassen zu werden."

Angesichts des Anwalts dachte er an Scheidung, nicht das erste Mal. Er hatte Angst davor, dass das Thema irgendwann auf sie zukommen würde. Angst, weil er natürlich wusste, was Paare sich bei einer Scheidung alles antun.

„Andererseits", dachte er sich, „kann es eh nicht mehr schlimmer werden", und Sylvia war auch nicht der Typ, der hässlich wird oder gar nachtritt. Sie würde einfach weggehen, als gehe sie das alles nichts mehr an.

„War nett mit dir", könnte sie sagen und gehen, und dabei den Schirm stehenlassen. Sie blieb für gewöhnlich die Ruhe selbst, während er vor Wut und Enttäuschung fast platzte, und das ärgerte ihn umso mehr.

Er verlangte die Rechnung und zahlte.

Klar, er sollte auch mal etwas mit Freunden machen, hatte sie immer gesagt, zuletzt vor Silvester.

„Gut gemeint", dachte er sich, als er ging und in die Runde

blickte. Den einen oder anderen kannte er sogar, grüßte freundlich, wurde zurückgegrüßt, aber ein Freund war nicht dabei.

Auch der Anwalt nickte ihm kurz zu, als er an ihm vorbeiging. Matthias meinte sogar, er würde ihn zu sich herüberwinken, aber heute war er zu schüchtern ... für so was.

Auf dem Heimweg überlegte er sich, dass ein richtiger Freund ein unbequemes Ruhekissen sein müsse, wie ein hartes Feldbett. Ja, das könnte er wirklich gut gebrauchen. Jemand, der ihn stützt, aber nicht zu bequem für ihn ist.

Sylvia!

War das nicht genau das, was sie für ihn war? Vielleicht war sie ja auch der einzige Freund, den er hatte. Mehr noch – egal, über was er sinnierte – immer wieder führten seine Gedankengänge ihn zurück zu ihr. Sie war die einzige Konstante in seinem Leben.

Er roch sie, er schmeckte sie, er sah sie überall. Er musste sie wirklich in seinem Blut haben. Sie war ein Teil von ihm, schon immer. Als er sie zum ersten Mal gesehen hatte, fiel ihm jetzt wieder ein, da war ihm sofort klar: „Die oder keine!" Und als sie kurz darauf schwanger war, meinte er, sein eigenes Leben beginne aufs Neue.

Die Erinnerung daran stoppte seine Schritte.

Das Kind, das sie verloren hatten, hatte ihrer beider Leben geändert. Die Schwangerschaft hatte eine Veränderung gebracht, in die Sylvia sich passiv ergeben musste. Aber nach der Fehlgeburt nahm sie die Dinge umso aktiver in die Hand.

„Warum sollte ich es jetzt nicht genauso machen?", überlegte er. „Ich muss etwas anders machen."

Das hatte sie ihm geraten und meist hatte sie ja auch Recht. Was nur? Was könnte ihn herausfordern? Welches spezielle Interesse hatte er denn? Außer von seinem Job im Amt verstand er von gar nichts furchtbar viel; „und das ist nicht besonders sexy", würde sie sagen. Dass er seit geraumer Zeit damit beschäftigt war, die beiden Familiengeschichten aufzuschreiben, die er mit Sylvia zusammen rekonstruiert hatte, die von der

Wimmer Anna und die von der Bachler Resi, das würde sie schon eher gelten lassen, aber das war nicht genug.

„Die Architektur ... ", wog er ab. Schon vor Jahren hatte er angefangen, sich damit zu befassen – auf Umwegen allerdings, denn zunächst war sein Interesse rein beruflicher Natur; und es betraf weniger die Baukunst als die Historie.

Seine Arbeit im Grundbuchamt der Marktgemeinde Prien am Chiemsee brachte es mit sich, dass er sich auch mit den Gegebenheiten auf den Bauernhöfen in der Umgebung beschäftigen musste.

Er selbst stammte aus einem kleinen Gehöft am Samerberg, das seit Jahrhunderten im Besitz der Familie Staudacher war. Von Generation zu Generation hatte stets der Erstgeborene die Landwirtschaft vom Vater übernommen; und als sein älterer Bruder an der Reihe war, war für Matthias und seine Geschwister klar, dass sie das elterliche Haus bald verlassen mussten. Nur so war gewährleistet, dass der „Staudacher" – wie man den Hof folgerichtig nannte – in der Familie blieb.

Auf anderen Höfen war das oft nicht der Fall. Manche hatten eine wechselvolle Geschichte hinter sich. Durch Familienstreitigkeiten, durch Krankheiten und frühe Tode oder auch durch Kriege, meist aber einfach deshalb, weil ein Sohn fehlte, kam es immer wieder vor, dass Höfe von einer in die andere Familie übergingen. Nicht selten verbargen sich hinter diesen Besitzwechseln wahre Schicksale ganzer Familien, und fast jeder Hof im Chiemgau hatte hierzu seine eigene mehr oder weniger dramatische Geschichte zu erzählen.

Matthias konnte sich dafür begeistern. Sylvia kannte eigentlich „nur" die Geschichte ihrer eigenen Familie, die aber umso detaillierter. Er hingegen hatte bald ein breites, wenn auch nicht sehr tiefes Wissen über die familiären Hintergründe und Historien vieler Bauernhöfe am Westufer des Chiemsees angesammelt. Und dieses Wissen war eng verbunden mit den Umbauten und Erweiterungen der Höfe, wie sie in der Regel nach Besitzwechseln oder Teilungen – auch innerhalb der Familie –

zu beobachten waren, und die meist auch in den Grundbüchern vermerkt wurden.

Erst diese Beschäftigung öffnete ihm die Augen für die Vielfalt in der Entwicklung des Baustils speziell in seiner Heimat und lenkte sein Interesse auf die Architektur allgemein. Ganz langsam hatte er sich an das Thema herangetastet, bis er schließlich eine unüberschaubare Menge an Büchern zu den verschiedensten Epochen besaß und unsystematisch studierte. Bald konnte er zu allen Strömungen innerhalb der Baukunst irgendetwas sagen, aber was ihm fehlte, war der Bezug zur Praxis. Sein Wissen war so generell und oberflächlich, dass es praktisch nicht zu verwerten war; es blieb „nutzlos", wie Sylvia es formulierte.

Mit diesen Gedanken kam er zu Hause an.

Als er die Tür hinter sich ins Schloss zog, hatte er einen Entschluss gefasst.

„Nutzlos! Ich bau diese Wohnung um", sagte er sich. „Ich mach was Neues draus, irgendwas."

Er kam sich plötzlich vor wie ein Teenager, der kurz davor steht, von zu Hause auszuziehen, um seine eigenen vier Wände einzurichten.

Die Wohnung gehörte ihnen beiden. Kurz überlegte er, ob er sie fragen müsste, aber er verwarf den Gedanken sofort und setzte sich an den Schreibtisch. Sein Blick fiel auf das Foto, das dort seit Jahren stand, und das er bei seiner Aufräumaktion sogar übersehen hatte: Sylvia und er in ihrem ersten gemeinsamen Urlaub auf Malta. Sie klammerte sich an seinen Hals und lachte herzlich in die Kamera.

„Wie die Bilder lügen können", dachte er und begann, in groben Zügen den Grundriss der Zimmer aufzuzeichnen.

5

Anfang Januar 1938 tauchte Franz Breithaupt in Oberland auf.
Er war aus Berlin entsandt worden und sollte die Leitung des Heimes übernehmen. Noch bevor er angekommen war, hatte es sich herumgesprochen, dass er General der SS war; und als er da war, machte er auch keinen Hehl daraus.
Trotz seiner kleinen Statur war er eine imposante Erscheinung. Wenn er einen Raum betrat, erfasste die Anwesenden eine lähmende Spannung. Wie um seine fehlende Größe zu kompensieren, ging er betont aufrecht, fast steif, die Brust nach vorn gereckt, und die linke Schulter meist einen Tick vorgeschoben. Er wirkte stets angriffslustig, wie zum Sprung bereit. Und er sprach zwar nicht laut, aber bestimmt; wie jemand, der es gewöhnt war, Befehle auszugeben, Befehle, die keinen Widerspruch duldeten.
Seine neue Aufgabe ging er an, wie man es von einem Menschen seines Schlages erwartete: Er betrachtete seinen Auftrag als eine militärische Herausforderung und das Heim als einen Stützpunkt, der geeignet zu besetzen war.
Als Erstes ließ er das gesamte Personal antreten.
Er wollte – wie er sagte – seine Truppen kennen lernen, und dazu würde er mit jedem und jeder ein paar persönliche Worte austauschen. Die meisten der Einzelgespräche verliefen sehr kurz; und am Ende stand meist die Entlassung des Mitarbeiters.

„Maria Magdalena?", fragte er, als Agnieszka zum ersten Mal vor ihm stand.
Er sprach leise, so leise, dass sie instinktiv leicht den Kopf neigte und ihr Ohr in seine Richtung drehte.
„Das ist der Name einer Sünderin."
Agnieszka senkte ihren Blick. Sie hatte kaum damit gerechnet, dass er bibelfest sein würde.
„Das sind wir alle", gab sie schüchtern zurück.
Breithaupt lächelte sie zunächst nur an, dann lachte er ein

wenig lauter werdend auf. Agnieszka schaute ihm irritiert zu, während er in ihrer Akte blätterte.

„Genau meine Meinung."

Seinen Zeigefinger zog er kurz über jede der Seiten.

„Agnieszka Bienderova. Geboren in Teschen, Polen, 1910. Ihre Mutter war Deutsche?"

„Jawohl, Herr General."

„Seit wann sind Sie hier?"

„Noch kein halbes Jahr?"

„Ich meine, im Reich. Seit wann halten Sie sich im Reichsgebiet auf?"

„Gut acht Jahre, im Sommer werden es neun."

„Wo waren Sie vorher?"

„In München, bei den Englischen Fräulein."

„In München? Das ist gut ... englische Fräuleins? Was ist das denn für ein Verein?"

Wieder lachte er kurz auf, diesmal ohne sie anzusehen, und zeigte deutlich, dass er keine Antwort erwartete. Kopfschüttelnd flog er mit raschen Blicken über die restlichen Unterlagen auf seinem Tisch.

Agnieszka beobachtete ihn schweigend, während er weiter in anderen Papieren hin- und herblätterte.

„Watt et nich allet jibbt in unserem Reich, wa?", murmelte er vor sich hin.

Dann klappte er ihre Akte zu und musterte sie kühl.

„Und was machen Sie hier?"

„Ich kümmere mich um die Kinder. Helfe in der Hauswirtschaft."

„Und was können Sie sonst?"

Sie sah ihn fragend an.

„Ich meine, haben Sie etwas gelernt?"

„Ich bin Schneiderin."

„Schneiderin? Gut! Wir werden ein paar neue Sachen für die Kinder brauchen können."

„Wir haben, was wir brauchen."

„Widersprechen Sie nicht. Ab sofort leiten Sie die Hauswirtschaft."

Agnieszka zuckte verwundert zurück.

„Aber das macht doch Schwester Josefa ..."

„Sie haben gehört, was ich gesagt habe!"

„Und die Kinder?"

„Um die Kinder kümmern sich ab jetzt andere."

„Aber ...", hob sie nochmals an.

„An die Arbeit. Gehen Sie", sagte er und kritzelte etwas auf einen Block, ohne sie noch eines Blickes zu würdigen.

In den folgenden Tagen und Wochen kamen fast täglich neue Arbeitskräfte von überall her. Das vorhandene Personal wurde nach und nach zum größten Teil ersetzt.

Agnieszka nahm ihre neue Aufgabe an und stürzte sich in die Arbeit. Für die Kinder hatte sie von da an tatsächlich kaum noch Zeit, aber sie versuchte, weiterhin in Heinrichs Nähe zu bleiben. So gut es ging und ohne irgendeinen Verdacht zu erregen, kümmerte sie sich heimlich um ihren Sohn. Sie meinte sogar, dass Heinrich sich durch ihre Nähe bessern würde, aber insgesamt blieb er ein schwieriges Kind.

General Breithaupt veränderte das Heim sofort, zunächst äußerlich. Als erstes wurde eine Krankenstation eingerichtet, dann eine Entbindungsstation, und bald schon kamen die ersten schwangeren Frauen, um dort ihre Kinder zu gebären und kurz darauf wieder zu verschwinden. Manche der jungen Mütter nahmen ihre Säuglinge mit, viele aber ließen sie in der Obhut des Heimpersonals zurück.

Es gab Fragen, aber kaum jemand stellte sie, denn Antworten erhielt niemand. Agnieszka ging davon aus, dass die meisten der Frauen das gleiche oder zumindest ein ähnliches Schicksal hatten wie sie selbst.

Die Zahl der Kinder im Heim stieg schnell an, und es wurde bald eng in Oberland. Breithaupt entschied, das Haus zu vergrößern, und ließ einen neuen Trakt anbauen.

Danach dauerte es auch nicht lange, bis er seinen Einfluss auf die Kinder ausdehnte. Im Frühjahr hatte er angefangen, die Heimkinder zu inspizieren. Nacheinander ließ er sie alle zu sich bringen, um sie in seiner Gegenwart von einem fremden Arzt untersuchen zu lassen. Einige der Kinder wurden danach verlegt – in andere Heime, sagte man – die meisten aber durften bleiben.

Heinrich sollte gehen.

„Wenn Sie den Jungen wegschicken, dann will ich auch gehen", sagte sie zu ihm.

„Ach ja?"

Breithaupt sah nur kurz von seinem Schreibtisch auf. In seinen Augen lag ein gelangweilter Blick.

Agnieszka rief er regelmäßig zu sich. Er hielt engen Kontakt zu ihr und ließ sich oft auch unwesentliche Details ihrer Arbeit erklären. Manchmal hatte sie sogar den Eindruck, er suche ihre Nähe. Dann wiederum ignorierte er sie vollständig, aber immer spürte sie, dass er sie respektierte, denn sie gehörte zu den wenigen Angestellten, die er überhaupt nach ihrer Meinung fragte, und sie glaubte, sie sei die Einzige, der er meist freie Hand ließ.

„Ich kümmere mich um den Jungen."

„Ich weiß. Das hat sich herumgesprochen, aber es nützt ja doch nichts … er ist und bleibt schwierig."

„Er bessert sich … bei mir."

„Das ist nicht Ihre Aufgabe."

„Meine Aufgabe mache ich aber doch trotzdem gut, oder nicht?"

„Machen Sie sie besser."

Agnieszka schaute ihn flehend an. Breithaupt hielt ihrem Blick stand. Er verdrehte nur leicht den Kopf, als warte er auf ihren nächsten Widerspruch, und schwieg. Ein definitives Schweigen.

„Nur, wenn Heinrich bleiben kann", sagte sie schließlich leise und stand langsam auf.

Breithaupt knallte plötzlich seine Faust auf den Tisch; so heftig, dass die Stifte, die darauf lagen, kurz in die Höhe hüpften, und hob seine Stimme. Das hatte er vorher in ihrer Gegenwart noch nie getan.

„Herrgott noch mal!" Er schrie sie zum ersten Mal an.

„Was soll das? Der Junge ist fast drei und kann nicht einmal richtig laufen."

„Seine Zehen ..."

Agnieszka blieb ruhig, obwohl sie innerlich zitterte.

„Ich weiß ... verdammt noch mal. Glauben Sie denn, die wachsen noch, oder was?"

Kurz herrschte ein eisiges Schweigen. Dann lachte er los, wie er meist lachte: Urplötzlich und heftig setzte es ein, abgehackt, und es erstarb genauso schnell wie es begonnen hatte. Er lachte nicht herzlich oder mit anderen, sondern immer nur über andere – und meist lachte er allein.

Agnieszka war irritiert. Sie fürchtete sich vor ihm, doch jetzt sah sie ihn fast mitleidig an und ging wortlos hinaus.

Heinrich konnte bleiben.

*

Im Sommer des selben Jahres wurde eine schwangere Frau eingeliefert. Sie war in Begleitung eines Mannes.

Agnieszka bemerkte davon zunächst nichts. Der Arzt nahm die Frau heimlich in der Krankenstation auf und sperrte sie weg, als stehe sie unter Quarantäne. Nach ein paar Tagen hatte sich herumgesprochen, dass sie krank sei, schwachsinnig, sagte man, und dass sie nur auf Duldung durch Breithaupt persönlich im Heim bleiben dürfe.

In einer Nacht im September wurde Agnieszka geweckt. Sie möge schnell in die Entbindungsstation kommen. Bei der seltsamen Frau hätten die Wehen viel zu zeitig eingesetzt, und der Arzt sei nicht erreichbar.

Agnieszka verlor keine Zeit. Sie kleidete sich notdürftig an und rannte so schnell sie konnte. Schon von weitem hörte sie die Schreie. Als sie den Kreißsaal betrat, erschrak sie bis ins Mark. Die Geburt war in vollem Gange. Die arme Kreatur schrie und wand sich wie ein verwundetes Tier. Vier Schwestern standen um sie herum und hatten alle Mühe, die krampfende und wild um sich schlagende und tretende Gebärende festzuhalten. Die Hebamme, halb hockte sie, halb stand sie zwischen ihren Beinen, konnte den Kopf des Kindes schon fassen. Agnieszka stürzte hinzu. Mit beiden Händen und ihrem ganzen Gewicht presste sie die Schultern der Frau in die Kissen.

Es war eine Sturzgeburt. Sie gebar ein Mädchen und ihre Schreie erstarben von einer Sekunde auf die andere. Kurz krampfte und zitterte sie noch am ganzen Körper, bis sie vollständig zur Ruhe kam und augenblicklich vollkommen erschöpft in die Besinnungslosigkeit entglitt. Die plötzliche Stille war gespenstisch und wirkte trotzdem wie eine Erleichterung. Die Schwestern blickten ängstlich und gespannt auf die Hebamme, die ein winziges Kind an den Beinen hielt. Es atmete.

Der Arzt traf wenig später ein und untersuchte die Mutter und das Kind. Er sagte, der Frau gehe es wieder gut, aber das Mädchen sei zu klein und schwach. Er wisse nicht, ob es durchkommen werde. Dann dankte er der Hebamme und den Schwestern mit ernster Miene. Agnieszka übersah er. Sie war trotzdem ungeheuer stolz auf sich.

Während der Tage danach wurde die Kranke wieder isoliert.

Dem Mädchen gab man den Namen Erika und brachte es auf der Säuglingsstation unter, wo es wie andere Kinder auch von einer Amme genährt wurde.

Agnieszka hörte zunächst nichts mehr davon, aber der Gedanke an die arme Frau ließ sie nicht los. Als sie sich mehr als eine Woche später bei einer der Krankenschwestern nach ihr erkundigte, sagte man ihr, sie sei wieder abgeholt worden – von dem selben Mann, der sie auch gebracht hatte.

Agnieszka war überrascht.

„Aber die Frau war doch krank", sagte sie. „Weiß Herr Breithaupt davon?"

„Keine Ahnung, aber ich denke schon", sagte die Schwester und blickte sich über die Schulter, als ob sie ihr jetzt ein Geheimnis anvertrauen würde.

„Aber frag' lieber nicht. Der Doktor hat die Hebamme und alle Schwestern dringend gebeten, über die ganze Sache Stillschweigen zu bewahren."

Agnieszka fühlte sich daran nicht gebunden. In einer ihrer Besprechungen mit Breithaupt wagte sie die Frage.

„Was hat es mit dieser Frau Steinberger auf sich?"

Breithaupt sah sie irritiert an.

„Steinberger? Wer soll das sein?"

„Renate Steinberger ... die *Bachlerin*, so hat sie sich selbst genannt. Das war die Frau, die die Erika geboren hat?"

„So? Woher wissen Sie das?"

Es schien, als horche er plötzlich auf.

„Ich war dabei ... bei der Geburt."

„Sie waren dabei? Wie das?"

„Man hat mich gerufen. Es kam alles sehr schnell, und der Doktor war nicht da."

Breithaupt nickte.

„Stimmt! Und?"

„Und da habe ich in die Akte gesehen. Renate Steinberger aus Hittenkirchen."

„Das geht Sie nichts an. Sie ist wieder weg."

„Die Frau ist krank. Sie braucht Hilfe."

„Nicht von uns. Sie hat ihren Bruder."

„War das der Mann, der sie gebracht und geholt hat?"

Breithaupt sah sie eindringlich an.

„Ich sagte doch: Das geht Sie nichts an. Vergessen Sie die Sache."

„Ich werde mich kümmern ... um das Kind."

„Tun Sie das", sagte Breithaupt, und es klang fast ein wenig resigniert. „Es wird eh nicht lange leben."

„Das entscheidet allein der Allmächtige."

Breithaupt lachte kurz spöttisch auf.

„Ich hoffe, der sieht das auch nicht anders."

Wieder einmal sprach er so leise, dass Agnieszka nachfragen musste.

„Wie bitte?"

Sie klemmte einen Zeigefinger hinter ihre Ohrmuschel.

„Ich sagte, wenn Ihr lieber Herr Gott ein Einsehen hat, dann nimmt *er* das Kind zu sich, meinen Sie nicht auch?"

Er sprach jedes Wort überdeutlich aus.

Agnieszkas Blick schweifte kurz durch den Raum, als suche sie die Antwort auf die Frage, die sie stellen würde. Dann blickte sie ihm direkt in die Augen.

„Wie meinen Sie das?"

Breithaupt wich ihrem Blick aus und schüttelte den Kopf.

„Dieser Idiot", murmelte er. „Die eigene Schwester ... eine Schwachsinnige ... so besoffen kann man doch gar nicht sein ..."

„Mein Gott", sagte Agnieszka und schlug sich die Hand vor den Mund.

„Warum haben Sie das zugelassen?"

„Ich? Glauben Sie denn, ich war dabei?"

Er sprang hinter seinem Schreibtisch auf und vergrub die Hände in den Taschen seiner Jacke.

„Gehen Sie jetzt. Und kein Wort mehr darüber ... zu niemandem. Haben Sie verstanden?"

Agnieszka war geschockt. Sie nickte mechanisch. Ihr Gesicht wirkte leer, als sie hinausging.

Von diesem Tag an sah sie auch nach dem Mädchen.

Und Erika kam durch. Sie war klein und zierlich, und ihre Gesundheit war anfällig, aber ansonsten entwickelte sie sich zu einem normalen und vor allem ruhigen Kind.

So, wie sie sich schon die ganze Zeit über, aber im Verborgenen, um ihren eigenen Sohn Heinrich gekümmert hatte, betreute Agnieszka nun mit Breithaupts Duldung und offen auch das

Kind der Renate Steinberger. Stets bemüht, weiterhin nicht den leisesten Verdacht aufkommen zu lassen, sorgte sie dafür, dass die beiden unter ihrer ständigen Beobachtung blieben. Aber trotz ihrer besonderen Fürsorge besserte Heinrich sich insgesamt kaum. Er war meist teilnahmslos in sich gekehrt, dann wieder sehr aggressiv und jähzornig. Seine Wutausbrüche waren berüchtigt und richteten sich nicht nur gegen die Erwachsenen, sondern auch gegen die anderen Kinder – außer gegen Erika.

Wann immer nötig, stellte er sich vor sie und nahm sie gegen jeden anderen in Schutz. Sie war ihm eine kleine Schwester.

6

„Mei, ja, die Erika, die Bachler Erika", sagt Frau Heumann und lächelt wissend. „Des war des Kind vom Heiligen Geist, ham's gsogt, domois."

„Vom Heiligen Geist?", fragt Matthias. „Sie meinen, man hat nicht gewusst, wer ihr Vater war?"

Die Alte macht eine wegwerfende Bewegung.

„A! I glaab, des hod koana wissen meng, verstehst?"

„Das heißt aber, man hat es eigentlich schon gewusst."

„Ja, ja, freili", winkt sie ab. „D'Leit woin immer ois wissen ... und moana, dass ois wissen."

„Es gibt Dinge, die will ich gar nicht wissen."

„So?", fragt sie mit einem verschmitzten Lächeln auf den Lippen. „Moanst du, dass des geht?"

Matthias legt überrascht den Kopf schief und sieht sie interessiert an. Schweigend denkt er darüber nach.

Vor ein paar Monaten haben sie genauso wie heute in der Küche vom Grubner Hof zusammengesessen, und Evi Heumann hat ihm die Geschichte von ihren Brüdern, ihrem Vater und dem alten Bachler erzählt.

Lange Jahre hatte sie geglaubt, ihr Vater habe den alten Bachler, den Steinberger Johann, ermordet, damals, direkt nach dem Krieg, weil „der Bachler, des is a Lump gwen", hat sie seinerzeit gesagt.

Der habe mit diesem General unter einer Decke gesteckt. Im ganzen Gau rund um den Chiemsee, von Rosenheim bis Traunstein, zwischen Wasserburg und Kufstein, sei er mit seinem Motorrad unterwegs gewesen und habe bis in die allerletzten Kriegsmonate hinein junge Männer angezeigt, die man noch zur Wehrmacht habe einziehen können. Und im Mai 1945, „da is er tot in der Prea gflackt", erschossen – drei Kugeln war er seinem Mörder wert gewesen.

Evi Heumann hatte drei Brüder gehabt. Der älteste, Kajetan, habe sich früh in Sicherheit gebracht und sei nach Ruhpolding geflohen, schon als der Krieg angefangen hat, aber die anderen beiden Brüder, Zwillinge, die habe der Bachler „hi'ghängt" und dafür gesorgt, dass sie eingezogen worden sind.

Beide waren sie dann „gfoin ... sogt ma a so, gäi? Wos für a Wort? Ois wia wenns higfoin warn ..." – der eine an der Front in Frankreich, der andere in russischer Gefangenschaft.

„I bring eahm um", habe ihr Vater damals gesagt und den alten Bachler gemeint, aber ob er es wirklich getan habe, das war eine der Sachen, die Evi Heumann nie habe wissen wollen.

Erst als Sylvia in Amerika zufällig den Eintrag *Therese Bachler* auf einer alten Passagierliste fand und anregte, Matthias könne doch mal nachforschen, ob von der Familie noch jemand da sei, kam der Stein ins Rollen. Er nahm die Spur damals nur zögernd auf und konnte selbst leider kaum etwas in Erfahrung bringen. Es schien, als sei der Hof in Hittenkirchen in Vergessenheit geraten.

Aber als er Evi Heumann nach der Familie fragte, da rollte der Stein weiter. Sie erzählte ihm von der tragischen Beziehung zwischen den beiden Familien Steinberger vom Bachler Hof in Hittenkirchen und ihrer eigenen Familie Heumann vom Grubner Hof bei Rimsting.

Die Spuren der Bachlerischen führten das ungleiche Paar Matthias Staudacher und Evi Heumann von Hittenkirchen aus in das Pfarramt von Altötting, wo sie auf Erika Steinberger trafen, die letzte Überlebende aus eben jenem Bachler Hof. Gleichzeitig verfolgte Sylvia in Amerika die Spuren der Therese Bachler von New York aus bis in das Hinterland von Philadelphia.

Gemeinsam fanden sie heraus, dass Resi Bachler, die ihre Heimat im Chiemgau 1866 verlassen hatte, ohne dass sie es geplant hatte, bis nach Amerika gekommen war. Und während sie in „Übersee" ihr Glück fand, wurde der Bachler Hof vom Glück verlassen.

Durch ihre Recherchen konnten die beiden schließlich auch

noch den Mord an dem alten Bachler aufklären – aber dieses Wissen wollten sie mit niemandem teilen.

In der Zeit danach ist Matthias immer wieder auf dem Grubner Hof zu Besuch gewesen. Genau genommen war Evi Heumann sogar die einzige Frau, die er seit Sylvias Rückkehr in die USA regelmäßig getroffen hat. Und das nicht nur, weil sie ausgezeichnete Schnäpse brannte und selbstangesetzte Liköre verkaufte, von denen er sich ab und zu einen gönnte, sondern auch, weil sie sich Zeit für ihn nahm und ihm Geschichten erzählte, die er vorher nie gehört hatte.

Auch heute, nachdem er das Gespräch auf Erika Steinberger gebracht hat, macht sie wieder dieses Gesicht, das er schon oft bei ihr gesehen hat. Ihre Mimik sagt ihm, sie weiß etwas, das sie ihm erzählen wird, etwas Neues.

Interessiert beugt er sich vor, um seine Ellenbogen auf die Knie zu stemmen und legt die Fingerspitzen zusammen.

„... und des hob i dem Kajetan verzäit, woast, der is doch a guats Stickl äiter ois i, und der hod des gsogt, dass d'Leit des aa so gsogt ham, dass d'Erika des Kind vom Heiligen Geist gwen is."

Sie nickt, wie um sich selbst zu bestätigen, dass das, was sie sagt, auch wahr ist.

„Sie hatten doch auch gesagt, dass die ein Bachlergesicht hat, die Erika. Deshalb haben Sie sie ja auch erkannt, als wir sie in Altötting in der Kirche zum ersten Mal gesehen haben."

„Ja, ja. I moan, i hab's ja fria aa hi und wieder gseng – is mei Jahrgang, woast – aber wenns'd de Leit – wia lang is des scho her ...?"

„50 ... fast 60 Jahre", hilft Matthias ihr nach.

„... do kennst d'Leit fei nimma mehr, gäi? Aber so a Gsicht wia des vo dem Bachler, des vergiss i ned, und des Gschau, des hod de aa ghabt." Sie macht eine kurze Pause.

„Na ...", sagt sie dann und schüttelt den Kopf. „So a Gsicht, des vergisst ma ned."

Sie schaut ins Leere und Matthias sieht, dass sie nachdenkt.

Damals hatte sie gesagt, dass Kinder ihren Eltern im Alter immer ähnlicher werden.

„… und woast, des hod mir koa Ruah ned glossn, und dann bin i auffi auf Hittnkiacha, und hob a weng umanand gfrogt."

„Ach was! Sie haben sich erkundigt?", lacht Matthias. „Das ist ja ganz was Neues."

Bislang schien es ihm immer so, als sei sie an Neuigkeiten überhaupt nicht interessiert. Sie hatte ein festes Repertoire an – meist alten – Geschichten; neue liefen ihr manchmal zu wie Katzen, aber sie selbst lief keinem Gerede hinterher.

„Und? Haben Sie etwas rausbekommen?"

Matthias wird schon ungeduldig. In der Vergangenheit war er es gewesen, der überall nachgefragt hatte, meist weil Sylvia ihn auf gewisse Fährten gesetzt hatte, und Evi hat sich eher aus dem Ganzen herausgehalten, als ob sie die Sachen eigentlich gar nichts angehen würden.

„Na ja, i kenn scho a paar Leit do drobn, und do samma hoit ins Redn kemma. Do konnst scho wos dafrong."

„Und was haben Sie erfahren …? Von der Erika?"

„Dass erscht auftaucht is, ois der Kriag scho fast aus war. Fümfe oda sechse werd's gwen sei, weil glei drauf hod's es Schuigeh ogfangt."

„Hm, interessant. Und weiß man, warum sie weg war? Und wo sie vorher gewesen war?"

„Nix Gnaues hod da Bachler ned gsogt. Nur, dass krank gwen war, und nahat hätten's des Kind in a Sanatorium schicka miassn, des hod a gsogt, a Sanatorium, aba glaabt hod des koana."

Sie spricht das Wort *Sanatorium* betont langsam, fast vorsichtig aus.

„Warum nicht?"

„Weil des hod's scho amoi gebn ghabt, dass vo de Bachlerischen wer a Zeit lang weg gwen war."

Matthias schaut sie fragend an. Er sieht so aus, als könnte er der alten Bäuerin nicht glauben, aber er ist sich sicher, dass sie sehr genau weiß, was sie sagt.

„De Schwester vo dem oiden Bachler, de Renate, so hod's ghoassn, de war aa amoi weg, aa in so am *Sanatorium,* hodda gsogt."

Sie sieht ihn an und schüttelt ungläubig den Kopf.

„Und des hod de aa braucha kenna, weil de war deppert, woast, a bisserl jedenfois ..."

Matthias denkt nach.

Er hatte darüber seinerzeit mit Erika Steinberger gesprochen. Sie hatte ihm von ihrer Tante erzählt, dass die nicht ganz richtig im Kopf gewesen sei, hatte sie gesagt. Später sei sie in Gabersee gewesen, einer Einrichtung für psychisch Kranke. Fast 80 sei sie geworden, und man habe sie neben ihrer Schwester, Erikas Mutter Lena, in Altötting begraben.

„Ja, ich weiß", sagt Matthias. „Das war die Tante von der Erika. Die muss später ganz daneben gewesen sein, denn sie haben sie „auf Gabersee geschickt, nachdem sie von dort weg sind."

Wieder nickt die Alte bestätigend.

„Ja, ja. Da Ami hod den toten Bachler auffi gfahrn, vo Prea auffi auf Hittnkiacha, des ham d'Leit gseng, und dann is glei staad worn um an Hof. De Weiberleit ham ois verpackt und sann mit dem kloana Kind wegzogn, auf Minga, hod's ghoassn. Nur de oide Hittn, de ham's bhoitn"

„Das habe ich mich auch schon mal gefragt", unterbricht Matthias sie. „Warum haben die das Haus nicht auch aufgegeben?"

„Ja, wos woas denn i? A Bauer, der gibt nix her, des woast du aa. I glaab, des hod koana ham wuin, und z'Harras ham's aa no a Bootshittn ghabt ..."

Da seien sie immer zum Schilfschlagen unten gewesen, und die hätten sie auch behalten. Evi reibt ihre Nasenwurzel zwischen Daumen und Zeigefinger, während sie das sagt. Sie denkt nach und zählt dabei ihre Finger ab, als ob sie etwas nachrechnen müsse.

„Und? Was denken Sie gerade?", fragt Matthias.

Gedankenverloren sagt sie „... und ois zruck kemma is – vom

Sanatorium", schiebt sie ein, "do is ganz durchdraht und narrisch worn …"

"Ja, und …"

"Des miassat de Zeit gwen sei, ois d'Erika auf'd Wäid kemma is."

"Ach so …! So früh war das schon. Und?"

"Ja, nix und. Es is hoit a so … aber komisch is des scho … und siggst? – des is ebbs, wos i gar ned wissen wui."

7

Spätestens als der Krieg begann, änderte Oberland sich schnell.

Von außen betrachtet blieb es zwar ein Kinderheim, aber mit der Zeit kamen immer mehr Frauen aus ganz Deutschland, um dort Kinder auf die Welt zu bringen. Manche der Frauen blieben nach der Geburt noch eine Zeit lang, aber die meisten gingen direkt nach der Entbindung. Eine Regel, wer blieb und wer ging, war nicht erkennbar. Die Kinder jedenfalls, die dort geboren wurden, blieben fast alle im Heim zurück. Dazu kamen die Waisenkinder, die aus allen Teilen des Reiches eintrafen. Diese Gruppe wurde immer größer, je länger der Krieg andauerte.

Franz Breithaupt führte das Heim zunehmend wie einen militärischen Stützpunkt. Mit ihm als General, einigen wenigen Offizieren und vielen austauschbaren Soldaten behandelte er das Personal als seine Truppe in einem Kampf, dessen Sinn und Auftrag unklar blieb. Die vormals oft improvisierten alltäglichen Abläufe im Heim wurden neu geplant und strukturiert. Es gab plötzlich klare disziplinarische Zuordnungen und die bis dahin religiös motivierten Rituale, wie Kindstaufen zum Beispiel, bekamen unter seiner Leitung einen militärischen Charakter.

Agnieszka war eine von Breithaupts Offizieren. Man hatte ihr eine Aufgabe zugeteilt, und die erfüllte sie pflichtbewusst. Sie leitete die Hauswirtschaft des Heims ohne Tadel, was unter Breithaupt als höchstes Lob angesehen wurde. Den Rest ihrer Aufmerksamkeit schenkte sie ungeteilt den beiden Kindern Heinrich und Erika, die unter ihrem Einfluss wie Geschwister heranwuchsen.

Die Heimkinder wurden von Ordensschwestern betreut.

Je voller das Heim wurde, desto aggressiver ging das Personal mit den Kindern um, und da das Haus sich schnell füllte, verschlechterten die Zustände sich rapide.

Die Misshandlungen der Kinder hatten schleichend eingesetzt, aber sie gerieten bald außer Kontrolle. Breithaupt selbst war bekannt und berüchtigt wegen seiner cholerischen Anfälle und perfiden Züchtigungen. Die Kinder sahen ihn selten, aber sie fürchteten ihn wie niemanden sonst.

Seine Wut richtete sich oft auch gegen Heinrich, obwohl der unter Agnieszkas persönlicher Obhut stand. Oft hatte sie das Gefühl, dass die Übergriffe des Generals auf ein minderjähriges Kind einer Eifersucht entsprangen, die sie nicht nachvollziehen konnte.

Der Junge war grundsätzlich apathisch, abweisend und unzugänglich, aber immer wieder ließ er sich zu gewalttätigen Ausbrüchen hinreißen. Dann schlug und trat er blindlings gegen alles und jeden, der ihm in den Weg kam – außer Erika. Die Einzige, die den Jungen zur Ruhe bringen konnte, war Agnieszka.

Heinrich hatte die kräftige Statur seines Vaters, aber wegen seiner fehlenden Zehen hatte er Schwierigkeiten beim Laufen. Sein Gang war unrund, fast hinkte er ein wenig, und die anderen Kinder hänselten ihn deswegen.

Auch Breithaupt schlug in diese Kerbe. Er stellte ihn als Schwächling hin, den die Gemeinschaft ablehnte. Er sagte, der Junge sei ein Außenseiter. Keiner mochte ihn und Heinrich selbst gäbe anderen die Schuld dafür. Er käme gar nicht auf die Idee, dass es an ihm selbst, an seinem „Charakter" liegen könnte.

Agnieszka ging ihrer Arbeit nach. Daneben war sie stets bemüht, Heinrich und Erika vor den Strafen des Heimpersonals oder den Gewalttätigkeiten der anderen Kinder untereinander zu bewahren. Es fiel ihr zunehmend schwerer, gegenüber den allgemeinen Zuständen die Augen zu verschließen. Je länger es dauerte, desto schlimmer wurde es, und desto mehr wuchsen die Zweifel in ihr, ob sie noch wegschauen konnte. Trotzdem wagte sie es lange nicht, sich gegen die Autorität des Generals aufzulehnen – bis zum Sommer 1943.

Im Juli des Jahres kamen zwölf Kinder im Alter zwischen fünf und zehn Jahren nach Oberland. Die Kinder waren ängstlich und verstört, und sie reagierten auf keine Ansprache. Nur einige wenige von ihnen sprachen überhaupt, und wenn, dann nur miteinander, und in einer Sprache, die die Schwestern nicht verstanden. Breithaupt ließ sie wissen, dass die Kinder aus besetzten Gebieten stammten. Sie sollten in die Heimgemeinschaft integriert werden und deutschen Sprachunterricht bekommen.

Agnieszka geriet eines Tages zufällig an die Kinder, weil Heinrich sich mit einem der Jungen geschlagen hatte. Dabei stellte sie fest, dass die Kinder Tschechisch sprachen, eine Sprache, die sie fast wie ihre Muttersprache beherrschte, denn ihre Heimatstadt Teschen lag im Grenzgebiet zwischen Polen und der Tschechoslowakei.

Von da an hielt sie zu der kleinen Kindergruppe engen Kontakt, und es dauerte nur wenige Wochen, bis die Kinder sich ihr öffneten. Stück für Stück – soweit sie es konnten – teilten sie sich ihr mit, und Agnieszka erfuhr nach und nach, was ihnen widerfahren war.

Als sie genug gehört hatte, war ihr Weltbild zerstört. Sie marschierte unangemeldet in Breithaupts Büro.

„Wissen Sie, was mit den Kindern passiert ist?"

Obwohl sie für ihre Verhältnisse laut war, ließ Breithaupt sich nicht stören, sondern hielt seinen Blick stoisch auf die Unterlagen vor ihm geheftet.

„Ich habe eine Meldung, ja, und einen Auftrag", brummte er vor sich hin.

„Auftrag? Was haben Sie mit den Kindern vor?"

Ihre Stimme überschlug sich.

„Sie werden hier bleiben", antwortete er ruhig. „Wie alle anderen arischen Kinder auch."

Es klang wie eine Selbstverständlichkeit, aber sie war gepaart mit einem misstrauischen Blick hinter seiner schwarz umrandeten Brille. Agnieszka suchte nach Worten, doch er sprach weiter.

„Ich habe gehört, Sie unterrichten sie ...!?"

Das war weniger eine Frage als ein Befehl.

„Nein, das ist schwierig, unmöglich. Sie wissen, was die Kinder mitgemacht haben."

„Es sind Kinder. Sie werden vergessen."

Er nahm seine Brille ab, hauchte sie an und rieb die Gläser an den Zipfeln seines Sakkos.

„Nein", sagte Agnieszka bestimmt. „*Das* vergessen auch Kinder nicht."

Er sagte darauf nichts, sondern rieb weiter an seiner Brille herum.

Eines der ungeschriebenen Gesetze von Oberland besagte, dass, wenn er schwieg, dann war alles gesagt, und Agnieszka hatte gelernt, dass es keinen Sinn machte, ihm zu widersprechen. Obwohl er sich meist ihre Meinung anhörte, handelte er grundsätzlich nur nach seinen eigenen Überzeugungen.

Agnieszka stand auf und ging zur Tür. Als sie die Klinke schon in der Hand hatte, sagte er: „Sorgen Sie dafür."

Noch am gleichen Abend schickte sie ein Telegramm nach München, an Wilhelm.

„Du musst dich still verhalten", beschwor er sie. „Euch geht es doch gut hier."

Wilhelm Krenzner hatte die nächstbeste Gelegenheit genutzt, um nach Wasserburg zu fahren und sie in Oberland zu treffen. Er fürchtete, die Sache würde aus dem Ruder laufen, denn er wusste, dass Agnieszka labil war und ihm Probleme machen könnte.

An dem Tag hatte sie Dienst in der Wäscherei. Sie arbeitete an einem riesigen Waschzuber, einem Block aus Ziegelsteinen mit einer Feuerstelle unten, und oben steckte ein Kupferkessel in einer gemauerten Umrandung. Heißer Dampf stieg vom dem siedenden Wasser auf, in dem Bettlaken schwammen. Die Luft in dem Kellerraum war stickig und feucht, es roch nach Seifenlauge.

Agnieszka stand auf einem Schemel. Mit beiden Händen umklammerte sie eine Holzlatte, die aussah wie ein kleines Paddel, und rührte mit aller Kraft in dem Kessel; eine schweißtreibende Arbeit. Sie trug nur ein leichtes weißes Kleid.

„Uns geht es gut, ja", keuchte sie, „hier herinnen, sicher, wie man es nimmt, aber da draußen müssen schreckliche Dinge passieren, von denen wir hier nichts mitbekommen."

Wilhelm stand einige Schritte entfernt von ihr. Angelehnt an die Wand, hatte er seine Arme vor der Brust verschränkt und beobachtete, wie sie schwitzte und sich immer wieder mit dem Handrücken über die feuchte Stirn wischte.

„Es ist Krieg, Agnieszka. Die Zeiten sind schlecht ... für alle von uns", sagte er und trat zu ihr.

„Die Kinder haben viel Leid erlebt."

Ihre Stimme klang wütend, während sie die Wäsche in dem Kessel kräftiger hin- und herwälzte.

Der Priester zog ein Tuch aus seiner Hosentasche und hielt es ihr hin.

„Hier, wisch dich ab!"

Agnieszka hörte auf zu rühren. Sie stieg von ihrem Schemel herab und sah zu ihm auf. Als er das zuletzt getan hatte, sollte sie ihr Blut damit aufwischen. Zögerlich nahm sie das Tuch und rieb es durch ihr Gesicht. Sie fühlte wie seine Blicke an ihrem Körper hinabglitten. Irritiert legte sie ihr hölzernes Werkzeug zur Seite und zog ihr verrutschtes Kleid gerade. Mit hungrigen Augen erforschte er ihr Gesicht und griff dann unvermittelt in ihre zerzausten Haare, um sie vorsichtig glatt zu streichen. Verlegen zog sie ihren Kopf ein wenig zur Seite und murmelte leise: „Lass das lieber!"

Noch bevor sie den Satz ganz ausgesprochen hatte, packte er sie an ihren Schultern und stieß sie in den Berg aus schmutziger Wäsche.

Agnieszka schrie überrascht auf, doch seine Hand legte sich sofort über ihren Mund und nahm ihr den Atem. Kurz versuchte sie, sich gegen ihn zu stemmen, aber unter seinem Gewicht konnte sie die Kraft dafür nicht aufbringen. Wie gelähmt ließ sie sich fallen und versank unter ihm wie ein erschöpfter

Schwimmer, ohne dass sie irgendetwas dagegen hätte tun können.

Wilhelm wurde von Sekunde zu Sekunde erregter. Hektisch und schwer atmend flogen seine Hände über ihre und seine Kleidung, räumten jeglichen Stoff aus dem Weg, bis seine Finger sich tief und schmerzhaft in ihr Fleisch eingraben konnten.

In dem Moment versagte ihr Verstand. Sie spürte nur noch eine Woge, die über sie kam, nach ihr griff und sie hinwegspülte. Atemlos ließ sie es geschehen, und als ihre Haut sich berührte, war seine heiß vor Erregung, ihre vor Anstrengung. Sie riss die Augen auf und beobachtete, was er tat voller Angst.

Ohne ein Wort und wie ein ausgehungertes Tier war er über ihr und drängte sich an sie. Er schob ihre Beine auseinander und zwängte sich mit seinem schweren Körper dazwischen. Zwei-, dreimal stieß er zu, und genau so schnell wie seine Lust über ihn gekommen war, so schnell flaute der Sturm auch wieder ab. Er ließ von ihr und sprang auf. Seine Hose baumelte in seinen Kniekehlen.

Agnieszka ließ ihn nicht aus den Augen. Sprachlos lag sie da und sah zu ihm auf, während er mit zittrigen Fingern seinen Talar zuknöpfte.

Ihr Blick fragte ihn, was hier gerade geschehen war, aber er gab keine Antwort. Wahrscheinlich wusste er es selber nicht. Schuldbewusst und unsicher blickte er auf sie nieder. Dann wandte er sich ab und ging, ohne noch etwas zu sagen.

Sie blieb inmitten der Wäsche noch minutenlang liegen. Erst dann fing sie an, sich zu bedecken und weinte dabei leise wie ein geprügelter Hund.

Im Spätherbst 1943 wusste sie, dass sie wieder schwanger war.

8

„Es geht nicht mehr, Willi."

Es klang schlicht und endgültig, aber ihre Stimme stockte.

„Beruhige dich. Was geht nicht mehr?"

„Das, was Breithaupt tut. Ich kann es nicht mehr mit ansehen."

„Was geht es dich an?"

„Ich mache mich mitschuldig."

Er schien ungerührt.

„Auf einmal? Du bist von Anfang an dabei gewesen."

„Jetzt geht es nicht mehr, Willi."

„Was willst du denn machen?"

„Ich werde gehen", sagte sie zu ihm.

Wilhelm lachte spöttisch auf.

„Gehen? Wohin willst du denn gehen? Wir sind mitten im Krieg."

„Nach Hause. Nach Teschen. Da ist es nicht so schlimm, hört man."

Er schüttelte den Kopf.

„Vergiss das. Der Osten ist alles andere als sicher. Die Russen haben Stalingrad zurückerobert, im Frühjahr schon ... und jetzt sind sie auf dem Vormarsch."

„Du lügst", sagte sie voller Überzeugung.

„Nein, Agnieszka. Du musst hier bleiben. Alles andere wäre zu gefährlich."

„Unsinn. Ich habe mich immer durchgeschlagen, und ich komme auch jetzt zurecht."

Wilhelm merkte, dass sie fest entschlossen war, und suchte nach einem anderen Argument.

„Du, ja. Aber was ist mit dem Kind? Dem Heinrich?"

Agnieszka schlug kurz ihre Augen nieder, aber dann schaute sie ihm direkt ins Gesicht.

„Darum wollte ich dich bitten. Sieh du ab und zu nach ihm. Und nach der Erika. Sie sind doch wie Bruder und Schwester.

Und mitnehmen kann ich sie nicht. Aber wenn der Krieg vorbei ist, dann komme ich zurück und hole ihn."

„Wenn der Krieg vorbei ist?", lachte er zynisch auf. „Ich fürchte, dann werden wir alle ganz andere Sorgen haben."

Agnieszka zuckte nur mit den Schultern, als wollte sie sagen ‚Kann schon sein', aber sie blieb stumm und sah ihn skeptisch an. Wilhelm entging nicht, dass sie angestrengt darüber nachdachte, was sie wie als nächstes sagen sollte. Während sie noch mit sich kämpfte, platzte er mitten in ihre Überlegungen hinein.

„Wenn du wirklich alleine gehen willst, dann lass mich dich in ein anderes Kloster bringen. Das ginge, wenn du möchtest."

Agnieszka wandte sich resignierend von ihm ab. Dann drehte sie sich ruckartig wieder zu ihm hin.

„Nein! Das geht nicht, Willi ... nicht noch einmal."

Er blickte sie verständnislos an.

„Ich muss weg ... ich ... ich kann nicht bleiben ..."

Er hörte einen Anflug von Verzweiflung in ihrer Stimme.

„Ach! Breithaupt wird dich doch gar nicht gehen lassen."

„Der? Dem wird nichts anderes übrig bleiben."

Sie legte eine Hand auf ihren Bauch, und Wilhelm überkam eine Ahnung, so dass die Angst ihn augenblicklich erfasste.

„Du musst ...? Du ...?"

Sie senkte ihren Blick.

„Ich bin schwanger", sagte sie. „Ja, Willi, ich bin schwanger!"

„Nein! Von ihm?"

Sie traute sich nicht, ihn anzusehen, sondern schüttelte ihren hängenden Kopf.

„Nein, Willi. Das Kind ist ... von dir."

Seine Gesichtsfarbe veränderte sich. Er biss sich auf die Unterlippe und schluckte schwer.

„Du meinst ... wegen neulich ...?"

Agnieszka nickte stumm.

Wilhelm schloss die Augen und atmete tief durch. Die Erkenntnis wirkte wie ein Tritt in die Magengrube, aber er hatte seine Fassung schnell wieder gewonnen.

„Ruhe bewahren. Wir müssen erstmal Ruhe bewahren. Weiß jemand davon?"

„Nein! Natürlich nicht. Wie kannst du solche Fragen stellen?"

„Beruhige dich. Ich werde dir helfen. Bleib noch. Ich komme in drei Tagen wieder her und dann weiß ich, was wir machen."

„Wir?"

„Warte nur."

Er packte sie bei den Schultern und schüttelte sie kurz.

„Warte hier!", sagte er und verschwand.

Er kam schon am zweiten Tag zurück nach Oberland und drängte sie in einen Raum.

„Du willst nach Teschen?", fragte er. „Ich habe mich erkundigt. Das ist eine gute Idee. Ich habe versucht, dir eine Karte für den Zug zu besorgen. Leider ging das nicht. Aber ich habe eine Fahrkarte bis Nürnberg. Da bist du schon ziemlich weit. Von da aus musst du dich allein durchschlagen."

Er hielt ihr einen Rucksack hin und zog daraus einen Umschlag hervor.

„Und hier habe ich etwas für dich organisiert. Sieh es als Mitgift an ... oder als Versicherung für das Kind."

Er löste die Schnüre und öffnete den Rucksack. Darin lag ein goldener Kessel.

„Das ist pures Gold", sagte er. „Den kannst du zu Geld machen, wenn du es brauchst, für das Kind, oder für dich, und überall, das ist das Wichtigste."

Agnieszka nahm den Kessel vorsichtig in ihre Hände und drehte ihn hin und her.

„Mein Gott, das ist ja ein Kunstwerk. Wo hast du das her?"

„Von einem Soldaten. Aus dem Osten. Er hat es mir für die Kirche gespendet. Da gibt es unglaubliche Schätze, im Osten.

Du hattest Recht. Im Osten, da geht es den Leuten besser."

Sie blieb noch bis Weihnachten.

Kurz danach, zwischen den Jahren 1943 und 1944 verschwand sie wieder. Spurlos.

**Prien am Chiemsee
im Frühjahr 1945**

„Der Krieg ist aus, Bachler", sagte General Breithaupt. „Am besten, du machst dich auch davon."

„Davo? Spinnst jetzt du?"

Sie hatten sich in der Abenddämmerung zu einem letzten Treffen verabredet. Breithaupt hatte ihm mitteilen lassen, er habe abschließende Anweisungen für ihn.

„Nee, ich spinne nicht. Besser, du hörst auf mich. Mehr kann ich nicht für dich tun."

Der General war dabei, ein paar Sachen in einen kleinen Rucksack zu packen.

„I laff ned davo."

„Alter Sturkopp. Es gibt ein paar Leute, die haben das Messer auf dich geschliffen. Und wenn das mit deiner Schwester rauskommt, dann werden sie dich eh öffentlich steinigen."

„Hoit du doch dei Mei. Mia duat koana wos. I bleib do."

„Mach, was du willst. Wird nicht lange dauern, bis sie dir eine tote Ratte vor die Tür legen."

Der General verschnürte seinen Rucksack.

„So, ich hab alles gepackt ... und alles gesagt", meinte er. „Und ich geh jetzt auch. Ich hab's eh noch lange ausgehalten. Die anderen sind längst schon über alle Berge."

„A so is des!", stellte der Steinberger fest. „Ees lafft's olle davo, oda was?"

„Alle, ja, aber dann doch jeder für sich, das ist leichter, jetzt sind wir alle allein, Bachler."

„Nix do. A Ratz, der is nia alloa."

„Ach Bachler! Red doch keinen Unsinn. Genieß den Krieg, der Frieden wird schrecklich werden."

Er schwang sich seinen Rucksack auf den Rücken.

„Aber verhalt dich ruhig", sagte er mit ausgestrecktem Zeigefinger. „Und vernichte alles, was dich belasten könnte. Die Amis stellen alles auf den Kopf."

„Bei mir wern de nix finden."

„… und wenn dich jemand anzeigt, dann sperren sie dich ein."
Er wandte sich um zum Gehen.

„Aber das wäre ja noch das wenigste. Sei froh, dass die Russen nicht kommen. Die würden dich direkt an die Wand stellen."

Der Bachler lachte laut schallend auf.

„Mi? I konn mi wehrn."

Damit zog er eine Pistole aus seiner Jackentasche und wog sie in der Hand.

„Kindskopf!", sagte Breithaupt. „Aber wenn du wirklich bleiben willst, da hab ich noch was für dich … einen Topf … pures Gold … dahinten im Viehtrog", mit dem Kinn wies er in die Richtung. „Nimm ihn dir … vielleicht musst du dich ja auch mal freikaufen."

Johann Steinberger drehte sich um und hob ein kleines Brett auf, das den Trog abdeckte. Ungläubig starrte er auf das goldglänzende Kunstwerk.

„Wo host des her?" Sein Blick war ein einziges Fragezeichen.

„Ach, den hab ich dieser polnischen Nonne abgenommen … die ist schon vor einem halben Jahr davon … Ich glaub, die hat's kommen sehen. Weiber! Die spüren so was."

„A der is fei wos wert. Wo soi de den her haben?"

„Keine Ahnung. Ich hab sie gestellt, als sie weg wollte. Den hat sie im Rucksack gehabt. Hätte sie eh nicht weit tragen können."

„Und warum nimmst du den ned mit?"

„Ist mir auch zu schwer zum Mitnehmen. Hab noch ein paar andere Sachen dabei, die mir wichtiger werden könnten. Nimm du ihn. Vielleicht bringt er dir Glück."

Steinberger ließ die Abdeckung krachend fallen.

„Na, du host ma Glück brocht, und du bleibst aa do!", sagte er selbstsicher. Breithaupt lachte ihm ins Gesicht.

„Pfiat di", schmunzelte er. „Sagt man doch so, oder? Ich geh jetzt. Es wird schon gleich dunkel."

Damit griff er nach dem Riegel, der das Stalltor versperrte. Johann Steinberger streckte seine Hand nach ihm aus.

„Bleib steh!", presste er hervor und richtete die Pistole mit zitternder Hand auf ihn. Doch Breithaupt ignorierte ihn. Immer noch lächelnd zog er den Riegel zur Seite. Er drehte ihm schon den Rücken zu, als der Bachler ihm hinterherschrie.

„Bleib steh, du Ratz, du feiger!"

Jetzt verharrte der General und drehte sich langsam wieder um. Kühl und selbstsicher maß er den Bauern mit Blicken wie ein Schneider.

Steinberger kam mit ausgestreckter Hand auf ihn zu. Die Pistole konnte er kaum gerade halten. Wenige Schritte von ihm entfernt feuerte er hektisch los.

Die Kugeln trafen den General im Gesicht und in der Brust. Er machte einen Schritt nach hinten, fing sich noch einmal kurz und fiel dann um wie ein Sack Kohlen.

**Prien am Chiemsee
im Frühjahr 2003**

Matthias sitzt an seinem neuen Küchentisch und beugt sich über die Zeitung, während er sich genüsslich die Marmelade von den Fingern leckt.

Am Wochenende liest er immer zuerst den Priener Lokalteil. Diesmal blättert er ihn auf und sein Blick fällt auf die Abbildung eines großen Kessels, offenbar aus Gold, soweit man das von einer Schwarzweißaufnahme sagen kann.

„Goldener Kessel im Chiemsee gefunden", lautet die Überschrift des Artikels. Irgendetwas daran erinnert ihn spontan an etwas, das Sylvia ihm erzählt hatte.

Neugierig liest er.

„... nördlich von Chieming, in der Chiemseebucht bei Arlaching, hat ein Taucher im September letzten Jahres einen goldenen Kessel gefunden. Ganz in der Nähe des Ufers steckte das wertvolle Stück im Schlamm. Der Froschmann hatte seinen Fund zunächst für einen Lampenschirm gehalten. Erst als er ihn geborgen hatte, war ihm klar, was er dort gefunden hatte. Sofort verständigte er die Polizei.

Man hat schnell festgestellt, dass es sich hierbei um ein Kunstwerk aus purem Gold handelte. Darauf sind mythische Bilder zu sehen, und so ging man bald von einem prähistorischen Fund aus. Ganz in der Nähe von Chieming hatte es nämlich schon Ausgrabungen gegeben, bei denen man auf Fundstücke aus der Römerzeit gestoßen war ...

Matthias stutzt und überlegt: Goldener Kessel? Chieming?

Genau das hatte dieser Amerikaner erzählt, dieser Nachfahre der Resi Bachler, den Sylvia in Pennsylvania gefunden hatte. Richard war sein Name gewesen, Richard van Gries.

Der hatte ihr erzählt, dass er in Ising gewesen sei ... und Arlaching, dort, wo man den Kessel gefunden hatte, das liegt direkt unterhalb von Gut Ising bei Chieming, weiß er.

Der Amerikaner hatte gesagt, dass er dort einen Kessel in den See geworfen hat, einen goldenen Kessel, den er dort gefunden hatte, wo dieser General erschossen worden war.

Matthias ist sich sicher. Ohne auf die Uhr zu sehen, greift er zum Telefon.

9

Richard van Gries blickt lange auf das Bild, das Sylvia ihm hinhält und beginnt dann langsam zu nicken.

„Ja, sieht so aus. Ich denke, das war das Ding", sagt er. „Haben sie es jetzt endlich gefunden?"

„Ein Taucher. Hat es für einen Lampenschirm gehalten und aus dem Schlamm gezogen. Das war schon voriges Jahr."

Matthias hat das Bild aus der Zeitung gescannt und per E-Mail an Sylvia geschickt. Die Qualität des Ausdrucks ist zwar nicht besonders gut, aber gut genug, dass der alte Mann den Kessel erkennen kann.

Vor Monaten hatte Sylvia ihn kennen gelernt. Ihre Suche nach den Wurzeln der Therese Bachler in ihrer neuen Heimat hatte sie in die Gegend westlich von Philadelphia geführt, in einen kleinen Ort mit Namen New Holland.

Dort war die Bachler Resi in den siebziger Jahren des 19. Jahrhunderts gelandet, hatte einen Friesen geheiratet und mit ihm neun Kinder in die Welt gesetzt. Sie waren dort zu einigem Reichtum gekommen, aber selbst im fernen Amerika war das Bauernmädchen aus Hittenkirchen am Chiemsee ihrer Heimat treu geblieben und hatte ihre Kultur an ihre Kinder und Kindeskinder weitergegeben, vor allem ihre Sprache.

Richard van Gries war ihr letzter Enkel, und selbst mit ihm noch hatte sie fast ausschließlich ihre Muttersprache gesprochen, Bayrisch. Als sie 1939 mit über 90 Jahren starb, war er gerade 14 Jahre alt. 1944 wurde er zum Kriegsdienst einberufen und nach Europa geschickt. Als Dolmetscher der amerikanischen Truppen war er bis in den Chiemgau gelangt. Mit seiner Hilfe konnten Sylvia und Matthias damals das Treiben des Johann Steinberger aufdecken.

Es ist ein Sonntagmorgen, als sie auf der Freeland-Ranch zu Besuch ist.

„Bei Gut Ising, sagst du, haben sie ihn gefunden?"

Sylvia nickt.

„Dann muss er es sein ... da war's ... da waren wir ... und da habe ich ihn ins Wasser geworfen."

„Warum haben Sie das eigentlich getan? Der Kessel ist ziemlich wertvoll, heißt es. Das müssen Sie doch auch gemerkt haben."

„Sicher, das habe ich mir schon gedacht, aber ich war wütend."

Er reicht ihr das Bild mit einem Ausdruck gepflegten Desinteresses zurück.

„Wütend? Auf wen?"

Der alte Mann atmet tief ein und wieder aus.

„Ich hatte das Ding aus dem Stall geholt, in dem sie den General gefunden hatten, diesen Breithaupt. Jemand hatte ihn in den Kopf geschossen."

Er macht eine Pause.

„Der Bachler hatte mir gesagt, dass da ein goldener Kessel zu holen sei. Ich habe nicht lange suchen müssen. In so einem Kasten hatte er ihn versteckt, nur mit ein bisschen Stroh zugedeckt."

„Und den haben Sie mitgenommen."

„Ja, warum auch nicht? Ich dachte zunächst, der hat ihm gehört, der Familie, dass er den dort versteckt hatte. Und dann hätte er ja irgendwie uns gehört. Aber das habe ich bald nicht mehr geglaubt."

„Ach ja? Warum?"

Der Amerikaner sieht sie traurig an.

„Das habe ich dir damals nicht gesagt ... aber ... ich war auf dem Hof."

„Sie waren auf dem Bachler Hof?"

Er nickt und blickt an ihr vorbei.

„Und warum haben Sie mir das nicht gesagt?"

„Siehst du? Als sie mich einberufen haben zur Armee, da wusste ich, wir würden nach Europa gehen, nach Deutschland vielleicht. Da habe ich mich sogar gefreut und gehofft, dass ich nach Bayern kommen könnte, vielleicht ja sogar bis zum Chiemsee, von dem meine Großmutter mir immer soviel erzählt hatte ... und die Kampenwand, die hätte ich auch sehen wollen."

„Das alles haben Sie ja auch geschafft."

Sylvia nickt ihm aufmunternd zu, als würde sie ihm gratulieren.

„Ja, ich habe zwar auch ein bisschen nachgeholfen, aber das Schicksal hat mich genau dorthin getragen."

Sylvia fragt sich, warum er so ernst mit ihr spricht.

„Als ich es bis München geschafft hatte, da wusste ich, ich werde es auch bis nach Hittenkirchen schaffen."

Er knetet an seinen Fingern herum. Sylvia ist ganz still und lässt ihn weiterreden.

„Aber dann war das in Dachau, wo wir das Wachpersonal erschossen haben. Männer, mit denen ich vorher noch geredet hatte. Meist junge Männer. Im Krieg lernst du, der Krieg ändert die Menschen, und der Tod nimmt keine Rücksicht. Wir haben genug tote Kinder gesehen. Ich wäre am liebsten wieder zurückgekehrt, aber da waren wir schon so weit gekommen. Über Wasserburg sind wir irgendwie bis Prien vorgerückt. Wir haben die Häuser besetzt. Ich habe mit vielen Menschen gesprochen, und dann präsentiert mir das Schicksal den Bachlerbauern auf dem Tablett."

Fast beschwörend hebt er die Hände, als würde er den Mann greifen wollen. Sylvia weiß, dass man ihn damals unvorbereitet und ungeplant zum Verhör des Gefangenen einbestellt hatte, weil niemand außer Richard van Gries die bayrische Sprache gut genug beherrschte, um diesen Johann Steinberger zu verstehen. Was danach geschehen war, das weiß sie alles gut genug und will die Wunden nicht wieder aufreißen. Sie winkt ab.

„Ja, ja, den Rest, den kenne ich."

„Nicht alles", entgegnet er. „Als man den toten Bachler gefunden hatte, da haben die Leute plötzlich über ihn geredet und uns gesagt, was der vorher so getrieben hatte. Einige haben gesagt, wir sollen ihn irgendwo verscharren, nur nicht auf dem Friedhof."

Wieder ist er kurz still.

„Wir haben ihn der Familie übergeben. Ich bin da raufgefahren, nach Hittenkirchen, mit einigen Kameraden, und die Leute haben uns gesagt, wo wir den Hof finden."

Jetzt sieht sie in seinen Augen, dass er die Bilder wieder vor sich hat.

„Und plötzlich standen wir da vor diesem Hof, eine Hütte mit Stall, mehr war es nicht. Aus diesem Loch ist meine Großmuter geflohen, habe ich mir gedacht, hier liegen die Wurzeln meiner Familie."

Er weist mit den Händen auf den Boden und legt in diese Geste seine ganze Enttäuschung.

„Zwei Frauen lebten dort", spricht er weiter, „... mit einem kleinen Kind, ein Mädchen – dem habe ich noch einen Kaugummi gegeben. Unvorstellbare Verhältnisse."

Er schüttelt den Kopf.

„Die Frauen waren Schwestern, die eine davon ..."

Er tut so, als suche er nach dem geeigneten Wort und tippt sich mit dem Zeigefinger an die Stirn.

„... mad ... wie sagst du das?"

„Verrückt?"

Er verzieht den Mund zu einem kurzen Lächeln.

„Deppert, das war sie. Die hat das gar nicht mitbekommen, und die andere hat das Weinen angefangen, als sie ihn gesehen hat, und sie hat auch noch Danke gesagt. Kann man sich das vorstellen? Wir bringen ihren toten Bruder, und die sagt Danke."

„Ja, das ist seltsam", meint Sylvia und überlegt schweigend.

„Und: Haben Sie sich denn zu erkennen gegeben?"

„Nein, natürlich nicht."

Er weist das mit einer Handbewegung von sich und seine Züge hellen sich wieder ein wenig auf, als erinnere er sich an etwas Witziges.

„Ich habe Bilder gemacht."

„Bilder? Sie meinen Fotos? Von dem Hof?"

„Ja, und auch die beiden Frauen und das Kind habe ich fotografiert."

„Sie haben Fotos von dem Hof?"

Wie elektrisiert richtet Sylvia sich auf.

„Sicher! Die habe ich dir noch nicht gezeigt, oder?"

Er erhebt sich und holt die hölzerne Kiste hervor, die Sylvia vor Monaten schon einmal gesehen hatte. Darin waren die Bilder und Briefe verstaut, die seine Großmutter Therese Bachler hinterlassen hatte. Er stellt die Kiste auf dem Schreibtisch ab und beginnt darin zu wühlen.

„Hier, in dem schwarzen Kuvert, das müssen sie sein."

Er zieht einen Stapel Fotos aus dem Umschlag.

Die Bilder zeigen den Hof von vorn. Eine Bank steht rechts vor dem Eingang. Darauf sitzen drei weibliche Gestalten: Zwei Frauen, beide etwa gleich alt, um die 50, schätzt Sylvia, und ein Kind in deren Mitte. Man erkennt, dass noch ein wenig Schnee liegt. Trotzdem trägt das kleine Mädchen – Sylvia meint, sie könnte fünf oder sechs Jahre alt sein – keine Schuhe, und ihr Gesicht sieht schmutzig aus.

Richard hatte den Hof von allen Seiten fotografiert, und auch aus dem Inneren des Hauses sind einige Bilder dabei.

„Die sind erschrocken, als der Blitz losging", lacht er und reicht ihr das Bild, auf dem eine der Frauen am Herd steht, mit einem Gesichtsausdruck, der ihre Krankheit erahnen lässt.

„Da habe ich gemerkt, der Kessel kann nicht von so einem Hof stammen. Das passt nicht zusammen. Der musste eher diesem General gehört haben, diesem Breithaupt."

Sylvia gibt ihm das Bild zurück und greift nach dem nächsten, das er ihr hinhält.

„Eine Zeit lang habe ich das Ding noch mit mir herumgeschleppt, aber nicht mehr lange."

Bald danach habe er wieder weiterziehen müssen, und östlich vom Chiemsee, bei Surberg, seien sie auf diese 60 Leichen gestoßen. Er habe die Bevölkerung befragen müssen, aber sie hätten so gut wie nichts erfahren.

In Gut Ising waren sie untergebracht, für ein paar Tage nur, und an einem Morgen sei er zum See hinuntergegangen und habe den Kessel in hohem Bogen ins Wasser geworfen.

„Vor Wut, Zorn, ich weiß es nicht ... ich wollte das Ding einfach nicht haben."

Sylvia versucht sich in ihn hineinzuversetzen. Sie sieht einen jungen Soldaten vor sich, wie er den Kessel in den Chiemsee schleudert, aber es gelingt ihr nicht, seine Gedanken nachzuvollziehen.

„Dann war der Krieg aus für mich. Ich bin weggegangen, nach Hause, ohne Gold, aber mit Bildern von dem Hof, von dem meine Großmutter stammte. Das war mir mehr wert."

„Tut mir leid, dass Sie an Deutschland so eine schlechte Erinnerung haben", sagt Sylvia ganz leise, als wolle sie sich dafür entschuldigen.

„O nein, mein Kind." Er holt tief Luft. „Ich habe auch andere Erfahrungen gemacht ..."

Auf seiner Rückreise, erzählt er, es muss so Ende Mai, Anfang Juni gewesen sein, da sei er wieder in Wasserburg gewesen und habe dort einen bemerkenswerten Mann getroffen, einen Priester. Der habe in einem Heim ein Kind abgegeben, einen Jungen, ein halbes Jahr sei er alt gewesen, und der Priester habe ihn seit seiner Geburt versteckt, denn er sei das Kind einer jüdischen Mutter und eines deutschen Vaters, hätte er gesagt.

Die Magie dieses Augenblicks schwingt noch in seiner Stimme, als er davon erzählt.

„Kurz nach Weihnachten 1944 habe sie ihm das Kind anvertraut und sei kurz darauf verschwunden und nicht mehr zurückgekehrt. Und ich weiß das noch, weil – das war auch noch witzig – der Junge hat nämlich Helmut geheißen, und wie ich das meinen Kameraden erzähle, da haben sie nicht gewusst, ob sie heulen oder lachen sollen, weil die Deutschen ihre Kinder ‚helmet' also ‚Helm' nennen, verstehst du?"

Er lacht herzhaft, und Sylvia lacht mit ihm.

„Wir haben ihn kurzerhand umbenannt. Louis, das ist mein Mittelname", sagt Richard schließlich.

Bevor Sylvia sich verabschiedet, fragt sie ihn: „Darf ich mir von den Bildern Kopien machen?"
„Die aus dem Bachler Hof?"
„Ja."
„Sicher. Warum denn?"
„Das Kind darauf, das Mädchen. Ich denke, mein Mann kennt die Frau, die einmal das Kind war."
„Sicher", sagt Richard noch mal. „Kannst du haben, aber dann soll dein Mann sie auch schön von mir grüßen. Ich war der, der ihr den Kaugummi gegeben hat."

10

‚Breithaupt', denkt sie sich, als sie zurück nach Philadelphia fährt. Den Namen hat sie früher gar nicht gekannt. Erst als sie sich mit dem Tod des Johann Steinberger befasst hat, war der Name öfters vorgekommen. Er war sogar im Priener Heimatbuch vermerkt, als Präsident des hohen SS-Gerichts in Prien, erschossen in einem Stadel zwischen Prien und Weisham, bei Bernau, vermutlich am 29. April 1945 – soviel weiß sie.

Die Amerikaner waren auf seine Leiche gestoßen, aber es hatte sich herausgestellt, dass der Tote schon Tage vorher von Einheimischen gefunden worden war. Die Leute hatten ihn aber einfach dort liegen lassen.

Und von diesem General, so vermutet Richard van Gries, stammte nun der Kessel aus dem Chiemsee. Verrückt. Jedenfalls ist es sehr wahrscheinlich, glaubt Sylvia, dass er diesen Kessel gehabt hat. Matthias hat ihr gesagt, in den Zeitungen würde von einem „prähistorischen Hintergrund" geschrieben. ‚Vielleicht Beutekunst', denkt sie sich.

Aber mehr als das geht ihr Richard van Gries durch den Kopf. Sie stellt sich vor, wie er als kaum 20-jähriger Soldat in das Land seiner Vorfahren kommt und wahrscheinlich alles dransetzt, um zu den Wurzeln seiner Familie vorzudringen. Deren Geschichte kannte er bis dahin nur aus den Erzählungen seiner Großmutter, der Bachler Resi. Es muss für ihn eine fremde Geschichte aus einer fremden Zeit und einem weit entfernten Land gewesen sein. Trotzdem oder gerade deswegen wollte er sie mit Leben füllen, die Bilder dazu sehen und mitnehmen. Die Einberufung zur Armee gab ihm die Chance, das zu tun.

Und er war damals weit gekommen, sei es durch eigenen Antrieb oder einfach nur, weil er das Glück hatte, bis nach Hittenkirchen zu kommen. Welch eine Enttäuschung musste es für ihn gewesen sein, dass alles so geendet hatte, welch eine Enttäuschung, dass er den Ursprung seiner Familie in dem schon damals halb verfallenen Hof in Hittenkirchen fand und schließlich feststellen musste, dass der jetzige Bachler, der Steinberger Johann, nichts anderes war als ein übler Halunke. Trotz dieser ernüchternden Einsicht, glaubt sie, muss Richard van Gries mit einem guten Gefühl in sein Land zurück gekehrt sein; dem Gefühl, alles richtig gemacht zu haben. Sylvia ist beeindruckt von diesem alten Mann.

Dahingegen deprimieren sie die Dinge, die damals in ihrer Heimat passiert sind. Schon damals, als sie durch Evi Heumann von der offenbaren Gleichgültigkeit oder vermeintlichen Machtlosigkeit der Leute gegenüber dem Treiben des Johann Steinberger erfahren hatte, war sie schockiert. Dass man ihn hat gewähren lassen, dass man erst, als er tot war, die Courage hatte zu sagen, dass der auf dem Friedhof nichts verloren hat, das erschreckt sie. Ob es heute anders wäre, fragt sie sich, und drückt sich um die Antwort.

Wie Richard van Gries kennt auch sie ihre eigene Familiengeschichte sehr gut. Sie ist aufgewachsen mit dem Ideal, sie nicht nur zu kennen, sondern sie auch zu pflegen und weiterzuführen. Daran hat sie früher immer geglaubt.

Sie war hineingeboren in die hoch angesehene Familie Thanner, ein Privileg und eine Bürde gleichermaßen. Die Beachtung, die man ihr im öffentlichen Leben schenkte, empfand sie als ständige Beobachtung. Spät merkte sie, dass es zudem noch unsichtbare Leitplanken gab, Bahnen, die ihr Leben vorzeichneten. Das begriff sie zur gleichen Zeit, als sie sich zum ersten Mal verliebte, und auch der Prozess dahin war der gleiche: Beide Einsichten schlichen sich zunächst ganz langsam an sie heran. Ab einem gewissen Punkt, waren sie plötzlich da, sehr plötzlich. Sylvia war 15 oder 16. Bei ihrer ersten Liebe genoss sie dieses unverhoffte neue Gefühl der Ausgelassenheit und der Freiheit, und sie wollte mit dem jungen Mann davonlaufen. Bei der Sache mit der Familie hasste sie die fremdbestimmte Enge, die ihr mit einem Mal bewusst wurde – und wieder wollte sie ausbrechen.

Aber als geborene Thanner konnte sie es sich nicht leisten

auszuscheren. Es wurde erwartet, dass sie in genau den Gleisen blieb, die ihr Name ihr gelegt hatte.

Nur: Da war Matthias ihr und allen anderen damals in die Quere gekommen. Sie muss lächeln, wenn sie an ihre erste Begegnung mit Matthias denkt. Diese eine Nacht – oder was davon übrig war – mit ihm in ihrem alten Kombi, nach dieser Faschingsfeier im Charivari, diese eine Nacht hatte im Prinzip alles verändert. Das Reizvollste an einer Beziehung sollte ihr Anfang sein, hatte sie sich immer gewünscht. Doch da war sie nicht erhört worden.

Ihre frühe Schwangerschaft war ein Schock für sie und ihre Eltern. Aber der wich bald der Einsicht, sie müsse heiraten, denn beinahe nichts hätte weniger in das Weltbild ihrer Eltern gepasst als ein „lediges" Kind. Eine Entscheidung, die ihr Leben verändert hatte, war in weniger als drei Tagen gefallen, wahrscheinlich sogar in weniger als einigen Stunden. Hin- und hergerissen zwischen ihren Vorstellungen und dem, was ihre Familie für sie geplant hatte – und mit Matthias auf deren Seite – war sie auf verlorenem Posten.

„Klar", hatte ihre Mutter gesagt und ihr dabei mit ernster Miene zugezwinkert. „Ein knisterndes Feuer ist romantisch, aber eine Wärmflasche ist solide und gemütlich."

Sollte sie lachen oder heulen? Sie musste sich mit den Umständen arrangieren, denn das wurde von ihr erwartet – und sie war jung und naiv genug, um sich zu fügen.

Und es ging ja gut, anfangs. Wegen der Schwangerschaft hatte sie alle beruflichen Pläne verdrängt und konzentrierte sich auf das Kind – bis zu jener Nacht im Frühsommer, als sie es verlor. Damit war die Grundlage ihrer Beziehung verloren und sie begann sich abzunabeln. Sie fühlte sich wieder frei, aber es erschien ihr wertlos, denn über den Verlust des Kindes kam sie lange nicht hinweg. Mehr als ein Jahr lang wusste sie wenig mit sich anzufangen.

Sie ging weg, nach München, und genoss es, dass sie meist inkognito war und als ganz normale Studentin durchging, weit weg vom Chiemsee. Mit ihrem nur leicht gepflegten bayrischen Dialekt passte sie perfekt zur Münchner Szene.

Sie stürzte sich in ihr Jurastudium und kam gut und schnell voran. Auf dem Gymnasium war sie eigentlich keine gute Schülerin gewesen, im Gegenteil: Einmal war sogar ihre Versetzung gefährdet. Ständig hat sie kämpfen müssen, um durchzukommen. Damals hat sie es gehasst, aber im Nachhinein war sie sogar dankbar dafür, dass ihr Name ihr in der Schule nichts nutzte, denn im Studium und später auch im Beruf haben ihr genau diese Erfahrungen, oder simpler: die Spielpraxis, geholfen.

Bei Matthias war es umgekehrt. Er war auf der Realschule immer einer der besten Schüler. Alles flog ihm zu, und er hätte es sicher auch auf dem Gymnasium geschafft, aber das war bei ihm zu Hause nicht üblich. Sylvia glaubt an die Theorie, dass man lernen muss, sich durchzusetzen, zu kämpfen, um es im Leben zu etwas zu bringen, und Matthias hat das nie gelernt, meint sie, nicht lernen müssen – jedenfalls nicht in der Schule.

Während ihrer Zeit in München kam ihre Ehe ihr vor wie das Festland, während sie selbst auf dem offenen Meer trieb, alles war unberechenbar und sie hatte keine Ahnung, wohin der Wind sie treiben würde.

Als sie irgendwann fertig war mit dem Studium, ging sie wieder zurück nach Prien. Aber nur für kurze Zeit. Eigentlich blieb sie gar nicht, denn ihre erste Stelle bei Benkin & Company führte sie hinaus in die Welt. Sylvia wollte arbeiten, hart arbeiten und sich dadurch selber befreien. Und sie wollte erst dann wieder zurückkommen, vielleicht ein großes Haus am See kaufen und etwas anderes machen, etwas ganz anderes, vielleicht sogar etwas Überraschendes, sich um Obdachlose kümmern, eine Suppenküche einrichten zum Beispiel, aber nicht aus Nächstenliebe, sondern weil das sogar eine Geschäftsidee sein könnte.

Zu solchen Plänen hatte Matthias damals schon gesagt: „Nette Vision! Behalt sie für dich oder geh zum Arzt damit. Die Leute werden immer meinen, du bist die Thannerin, und deshalb kannst du dir das leisten. Du wirst immer eine Thannerin bleiben, ganz gleich, ob du Staudacher oder sonst wie heißt."

Da musste sie ihm sogar Recht geben.

„Ja, ja, die Welt ist eine Bühne, und wir spielen alle die Rollen, die uns zugedacht sind", hatte sie so dahingesagt, und Matthias hatte ergänzt, dass sie noch nie ihr Stichwort verpasst habe.

„Irgendwann möchte ich meine eigene Rolle spielen", sagt sie sich und schüttelt den Kopf, wenn sie heute an diese Worte denkt. Sie, ganz die Thannerin, sprach immer von Aktion, Matthias eher von Reaktion.

So war das auch, als er die Leiche von Anna Wimmer gefunden hatte. Matthias wollte das alles auf sich beruhen lassen. Sylvia wollte eine Geschichte daraus machen. Er wollte die Dinge einfach laufen lassen, irgendwer würde sich schon darum kümmern. Sie wollte die Sachen selbst in die Hand nehmen – bis sie merkte, es könnte sich gegen sie selbst richten. Als ihr klar wurde, dass ihre eigene Familie in diesen Fall Wimmer verwickelt war, und zwar mehr als ihr selbst lieb war, da war sie wieder einmal hin- und hergerissen, und entschied sich – zumindest kurzfristig – für ihre Familie. Jetzt wollte sie Matthias davon abhalten, weiter zu forschen. Aber da war es schon zu spät: Er, der sonst nur getrieben wurde, hatte plötzlich Blut geleckt und wollte der Sache auf den Grund gehen. Vielleicht war es ehrliche Neugier, vielleicht war es Rache. Ihr jedenfalls kam es eher so vor, als wollte er ihr zeigen, dass es auch in ihrer Familie schwarze Schafe gab – mindestens eins; als ob sie das nicht selbst gewusst hätte.

Wie auch immer, sie konnte ihn nicht mehr stoppen. Erst hatte er die Leiche der Anna Wimmer buchstäblich ausgegraben, und jetzt zerrte er auch noch ihr Leben ans Licht. Er hatte ihr Tagebuch gefunden, und was sie darin lesen konnten, sagte Sylvia mehr über ihre Familie als alle bekannten Erzählungen. Und mehr als das: Was diese unglückliche Bäuerin aus einem anderen Jahrhundert geschrieben hatte, sagte ihr auch mehr über sich selbst als sie je geglaubt hätte. Die Parallelen zwischen ihrem eigenen Leben und dem der armen Anna Wimmer waren für sie plötzlich unübersehbar und bestärkten sie in ihrem Glauben, dass sie die Dinge selber in die Hand nehmen müsse, um ihrem Leben eine neue Richtung zu geben.

Anna Wimmer hatte weglaufen wollen, weg von ihrem Hof, nach Amerika. Wahrscheinlich hatte sie kaum eine Vorstellung davon, was das bedeuten würde, und vielleicht wäre sie nie dort angekommen, aber sie hatte den Traum, und das allein zählte. Sylvia hatte es sich zur Aufgabe gemacht, diesen Traum zu erfüllen, für sich oder für Anna Wimmer, das war egal. Sie wollte weg, und sie ging. Alles, was sie tun musste, war, ihren kleinen schwarzen Koffer zu packen. Dann hatte sie sich einfach umgedreht und war gegangen, weil sie ihre Freiheitsutopie leben wollte. Die Erwartungen ihres Milieus nahm sie sehr wohl ernst, aber dies war ein entscheidender Moment in ihrem Leben, und da konzentrierte sie sich nur auf sich selbst. Würde man im Nachhinein einen Punkt in ihrem Leben suchen, an dem sie sich von ihrer Familie emanzipierte, es wäre dieser Tag, an dem sie den Traum von Anna Wimmer wahrmachte.

Mit diesen Erinnerungen erreicht sie die Stadtgrenze von Philadelphia. Es ist früher Sonntagnachmittag, als sie sich in ihrem Hotelzimmer auf das Bett fallen lässt. Soll sie Matthias anrufen und ihm sagen, dass Richard den Kessel wiedererkannt hat? Sie schaut auf die Uhr.

‚Vier Uhr nachmittags bei mir, zehn Uhr abends in Prien', denkt sie sich. ‚Da ist er gerade auf dem Weg ins Bett.'

Sie bleibt liegen und starrt an die Decke.

„Wie ist das mit diesem Breithaupt?", fragt sie sich nach einer Weile. „Da müsste doch sicher mehr zu erfahren sein als das, was wir aus dem Heimatbuch wissen."

Sie zieht ihren Laptop zu sich auf das Bett und googelt „Breithaupt": Mehr als 200.000 Einträge. Die Ergänzung „General" schränkt es auf gut 100.000 Treffer ein. „Breithaupt General SS" liefert knapp 2.000 Adressen.

‚Schon überschaubarer', denkt sie sich und fängt an, die ersten Seiten willkürlich aufzurufen.

Auf die Schnelle findet sie erstaunlich viele Details über diesen Mann, und sie ist überrascht, dass sie über ihn vorher so gut wie nichts wusste. Nicht einmal seinen Namen kannte sie.

In den meisten Beiträgen wird er nur namentlich genannt oder irgendeine Funktion erwähnt, die er in seinem Leben einmal ausgeübt hatte. Bei der Simon-Wiesenthal-Stiftung gibt es sogar eine Akte über ihn, hunderte von Seiten lang, das meiste uninteressant. Auf einigen wenigen Seiten findet sie seine biographischen Daten kompakt zusammengefasst.

Franz Breithaupt, geboren am 8. Dezember 1880 in Berlin, gestorben am 29. April 1945 in Prien am Chiemsee – unter ungeklärten Umständen.

Schon seine Familie gilt als „militärisch vorbelastet", schreibt einer. Er selbst tritt früh in den Militärdienst ein, wird jung Kadett und als „militärisch begabt" bezeichnet, aber seine Karriere verläuft zunächst trotzdem unauffällig. Bis zum Ersten Weltkrieg ist er Lehrer und unterrichtet diverse Fächer an der Militärturnanstalt in Berlin.

‚Ein kleines Licht', denkt Sylvia.

Als 1914 der Krieg beginnt, hat er es bis zum Hauptmann gebracht. Er rückt sofort ein und übernimmt für kurze Zeit die Leitung einer Kompanie des 42. Infanterieregiments. Schon nach wenigen Wochen erleidet er einen Kopfschuss, von dem er sich nur langsam wieder erholt. Nach seiner Genesung bekleidet er zwar noch die eine oder andere militärische Funktion, aber kurz nach dem Krieg scheidet er als Major aus dem Militärdienst aus und beginnt eine kaufmännische Ausbildung.

„Die zweite Karriere im bürgerlichen Lager", murmelt sie vor sich hin und liest weiter.

Anfang der 20er Jahre übernimmt er die Leitung eines Betriebes in der bayrischen Pfalz, heiratet und wird später Vorstandsvorsitzender einer Mälzerei. Seine Ehe wird 1944 wieder geschieden.

Daneben engagiert er sich auch als Sportfunktionär. Er ist Geschäftsführer der deutschen Turnerschaft und Mitglied des Senats der Deutschen Hochschule für Leibesübungen. Später wird er zunächst Schatzmeister und schließlich Präsident der Deutschen Lebensrettungsgesellschaft DLRG.

Sylvia findet sogar eine Veröffentlichung unter seinem Namen. Seine Schrift zum Thema „Leibesübungen" weist ihn eindeutig als „Züchtigungsfanatiker" aus. Man müsse „den Willen der Kinder brechen" wird er an einer Stelle zitiert, und an anderer Stelle sagt er, dass „wer unseren völkischen Idealen genügen will, der darf sich um eine gewisse Abhärtung nicht drücken."

Sylvia schüttelt den Kopf.

Mit Beginn der 30er Jahre schlägt er sich sofort auf die Seite der kommenden Machthaber: 1931 tritt er der NSDAP bei, gleich darauf auch der SA und der SS, und wird Adjutant des Reichsführers der SS, Heinrich Himmler, in Berlin. Damit scheint seine Karriere vorprogrammiert. Er wird unter anderem Vizepräsident des Volksgerichtshofes und Beisitzer beim obersten Parteigericht der NSDAP.

Kurz danach aber muss wohl der Karriereknick gekommen sein. 1937 erhält er einen förmlichen Verweis wegen „Verstoßens gegen das Devisengesetz", von Himmler persönlich gezeichnet.

Daraufhin wird er in die Provinz versetzt, und zwar in das neu gegründete Kinderheim Oberland bei Wasserburg, einer Einrichtung des nationalsozialistischen Vereins „Lebensborn".

Sylvia stutzt. Für einen Mann seines „Formats" muss das die Höchststrafe gewesen sein: Die Versetzung aus dem Zentrum der Macht in die dunkelste Provinz, um dort ein Kinderheim zu leiten. Welch eine Demütigung!

Von einem Verein mit Namen „Lebensborn" hat sie zwar schon gehört, aber sie hat keine klare Vorstellung davon. Und von einem Kinderheim in der Nähe von Wasserburg weiß sie nichts. Sie beschließt, darauf zurückzukommen.

Breithaupt – so die Artikel weiter – muss sich wohl gegen seine Versetzung ins tiefste Oberbayern zur Wehr gesetzt haben, denn kurz darauf kandidiert er gegen den ausdrücklichen Willen Himmlers für den Reichstag. Das hätte ihn natürlich in Berlin gehalten, aber da er kein Mandat erhielt, musste seine Karriere damit endgültig gescheitert sein.

Ab Januar 1938 ist er Leiter des Kinderheims Oberland bei Wasserburg, und dort bleibt er auch bis zu seinem Tod im Alter von 64 Jahren.

Zwischenzeitlich wird er zwar noch einmal befördert, nämlich 1942 zum Leiter des hohen SS-Gerichts in Prien am Chiemsee, aber seine Karriere hatte Himmler persönlich schon 1937 beendet.

„Jede Rolle hat einen Vorhang", sinniert sie.

Sein Tod schien ungeklärt. Die Amerikaner hatten seine Leiche in einem Stadel bei Weisham gefunden. Als Todestag war der 29. oder 30. April 1945 angegeben, aber die genauen Umstände blieben im Dunkeln. Er war erschossen worden, soviel wusste man, aber ob zum Beispiel von seinem Fahrer, wie an einer Stelle behauptet wurde, oder ob er gar Selbstmord begangen hatte, war nie geklärt worden.

‚Hm', denkt Sylvia, während sie auf das Todesdatum des Generals schaut. ‚Die Amerikaner sind erst am 8. Mai in Prien eingerückt. Da war der schon über eine Woche tot, und Selbstmord kommt jedenfalls nicht in Frage.'

Sie schließt die Augen und massiert sich die Schläfen.

„Komisch ..."

Doch sie klickt weiter durch die Seiten, bis sie zu einem Link auf „Lebensborn" kommt. Dort findet sie eine ausführliche Darstellung des Vereins.

„Verein Lebensborn e.V., gegründet am 12. Dezember 1935 in Berlin, eine SS-eigene Organisation, die Himmler persönlich unterstellt war", ist der erste Satz, den sie liest.

‚Aha, wieder der Himmler', denkt sie sich.

„Orientiert an den beiden wichtigsten bevölkerungspolitischen Grundsätzen des Nationalsozialismus, Rettung der nordischen Rasse und qualitative Verbesserung des Nachwuchses unter Zuchtkriterien im Sinne der NS-Rassenhygiene", steht dort, „hatte der Verein es sich zur Aufgabe gemacht, diese Grundsätze im Bereich der Mütterfürsorge umzusetzen."
Praktisch gesprochen sollte einerseits die Geburtenrate gesteigert werden, und andererseits wollte man ledige Mütter zum Austragen der Kinder bewegen und setzte alles daran, dass uneheliche Kinder für die Frauen ganz offiziell nicht mehr mit einem gesellschaftlichen Makel verbunden waren.

Sylvia muss an ihre eigene Schwangerschaft denken.

Ja, man ging sogar soweit, dass „Früh- und Nebenehen" erwünscht waren. All das war mit den herrschenden Moralvorstellungen natürlich nicht vereinbar, aber im Sinne der NS-Ideologie war dies nur konsequent.

„Allein durch diese bevölkerungspolitische Maßnahme werden in 18 bis 20 Jahren 18 bis 20 Regimenter mehr marschieren", soll Himmler geschrieben haben.

Dazu wurden im ganzen Land Heime errichtet, in denen anonym Entbindungen durchgeführt werden konnten. Als SS-eigene Organisation konnte der Verein Lebensborn Entbindungen geheim halten, denn eine erfolgte Geburt wurde nicht an die Heimatgemeinde der ledigen Mutter weitergeleitet.

Die Neugeborenen wurden in einem eigenen Zeremoniell mit einer Mischung aus pseudochristlichen, nationalsozialistischen und germanischen Riten unter Auflegung eines silbernen SS-Dolches unter der Hakenkreuzfahne „getauft".

„War unser Kessel vielleicht ein Taufkessel?", schießt es ihr durch den Kopf.

Zunächst nahm der Verein nur ledige Mütter auf, von denen gewährleistet war, dass sie selbst und deren Nachwuchs den strengen rassenhygienischen Ansprüchen entsprachen.

Als man aber während des Krieges merkte, dass die „arische Elite" nur mäßig wuchs, befahl Himmler, jedes arisch aussehende, blonde und blauäugige Kind in den besetzten Gebieten wie Polen, Frankreich und Jugoslawien zwecks „Eindeutschung" zu entführen. Diese Kinder wurden zunächst in den Heimen des Lebensborn aufgenommen, um sie später an verschiedene Pflegestellen oder zur Adoption zu vermitteln.

Die Kinder erhielten neue Namen und durften nur noch Deutsch sprechen. Ihre Muttersprache sollten sie vergessen.

Ein besonders tragischer Fall dieser Art waren „die Kinder von Lidice", liest Sylvia.

Im Juni 1943 hatte Himmler den Lebensborn-Leiter Max Sollmann angewiesen, für „die Versorgung, Erziehung und Unterbringung von tschechischen Kindern" zu sorgen, „deren Väter beziehungsweise Eltern als Angehörige der Widerstandsbewegung exekutiert werden mussten."

Die Kinder stammten allesamt aus dem Dorf Lidice, das die Wehrmacht dem Erdboden gleich gemacht hatte. An die 300 Frauen und Männer waren dort standrechtlich erschossen worden; 200 Frauen wurden in das Konzentrationslager nach Ravensbrück verbracht.

Die knapp 100 Kinder des Ortes wurden verschleppt und sollten auf ihre „Eindeutschungsfähigkeit" überprüft werden: ein typischer Fall für Lebensborn.

Sylvia ist sicher und beunruhigt, dass sie diese Geschichte noch nie gehört hat, aber mehr noch erschüttert sie die Tatsache, dass die Verantwortlichen des Vereins zwar 1948 auf der Anklagebank des alliierten Nürnberger Militärtribunals saßen, aber allesamt glimpflich davonkamen.

Der Artikel listet die einzelnen Heime des Vereins auf.

Das erste Heim war am 15. August 1936 unter dem Namen Oberland bei Wasserburg eröffnet worden, und zwar in einer Einrichtung, die zuvor schon als kirchliches Kinderheim geführt worden war. Das existierende Heim wurde kurzerhand in den Verein integriert, und die damals dort schon untergebrachten Kinder wurden somit zu den ersten Lebensborn-Kindern.

„Oberland", sinniert Sylvia, „und das ist die Verbindung zu Breithaupt."

Es irritiert sie, wie wenig sie über diese Dinge weiß.

Ein Blick auf die Uhr verrät ihr, dass sie über ihrer Recherche die Zeit ganz vergessen hat. Es ist acht Uhr abends bei ihr.

Gleich morgen früh würde sie Matthias anrufen.

Sie schläft unruhig in dieser Nacht.

Er ist gerade dabei, das Büro zu verlassen, als sie ihn erreicht. Es ist Montagnachmittag bei ihm.

„Schon Feierabend? Du hast es gut."

„Na ja. Es ist Montag, und von der Woche ist noch viel übrig. Außerdem: Das Wetter ist bärig, und ich wollte noch ein bisserl Motorrad fahren."

Sie weiß, dass er von anstrengender Arbeit nicht viel hält.

„Danke für das Bild von dem Kessel. Woher er stammt, kann ich dir auch nicht sagen, aber ich denke, er hat mal dem Breithaupt gehört."

„Dem General? Den der Bachler auf dem Gewissen hat?"

„Das wissen wir ja nicht, aber jedenfalls war er da, wo sie ihn gefunden haben, den General, und dass er dem Bachler gehört haben soll, das kann Dick nicht glauben."

„Also ist es *der* Kessel, den er in den See geworfen hat?"

„Eindeutig. Na ja, nicht ganz, aber er glaubt schon, dass er es ist ... wäre ja komisch, wenn es zwei davon geben würde."

„Dann müssen wir das melden, Sylvia. Die Behörden bei uns gehen ja davon aus, dass das Ding aus der Keltenzeit stammt."

„Kann ja auch sein ..."

„Sicher, aber das mit dem General, und dass der das Ding eventuell gehabt hat, das müssen wir doch melden."

„Und gleich eine neue Theorie über seinen ungeklärten Tod aufstellen, oder?"

„Was heißt Theorie. Wir wissen ja etwas ... und das können wir doch nicht verheimlichen ... oder?"

Sylvia lacht.

„Sicher. Das ist kein Vergehen. Lass mal. Da sagen wir lieber nichts, sonst bringen wir Richard in die Bredouille, und das will ich keinesfalls."

„Du willst also gar nichts machen?"

„Doch. Ich würde zunächst gerne verstehen, ob das überhaupt sein kann, dass der Bachler ihn erschossen hat. Was soll der Herr SS-General schon mit einem Bauern wie dem Bachler zu schaffen gehabt haben?"

„Na ja, die Heumann hat das auch erzählt, dass der Bachler irgendeinem General gemeldet hat, wo es noch junge Männer für den Kriegsdienst gab. Und im Verhör mit den Amis ist das doch auch rausgekommen. Das hat der Dick doch selber gesagt ..."

„Ich weiß. Apropos Dick. Dick war damals auf dem Bachler Hof und hat sogar Bilder gemacht, von der Erika, und auch von ihrer Mutter und deren Schwester, Erikas Tante."

„Bilder? Du meinst: Fotos? Hast du die gesehen?"

„Klar, und er macht mir Abzüge davon."

„Und ich war letzte Woche bei der Heumann", fällt Matthias ein. „Und da hat sie mir erzählt, dass sie sich auch ein wenig umgehört hat, wegen der Erika. Das hat sie nicht losgelassen. Die Erika sei das *Kind vom Heiligen Geist* ..."

Er erzählt ihr, was in Hittenkirchen über die Geschichte der Bachlers vor und während des Krieges so gesprochen wird.

„Interessant", sagt Sylvia, als er fertig ist. Ihr Jagdinstinkt ist geweckt.

„Ein Sanatorium hat sie gesagt?"

„Ja, so was."

„Also bei mir klingelt da was, denn ich hab mal ein wenig zu diesem Breithaupt recherchiert, nichts Interessantes eigentlich ..."

In groben Zügen erzählt sie ihm, was sie über dessen Leben herausgefunden hat, und dass er die letzten sieben Jahre seines Lebens hauptsächlich Leiter eines Kinderheimes gewesen sei, ein Heim des Vereins Lebensborn.

„Lebensborn? Habe ich schon mal gehört. Und die sollen hier ein Heim gehabt haben?"

„Irgendwo zwischen Wasserburg und Rosenheim, ja, es hieß Oberland."

„Nie gehört."

„Ich auch nicht, aber das ist sicher noch da."

Matthias ahnt jetzt, was sie damit sagen will.

„Du, ich hab momentan wenig Zeit. Ich wollt' eh gerade weg, das Wetter ist bärig heut', und wie gesagt, ich wollte gerade losfahren."

„Prima. Die Berge laufen dir nicht davon. Fahr doch mal nach Wasserburg und schau, ob du das Heim nicht findest?"

„Ach, komm Sylvia. Was soll das denn jetzt?"

Er sagt es so zahm wie immer, und Sylvia seufzt, als wolle sie ihm zeigen, dass sie es mühsam und sinnlos findet, sich weiter mit ihm abzugeben.

Sie weiß, das wirkt bei ihm, denn er würde sich immer ins Zeug legen, um ihr zu helfen, und er weiß, es würde wenig Sinn haben, sich ihr zu widersetzen.

„Ok", sagt er. „Montag. De Woch' fangt scho guat o."

TEIL 3

**Altötting
im Herbst 1978**

Der Mann hatte schon mehrfach geklingelt, bis Erika Steinberger es schaffte, die Arbeit in der Küche ruhen zu lassen und sich in Richtung Tür bewegte.

„Komme schon, komme schon!", rief sie durch die geschlossene Haustür, während sie sich an ihrer Schürze die Hände abtrocknete.

Bevor sie öffnete, blickte sie durch die Glasscheibe nach draußen. In der letzten Zeit hatten die Besuche von Hausierern und Bettlern immer mehr zugenommen. Sie sah einen Mann, den sie nicht kannte. Vorsichtig öffnete sie die Tür einen Spalt weit und spähte hinaus.

„Ja, bitte?"

Der Mann, der vor ihr stand, war nicht viel größer als sie selbst, aber sehr kräftig.

„Grüß Gott. Sie wünschen?", fragte sie nochmals.

„Grüß Gott. Ich komme, weil der Herr Pfarrer gesagt hat, ich solle mich hier melden."

„Ach so, ja."

Erikas Züge hellten sich auf. Sie öffnete die Tür ganz und trat einen Schritt hinaus. Der Mann wich zurück und hob eine Hand, als müsse er seine Gedanken ordnen.

„Der Herr Pfarrer ist gerade noch unterwegs, aber er hat mir schon was gesagt, dass da jemand kommt, nur …"

Erika überlegte.

„Jetzt momentan geht es leider nicht … können Sie später noch mal kommen?"

Sie merkte, wie der Mann sie aus blinzelnden Augen mit Blicken durchbohrte. Er sagte nichts, sondern starrte sie nur an.

„Ob Sie später noch mal kommen können?", wiederholte sie. „Der Herr Pfarrer kann jetzt gerade nicht."

Der Mann sagte immer noch nichts.

„Verstehen Sie mich?", fragte sie, als der Mann weiterhin schwieg.

„Doch, doch! Sicher verstehe ich ...", stammelte er los. „Ich komme, also man schickt mich, ich soll ..." In seinem Kopf rasselten Bilder hinauf und hinunter.

„Was sollen Sie?", fragte Erika und runzelte ihre Stirn.

„Rasenmähen", murmelte er.

„Ja, ja, richtig. Der Herr Pfarrer hat's mir gesagt, ...aber er ist nicht da, verstehen Sie? Er kommt aber gleich. Sie müssten später noch mal ..."

Erika hielt inne, denn der Blick des Fremden ging ihr unter die Haut.

Er starrte sie an wie ein Weltwunder und machte sie unsicher. Sie blickte ihn schweigend an. Sekundenlang schwiegen sie sich an, bis er unvermittelt sagte: „Erika?"

Er sagte es leise, trotzdem erschrak sie.

„Äh ... ja ..." Sie lächelte verlegen und schüttelte ungläubig den Kopf. „Kennen wir uns?"

„Du kennst mich nicht mehr?" Seine Augen klebten an ihr.

„Nein, äh, sollte ich?" Sie wandt sich und machte einen Schritt zurück ins Haus.

„Entschuldigung, aber Sie sind mir etwas ... unheimlich."

„Oberland", sagte er. „Erinnerst du dich daran?"

Seine Augenbrauen waren hoffnungsvoll hochgezogen, aber Erika schaute ihn immer misstrauischer an.

„Tut mir leid, nie gehört. Sie verwechseln mich", sagte sie und griff nach der Tür, um sie zuzuziehen.

„Nein, warte!", sagte der Mann und streckte seine Handfläche nach ihr aus.

Er bückte sich und fing an, seine Schuhbänder zu lösen. Erika hatte ein Gefühl, als ob jetzt etwas Entscheidendes passieren würde.

„Also was tun Sie denn jetzt, das wird ja langsam ... peinlich."

Der Mann ließ sich nicht beirren. Schon hatte er seine Schuhe abgestreift, seine Socken und stand schließlich barfuß vor ihr und blickte hinab auf seine Füße.

Erika stand in der halb geschlossenen Tür und ihr Blick glitt an ihm herab. Es dauerte ein paar Sekunden, dann schlug sie sich mit der flachen Hand vor den Mund und stieß seinen Namen hervor: „Heinrich ...?" Sie begann zu zittern. „Heinrich!", stieß sie hervor.

Er machte einen Schritt nach vorn, griff nach ihren Schultern und schob sie wortlos ins Innere des Hauses. Jetzt starrte Erika ihn an wie ein Weltwunder.

„Was ist mit deiner Hand?", fragte sie ihn später, als sie in der Küche des Pfarrhofs saßen.

„Was soll damit sein?"

„Die beiden Finger ... die hast du damals noch gehabt."

„Ja", seufzte er. „Ein Unfall."

„Ein Unfall? Wie schrecklich!"

„Ach, nicht der Rede wert. Wie mit den Zehen. Und daran hast du mich doch erkannt."

Erika lächelte mitleidig.

„Ja, genau. Und wie hast du mich wiedererkannt?"

„An deinen Augen – zunächst. Dann dein Lächeln, das ändert sich nicht. Auch nach 30 Jahren nicht."

Erika legte den Kopf zur Seite und lächelte ihn immer noch an.

„Wie alt warst du da?"

„Neun, als sie dich abgeholt haben, da war ich neun."

„Neun!" Erika nickte.

„Ich war gerade sechs geworden. Ich kann mich nur schwach erinnern an die Zeit im Heim, aber wie sie mich abgeholt haben, das weiß ich noch gut."

Heinrich sagte nichts.

„War eine lange Reise damals. ‚Nach Hause' haben sie mir gesagt."

„Wohin haben sie dich gebracht, damals?"

„Hittenkirchen! Das ist am Chiemsee, nicht weit weg von hier. Damals war es eine Weltreise für mich."

„Ja. Kindern kommt die Zeit immer länger vor."

„Und es war schlimm für mich. Es war nicht mein Zuhause. Ich kannte doch meine Mutter nicht. Auch den Onkel nicht. Niemand. Ich wollte wieder zurück, in unser Heim. Tagelang, wahrscheinlich wochenlang war ich krank, vor Heimweh, nach euch ... habe mir die Augen aus dem Kopf geheult. Ich wollte weglaufen, und habe es einmal sogar getan. Nach der Schule bin ich weg, aber am Priener Bahnhof haben sie mich wieder abgeholt."

Erika schmunzelte.

„Ich hätte gemeint, ich komme da schon irgendwie hin."

„Bist du später noch einmal dort gewesen?"

„Nein, nie mehr. Ich weiß doch bis heute nicht, wo genau wir gewesen sind. Nähe Nürnberg, soviel hat man mir gesagt."

„Nürnberg?"

Heinrich legte die Stirn in Falten.

„Ach, woher denn? Wasserburg hätte gereicht."

„Wasserburg? Wieso Wasserburg?"

„Da waren wir!"

„Nein, das kann nicht sein."

„Doch, sicher. Wie kommst du denn auf Nürnberg?"

„Meine Mutter hat es mir gesagt."

Heinrich schaute sie ungläubig an.

„Das ist nicht wahr. Wie konnte sie so etwas sagen?"

Erika überlegte kurz.

„Na, wegen dem Brief."

„Dem Brief? Was für ein Brief?"

„Meine Mutter hatte einen Brief bekommen, noch im Krieg, von einer Frau, aus Nürnberg."

„Und was hat der mit dir zu tun?"

„Die Frau schrieb über mich ... dass ich in einem Heim sei ... und dass meine Mutter mich da rausholen solle."

„Das stimmt ja auch, und sie haben dich ja auch abgeholt, aber nicht in Nürnberg, sondern in Oberland, so hieß das Heim. Oberland, das war bei Wasserburg."

Er sprach das Wort Oberland aus, als habe er eines der letzten Rätsel der Menschheit gelöst. Erika schaute ihn fragend an.

„Oberland? Bei Wasserburg? Wie kann das sein? Ich müsste den Brief noch mal raussuchen ..."

„Du hast den Brief?"

„Ja, sicher. Meine Mutter hat ihn mir gegeben, 1964, kurz bevor sie gestorben ist, und da hat sie mir zum ersten Mal davon erzählt und mir gesagt, wo ich die ersten Jahre meines Lebens verbracht habe. Irgendwo bei Nürnberg eben ... wegen dem Brief, und sie hat gesagt, sie habe ihren Bruder, den Onkel Hans, bedrängt, ihr zu sagen, wo ich sei, damit sie mich holen könne. Er hat ihr immer gesagt, es ginge mir gut dort, aber jetzt wusste sie, dass das nicht stimmt. Sie hat erzählt, dass sie wohl eine Riesenszene gemacht habe."

Erika lachte schüchtern und hielt sich die Hand vor den Mund.

„Meine Mutter hatte Temperament, damals. Jedenfalls ist der Onkel losgefahren, mit dem Motorrad. Ein paar Tage lang muss er weggewesen sein, und als er wieder zurückkam, da hatte er mich dabei. Ich war sechs ..."

„Und er hat gesagt, dass er dich aus Nürnberg geholt hat?"

„Ich weiß nicht, nein, ich glaube nicht, dass er das gesagt hat. Aber meine Mutter hat es gemeint, weil ihr Bruder doch so lange weggewesen war, und weil der Brief aus Nürnberg gekommen war. Das konnte sie am Stempel sehen, deswegen hat sie geglaubt, dass ich dort gewesen sei."

Heinrich schüttelte bestimmt den Kopf.

„Nein, das ist nicht wahr! Aber von wem war der Brief denn?"

Erikas Stimme stockte, während sie krampfhaft versuchte, die Erinnerung hervorzuholen.

„Einen Namen weiß ich nicht. Und meine Mutter wusste es auch nicht."

„Und dein Onkel? Hat der etwas gewusst?"

Erika verneinte.

„Ich weiß nicht, nein, meine Mutter hat gesagt, sie wüsste nicht, wer den Brief geschrieben hätte."

„Also anonym?"

„Ich kann ihn mal holen. Ich habe ihn oben, irgendwo bei meinen Sachen von der Mutter ..."

Heinrich lachte.

„Lass mal, später vielleicht." Zaghaft griff er nach ihrer Hand.

„So war das?", sprach er weiter. „Na ja, ich weiß ziemlich genau, wo wir damals waren. Ich war auch später noch mal dort. Oberland hieß das damals. Heute heißt es anders, Hochland, liegt südlich von Wasserburg, mitten in der Pampa."

„Hochland heißt das heute, sagst du? Wenn das kein Zufall ist. Der Herr Pfarrer war dort, in Hochland, als Findelkind ist er dort abgegeben worden."

„Ich weiß", sagte Heinrich und drückte ihre Hand ein wenig fester.

Erika ließ es geschehen, aber man konnte sehen, dass ihre Gedanken abschweiften. Irgendetwas beschäftigte sie sehr.

„Kannst du dich denn nicht mehr daran erinnern, dass wir Kinder von unserem Balkon aus oft die Berge haben sehen können?"

Erika schaute ihn eindringlich an und überlegte.

„Ja, ja, jetzt, wo du es sagst, fällt es mir wieder ein, glaube ich zumindest. Mein Gott, wie lange ist das her?"

„Von Nürnberg aus hätten wir keine Berge gesehen."

Erika lachte.

„Stimmt!"

Sie zuckte mit den Schultern und überlegte weiterhin krampfhaft.

„Ich glaube, ich muss den Brief doch mal holen", sagte sie, „weil, du kommst darin auch vor."

„Ich?"

„Ja, und wenn mich nicht alles täuscht, dann ist der Brief von deiner Mutter."

Heinrichs Gesichtsfarbe änderte sich.

11

Das Wetter ist gut, die Lage stabil.

‚Warum soll ich nicht dahin fahren?', denkt Matthias sich, als er seine alte SR 500 antritt. Anstelle der geplanten Richtung nach Süden, in die Berge, steuert er das Motorrad nach Norden, ins Flachland, einer Gegend, die – wie er findet – in ihrer Schönheit unterschätzt wird.

Richard hat Sylvia gesagt, sie seien auf das Heim gestoßen, als sie von Wasserburg aus weiter in Richtung Endorf gezogen seien. In einem Waldstück und in direkter Nähe zu einem kleinen See habe das Haus auf einer leichten Anhöhe gelegen; das ist alles, was er weiß. Und Sylvia hatte auch schon herausgefunden, dass das Heim heute von einer Versicherungsgesellschaft als Schulungsheim verwendet wird und in der Gemeinde Eiselfing liegt.

„Das müsste eigentlich reichen", sagt er sich, „um das Ding zu finden."

Von Prien aus fährt er nordwärts. Er trägt das Helmvisier offen. Der Fahrtwind in seinem Gesicht tut ihm gut.

Die sanft geschwungene Landschaft liegt im Sonnenschein, als er zwischen Rimsting und Hemhof den Langbürgner See passiert. Unwillkürlich kommen die Erinnerungen zurück, wie er dort vor gut einem Jahr im Uferdickicht die Moorleiche der Anna Wimmer gefunden hat.

Von Hemhof aus fährt er an der Eggstätter Seenplatte vorbei bis Höslwang. In kurviger Fahrt geht es weiter Richtung Amerang und von dort nördlich nach Wasserburg. Sobald er in die Nähe von Eiselfing kommt, verlangsamt er die Maschine. Links der Straße erstreckt sich ein größeres Waldgebiet.

‚Dahinter könnte es irgendwo sein', denkt er. Da es aber keine Möglichkeit zum Linksabbiegen gibt, fährt er weiter, bis er den Wald hinter sich hat. Von weitem sieht er schon die nächste Ortschaft und denkt ‚Das ist zu weit. Jetzt muss ich umkehren', als plötzlich links ein asphaltierter Feldweg abzweigt. Er schafft es gerade noch, den Blinker zu setzen, und biegt ab. Der

Weg führt ihn zurück in Richtung des Waldes, trifft aber bald auf eine etwas größere Straße.

Alteiselfing steht auf einem verwitterten Wegweiser.

‚Rechts ist sicher falsch', glaubt er und biegt noch mal links ab. Nach wenigen Metern kommt wieder eine Straße von links, und er ist froh, als er an der Kreuzung den Wegweiser sieht, auf den er gehofft hat: *VKB Schulungsheim Hochland.*

‚Also, wer sagt's denn?', freut er sich und legt sich elegant in die Kurve, diesmal ohne den Blinker zu setzen.

Eine Allee führt geradewegs auf das Haus zu. Eine kleine Anhöhe umrahmt von dem Wald, ein Anwesen mit drei Stockwerken, lang nach hinten gezogen und daran schließt sich ein großer Querbau an.

Matthias parkt direkt vor dem Eingang.

‚Montagabend', denkt er, ‚um die Zeit wird kaum einer da sein.'

Er klingelt trotzdem. Unter der Klingel findet er auch ein Schild: *Hausmeisterwohnung.* Er probiert es auch dort.

Als er später am Abend wieder zu Hause ist, kann er es kaum erwarten, mit Sylvia zu sprechen. Zufrieden mit sich selbst breitet er das Material aus, das er mitgebracht hat. Voller Vorfreude tippt er genüsslich ihre Nummer ein.

„Ich hab da ein paar Sachen zusammengetragen", spricht er ihr mit bemühter Autorität in der Stimme auf die Mailbox. „Ruf doch bitte mal schnell zurück."

Dann macht er sich an die Arbeit.

Er liest und liest, bis das Klingeln des Telefons ihn aufschrecken lässt. Es ist kurz nach elf.

„Du hast schon was gefunden?" Sylvia kommt immer gern gleich zur Sache.

„Ja!" Es klingt fast wie ein kleiner Triumphschrei.

„Ich habe ein paar offizielle Informationen bekommen, und ein paar inoffizielle", lässt er sie wissen. „Welche willst du zuerst haben?"

„Ich nehme an, die inoffiziellen sind interessanter."
„Wahrscheinlich, aber auch komplizierter."
„Ok, fang mit den offiziellen Sachen an."
„Also, das Haus heißt jetzt Hochland, ist ein Anwesen in einem Waldstück bei Eiselfing, liegt etwas abseits der Hauptstraße, aber trotzdem gut zu erreichen. Nette Lage, vorne frei, hinten Wald und ein Weiher. Eine Alleestraße führt darauf zu. Gehört jetzt irgendeiner Versicherung. Die machen da Schulungen oder so was."

„Ja, soweit war ich fast schon im Bilde."

Das ist eine für Sylvia typische Einlassung.

„Sicher. Sieht super aus, alles tiptop, jetzt. Die haben das Anfang der 70er Jahre gekauft. Davor stand es 20 Jahre lang leer, war ziemlich heruntergekommen."

Sylvia brummt ein wenig; ein Zeichen, dass sie schon ungeduldig ist.

„Ich habe mit dem Hausmeister gesprochen. Der hat mir ein paar offizielle Infoblätter zum Haus in die Hand gedrückt. War ganz früher ein Außenlager einer Brauerei, so ein Fasskeller oder so was, und irgendwann hat die Caritas das Gebäude übernommen und ein Kinderheim eingerichtet."

„Die Caritas?"

„Ja, aber nur bis Anfang der 30er Jahre, dann wurde es zwangsversteigert und ab 1935 war es ein staatliches Heim."

„Klingt nicht außergewöhnlich."

„Wenig später fiel es irgendwann an den Verein Lebensborn, von dem du gelesen hast. Die sind da eingezogen und haben aus dem Kinderheim, das es bis dahin war, ein Mutter-Kind-Heim gemacht, das war 1938. Sie haben das ganze Anwesen damals auch ziemlich ausgebaut und ergänzt."

„Wie groß ist das Haus denn?"

„Also ursprünglich war das Heim für maximal 80 Kinder angelegt. Gegen Ende des Krieges hatten sie Platz für 50 Mütter und deutlich mehr als 100 Kinder, so genau kann man es nicht sagen."

„Warum nicht?"

„Na ja, als der Krieg zu Ende ging, ist vom Personal noch einiges zerstört worden, wahrscheinlich, weil es dort auch ein paar brisante Sachen gab. 1943 hatte man nämlich notdürftig zwei Baracken auf dem Gelände errichtet, vermutlich als Außenlager für die Zentrale. Die war eigentlich in München, und man vermutet, die haben da irgendwann mal schnell was auszulagern gehabt – wichtige Unterlagen wahrscheinlich. Aber das ist alles verschwunden, und die Baracken hat man noch schnell abgerissen, bevor die Amis da waren."

„Und das Personal war weg, als die Amis kamen, oder? Das hat Dick jedenfalls so gesagt."

„Keine Ahnung. Jedenfalls weiß man, dass die Amis dort gut 160 Kinder gefunden haben, Kinder jeden Alters, aus allen Ländern."

„Auch ausländische Kinder?"

„Offenbar ja. Auch Ausländer."

„Und was haben sie mit denen gemacht?"

„Die ausländischen Kinder haben sie dort behalten, die anderen sind in andere Heime gekommen oder im Umland adoptiert worden, steht hier, aber ich denke, einige sind auch dort geblieben, denn das Heim ist kurz nach dem Krieg weitergeführt worden, als Kinderheim."

„Von den Amis?"

„Nein, *kirchlicher Träger* heißt es hier nur. Aber die haben Ende der 50er Jahre den Laden dichtmachen müssen. Liest sich so, als habe es ein paar üble Übergriffe gegen die Kinder gegeben, aber nichts Genaues weiß man nicht – offiziell nicht."

„Aha, hört sich an, als ob wir jetzt zum inoffiziellen Teil kommen."

„Richtig!" Wieder klingt es wie ein kleiner Triumphschrei.

„Ich hab' dort mit dem Hausmeister gesprochen. Netter Mensch, ein bisschen einsam, weil momentan ist wenig los, und am Wochenende erst recht nicht. Aber er fährt auch Motorrad, und da sind wir schnell ins Plaudern gekommen, und irgendwann sagt der zu mir, da gäbe es eine Schularbeit über das Haus."

„Eine Schularbeit?"

„Ja, ist auch lange her. Anfang der 70er, sagt er, sei eine Schulkasse aus Mühldorf gekommen und habe nachgeforscht und eine Arbeit über das Heim geschrieben. Er wäre damals gerade erst da gewesen und konnte ihnen natürlich nicht viel sagen. Aber die Kinder hätten einiges herausbekommen und später haben sie ihm auch ein paar Exemplare ihrer Arbeit zugeschickt."

„Und?"

„Und die hatte er noch, und eins davon hat er mir gegeben."

„Und was steht drin?"

„Jede Menge. Die Schüler haben damals ehemalige Insassen des Heims ausfindig gemacht. Lauter Leute, die 1945 als Kinder in dem Heim waren, und noch da waren, als die Amis gekommen sind. Und mit denen haben sie geredet und alles Mögliche aufgeschrieben. Gab schon ein paar menschliche Schicksale in dem Heim", seufzt er.

„Sag schon! Irgendetwas Konkretes."

„Fast nur. Ich hab' noch nicht alles gelesen. Das meiste nur mal so überflogen, und der Breithaupt kommt natürlich dauernd vor, aber auch jede Menge anderer Namen werden erwähnt."

„Von den Kindern?"

„Die auch, aber ich meine vom Personal. Das ist doch interessant, dass man sogar die Namen von den Schurken hatte, aber sagtest du nicht, dass die alle davongekommen sind?"

„Die Vereinsoberen, richtig. Dann wär's ja seltsam, wenn man das Heimpersonal zur Rechenschaft gezogen hätte."

„Da wär' ich anderer Meinung, denn da ist einiges passiert damals. War sicher kein KZ, aber ein Ponyhof war es auch nicht."

„Erzähl schon! Was denn?"

„Na ja, nicht gerade das Übliche, was man so kennt. *Scheitlknien* war das Mindeste."

„Und sonst?"

Matthias blättert in der Akte, während er spricht.

„Ich würde es dir gerne einscannen und zuschicken, aber das ist ziemlich viel. Zumindest ist es mal mit Schreibmaschine geschrieben und nicht in altdeutscher Handschrift. Kann es warten, bis du mal wieder hier bist?"

„Trifft sich gut. Ich habe gerade erfahren, dass ich überraschend nach Frankfurt muss, morgen schon. Ich würde gerne kurz vorbeikommen. Am Mittwochabend, ok? Nur eine Stippvisite. Am Donnerstagmittag muss ich wieder zurück."

„Ok, bis dahin mache ich dir eine Kopie davon", sagt Matthias und freut sich auf sie.

Nach dem Gespräch geht er ins Bett und nimmt die Schularbeit mit, um sie dort zu Ende zu lesen.

Es ist schon nach zwölf, als er das Licht löscht und in die Dunkelheit starrt. Er liegt ganz still und lauscht, aber heute vermisst er keine Geräusche, denn sein Kopf ist voll mit den Bildern, die die Schülerarbeit hat entstehen lassen. Zusätzlich zu den offiziellen, an Fakten und Daten orientierten Informationen über Oberland, hat er jetzt auch ein Bild des Heimes vor Augen, das aus ganz individuellen Erlebnissen zusammengesetzt ist.

Die Arbeit beginnt mit einigen wenigen Erläuterungen zu den Hintergründen der NS-Rassenideologie:

Seit Hitlers „Gnadentoderlass" vom 1. September 1939 hatte man begonnen, Leben, das durch Aussehen, Krankheit oder Behinderung nicht zum Idealbild der arischen Rasse passte, zu vernichten. Im ganzen Land gab es willfährige Helfer, die ihre Sache gründlich machten.

Anschließend geht sie über zu dem daraus abgeleiteten besonderen Schutzbedürfnis germanischen Lebens.

Die nordische Rasse sei bedingt durch Geburtendefizite vom Untergang bedroht. Sie zu retten und gleichzeitig eine qualitative

Verbesserung des Nachwuchses zu erreichen, war die Idee, die in Oberland zum ersten Mal in die Praxis umgesetzt wurde.

Im Wesentlichen haben die Schüler eine ganze Reihe von Erwachsenen interviewt, die 1945 als Kinder und Jugendliche von den Amerikanern in Oberland vorgefunden wurden. Damals waren sie zwischen zehn und 15 Jahren alt; zur Zeit der Interviews waren sie Mitte 30 bis Anfang 40.

Die Schüler zeichnen in ihren Berichten sehr persönliche Bilder über die Zustände in dem Heim. Nicht alle hatten das Gleiche erlitten. Offenbar herrschten große Unterschiede unter den Insassen, aber alle hatten Kontakt zu Breithaupt gehabt und schilderten ihn als gefühllosen, verhassten Tyrannen, der das Heim mit militärischer Disziplin führte und die Kinder einem strengen Drill unterwarf. Dabei waren die Zustände grundsätzlich nicht mörderisch, aber die „Erziehungsmaßnahmen" führten in vielen Fällen zu Exzessen, die für einzelne Kinder unerträglich waren. Oft genug hatte es auch Tote gegeben.

Die Texte berichten einerseits von Demütigungen und Misshandlungen durch das Personal. Andererseits wurde gezielt auch die Gewaltbereitschaft der Heimkinder angestachelt.

So genannte „aufsässige Elemente" mussten von anderen Kindern der Abteilung auf Anweisung des Pflegepersonals in eine Badewanne gesteckt und so lange mit kaltem Wasser überschüttet werden, bis sie in Atemnot gerieten.

Bei Unruhe in den überfüllten Schlafsälen wurden die „schuldigen" Jungen gezwungen, so lange auf einem Holzscheit zu knien, bis sie ohnmächtig umfielen; oder alle Jungen, auch die unbeteiligten, wurden mit einem Lederriemen geschlagen und mussten den Rest der Nacht draußen verbringen, um ihre Wunden zu kühlen.

Ein Mann schilderte, dass Breithaupt ihn mehrmals mit dem Kopf nach unten aufgehängt habe, wahrscheinlich stundenlang, aber genau wüsste er das nicht mehr. Das sei jedenfalls eine seiner „liebsten" Strafen gewesen, gefolgt von „den Kopf in einen

Eimer Wasser stecken, um zu sehen, wie lange jemand die Luft anhalten konnte".

Alle Strafen hätte das Personal als Abhärtungsmaßnahme dargestellt.

Im Winter ließ der General immer wieder einzelne Kinder in feuchte Tücher einwickeln und befahl, dass sie sich so stundenlang im Freien aufhalten mussten. Im Extremfall sollten sie im Schnee liegen oder einfach „strammstehen". Dadurch kam es wiederholt zu Lungenentzündungen, die meist tödlich endeten – besonders bei den unterernährten Kindern.

Einer der Insassen erzählte, dass Nahrungsentzug oder bestimmte „Diäten" eingesetzt wurden. Er hatte in seinem Tagebuch geschrieben:

Die wollen manche von uns tot machen. Aber mich kriegen sie nicht. Ich versteck mich hinter einer Bohnenstange.

Fast alle der befragten Erwachsenen hatten noch sehr genaue Erinnerungen an ihre Zeiten im Heim. Die Arbeit stellte im Anhang eine fast lückenlose chronologische Dokumentation der Ereignisse zusammen. Beginnend mit der Eröffnung im Jahre 1935 hatten die Schüler alle wichtigen Vorkommnisse in und um das Heim aufgelistet. Darin wurden nicht nur die Um- und Ausbauten der Gebäude geschildert, sondern auch das Kommen und Gehen des Personals dargestellt. Die Aufstellung enthielt reihenweise Namen und Zuständigkeiten.

Aber auch besondere Geschehnisse, die aus irgendwelchen Gründen auffällig waren, wurden an dieser Stelle erzählt.

Für das Jahr 1943 wurde die Einlieferung von zwölf Kindern aus der Tschechei geschildert. Die Kinder sprachen kein Deutsch, sondern unterhielten sich – wenn überhaupt – nur auf Tschechisch untereinander. Da eine der Heimschwestern die Sprache der Kinder verstand und sich so gut es ging um sie bemühte, wurde mit der Zeit bekannt, dass die Kinder die Ermordung ihrer Eltern miterlebt hatten.

Die Schüler ergänzten diese Stelle um den Hinweis, dass es sich dabei um die bekannten Kinder aus Liditz handelte, einem Dorf, das von der deutschen Wehrmacht dem Erdboden gleichgemacht worden war, nachdem fast alle Erwachsenen umgebracht worden waren.

Die Interviewten konnten sich auch daran erinnern, dass das Personal spätestens ab März 1945 angefangen hatte sich abzusetzen. Im Mai 1945 sei fast niemand mehr da gewesen, so dass die Kinder in den letzten Kriegstagen sich selbst überlassen waren. Sie haben sich nicht mehr nach draußen getraut, und als die Amerikaner eintrafen, müssen mehr als 150 Kinder, meist verstört, vorgefunden worden sein.

Auch über die Zeit nach der Befreiung gab es noch eine Reihe von Aufzeichnungen. Die Kinder seien zum allergrößten Teil direkt in andere Heime verlegt worden. Von den Verbleibenden seien die Jüngeren schnell adoptiert worden und nur ganz wenige hätten noch Wochen in Oberland ausharren müssen. Von diesen aber erzählte einer die herzergreifende Geschichte eines jüdischen Kindes, das ein deutscher Pfarrer monatelang, nämlich seit Weihnachten 1944, versteckt gehabt habe. Erst nach der Kapitulation habe er sich getraut, nach der Mutter zu suchen, und als er sie nicht mehr habe finden können, habe er sich entschlossen, das Kind, einen Jungen, bei den Amerikanern abzugeben.

Auf der letzten Seite war die ganze Klasse aufgeführt, die an der Arbeit mitgewirkt hatte. Namen von zwölf Schülern des Religionskurses der Unterprima des Ruperti Gymnasiums Mühldorf am Inn, betreut durch Herrn Pfarrer Alois Fischer.

12

Sie sind für den Mittwochabend verabredet.

„… zum Essen … in einem Restaurant", meint Sylvia am Telefon. „Wir sollten ab und zu unter Leute gehen."

„Uns in der Öffentlichkeit zeigen – das ist es, was du meinst", wirft Matthias ein. Da sie nur so kurz da sein wird, hätte er sie lieber für sich allein gehabt.

„Schmarrn! Ich brauch' mal was Richtiges zum Essen. In Amerika gewöhnen sie dir das Essen ab. Lass uns doch mal zu diesem Mühlberger gehen."

„Ausgerechnet das nobelste Restaurant im Ort", nörgelt er kleinlaut und verlegen. Zwangsläufig fällt ihm sein Bankkonto ein. Während er noch überlegt, was er stattdessen vorschlagen soll, wartet Sylvia nur, bis ihr die Pause lange genug gedauert hat, und beeilt sich dann zu sagen: „Keine Sorge, ich zahle."

Er kann ihr vieles nachsagen, dass sie ihn gerne zappeln lässt, zum Beispiel, aber geizig ist sie nicht.

Er ist als Erster da, wie immer. Dass Sylvia zu einer Verabredung jemals pünktlich erschienen ist, daran kann er sich nicht erinnern. Für ihn ist Pünktlichkeit ein Zeichen der Achtung anderen gegenüber – sie hat dafür nie viel übrig gehabt. Selbst zu ihrer Hochzeit war sie damals zu spät gekommen und hatte jede spitze Bemerkung darüber mit einem gleichgültigen Achselzucken kommentiert. Er hielt ihr zugute, dass es ihr einfach nicht bewusst war, wenn sie andere warten ließ.

„Komm halt auch ein bisschen später", ist einmal ihr Vorschlag gewesen. „Dann sind wir beide pünktlich."

Matthias hat einen Tisch für zwei reservieren lassen. Leider sei er spät dran, sagte man ihm am Telefon. Man könne ihm nur einen Platz mitten im Raum anbieten. Er hasst es, im Mittelpunkt zu stehen, aber was blieb ihm übrig? Sie hat sich das Lokal gewünscht, und er hat gelogen: „Gut". Aber als er dort sitzt, bereut er es, nicht dankend abgelehnt zu haben.

Das Lokal ist noch nicht ganz gefüllt. Trotzdem fühlt er sich jetzt schon von allen Seiten beobachtet. Unbeholfen nippt er an dem Wasserglas, das der Kellner ihm – wie er meint: ungefragt – hingestellt hat und blickt mit zunehmender Nervosität in die Runde. Beunruhigt stellt er plötzlich fest, dass es draußen gerade anfängt zu regnen.

‚Dann kommt sie erst recht zu spät', denkt er sich und leert das Glas mit einem Zug.

Als sie nach einer Viertelstunde in der Tür erscheint, fällt die Anspannung von ihm ab. Sie steht zunächst nur da und schaut neugierig suchend in den Raum hinein. Während sie sich den Regen aus ihren Haaren schüttelt, macht er ein vorsichtiges Handzeichen in ihre Richtung. Sie erwidert es mit einer „Hab-dich-schon-gesehen"-Geste und drückt dem wartenden Kellner gleichzeitig ihre Jacke in die Hand.

Die meisten Frauen verstehen bei ihrer Garderobe keinen Spaß, Sylvia schon. Sie trägt Jeans und hochhackige Schuhe, dazu nur ein T-Shirt unter einer leichten Wanderjacke. Matthias hat, dem Ambiente entsprechend, seinen Anzug für angemessen gehalten.

Mit großen Schritten betritt sie den Raum.

Er weiß nicht mehr, wann es war, aber irgendwann war ihm einmal überrascht aufgefallen, dass er auch nach Jahren des Zusammenlebens mit ihr immer noch aufsehen muss, wenn sie das Zimmer betritt. Diesmal sieht er ihr mit großen Augen entgegen, als sie lächelnd auf ihn zukommt. Dass auch die Blicke fast aller anderen Anwesenden sie zu ihrem Tisch begleiten, bemerkt er nicht – Sylvia sehr wohl. Mit kaum wahrnehmbaren Seitenblicken grüßt sie den einen oder anderen Gast, obwohl Matthias in diesem Restaurant kaum Einheimische vermuten würde.

Er erhebt sich halbwegs, als sie vor ihm steht, und reicht ihr seine Hand. Sie zieht ihn zu sich und haucht ihm einen Kuss auf die Wange.

„Das ist doch nicht unser Tisch, oder?", begrüßt sie ihn.

Matthias schaut perplex von ihr zu seinem Tisch und fängt an zu stottern.

Ohne seine Antwort abzuwarten, wendet sie sich dem Kellner zu, der nur wenige Schritte hinter ihr Stellung bezogen hat, wie um ihre Befehle entgegen zu nehmen.

„Ich habe reservieren lassen."

„Natürlich, Frau Thanner. Dort hinten. Wenn Sie mir bitte folgen wollen."

Der Kellner marschiert mit ausgestrecktem Arm voran.

„Avisiert sind ... vier Personen?", fragt er mit einem Blick über die Schulter.

„Auf Staudacher", antwortet sie wie beiläufig. „Und wir sind nur zu zweit."

Wortlos bedeutet sie Matthias, sein Wasserglas stehen zu lassen.

„Aber den Tisch nehmen wir trotzdem."

„Natürlich, Frau Staudacher."

Als sie sich gegenübersitzen, beginnt er hastig, sich seiner Krawatte zu entledigen. Sylvia ist ehrlich bemüht, ihn dabei anzustrahlen, aber ihr Lächeln wirkt ein wenig gezwungen.

Sylvia ist eigentlich nicht schön – klassisch und objektiv betrachtet, wenn das überhaupt möglich ist.

Sie hat von Natur aus einen schlanken Körper, denn sie hat Gott-sei-Dank nicht die üppige Figur ihrer Mutter, sondern die athletische Gestalt des Vaters geerbt. Seit sie verheiratet ist, trägt sie Kleidergröße 38. Ihre Bewegungen sind elegant und sportlich, oft ein wenig zu schnell und manchmal sogar hektisch. Von sich selbst hat sie immer behauptet, sie sei für eine Frau einen Tick zu groß, dass sie zu große Füße und zu wenig Busen habe.

Das mag alles stimmen, aber trotzdem wirkt sie ungemein attraktiv. Ihre leicht rötlichen Haare und die paar Sommersprossen geben ihrem Gesicht einen ewig jugendlichen, im Sommer sogar einen mädchenhaften Ausdruck, der von ihren großen Augen noch unterstrichen wird. Der Mund ist ein wenig zu breit und immer lebhaft in Bewegung.

‚Keine Frage‘, denkt Matthias insgeheim, ‚bei ihr hat der liebe Gott nicht viel falsch gemacht.‘

Ob sie das selbst auch so empfindet, kann er mit Gewissheit gar nicht sagen. Sie hat Fans, das weiß sie, und er ist einer davon, das weiß sie auch. Aber: Sie ist intelligent und bekannt, sehr bekannt. Die meisten Männer finden das nicht besonders *sexy*, sagt sie selbst.

Oft hat Matthias sich gefragt, ob sie mitbekommt, wie sie auf andere wirkt, ob sie es überhaupt wissen wolle, oder ob es ihr egal ist, dass sie manchmal als kaltschnäuzige Zicke angesehen wird.

‚Heute sieht sie toll aus‘, denkt er sich, obwohl er ihr ansieht, dass sie einen anstrengenden Tag gehabt hat, denn ihr ungeschminktes Gesicht zeigt Spuren von Strapazen und Schlafmangel. In dem weichen Licht des Restaurants aber wirkt sie auf ihn natürlich schön.

Er liebt diese Frau, auch wenn sie ihm oft ein Rätsel ist. Vielleicht liebt er sie ja gerade deswegen. Ein Gefühl, das ihn meist unvorbereitet befällt. So, wie jetzt.

Sie studieren die Karte.

„Die Preise hier, das grenzt an Wegelagerei", meint er.

„Verglichen mit Amerika ist das moderat", murmelt Sylvia, ohne den Blick zu heben. Ihre Augen fliegen über die wenigen Seiten. Sie findet meist schnell, wonach ihr ist.

„Ich nehme die Ente", sagt sie kurz und knapp und klappt das Buch schwungvoll zu.

„Gute Wahl", pflichtet Matthias ihr bei. „Die nehme ich auch."

Sie zieht ihre Augenbrauen zusammen – eine ihrer Gesten, die ihm sehr vertraut ist. Das tut sie immer, wenn ihr etwas ernst ist.

Oft hat sie ihm gesagt, was sie davon hält, wenn er das Gleiche bestellt wie sie, aber diesmal will sie es offenbar nicht kommentieren.

„Ok, du darfst die Vorspeise bestimmen", bemerkt sie spitz.

„Danke, für mich nichts."

„Kannst du uns denn einen Wein aussuchen?", fragt sie ihn und reicht ihm die Weinkarte, die der Kellner an ihrem Platz aufgelegt hat.

„Klar, wenn du willst. Worauf hast du denn Lust? Rot oder Weiß?"

Sylvia verdreht die Augen.

„Wir haben uns doch auf Ente geeinigt, oder?"

„Den Wein", belehrt er sie. „Ich meine den Wein."

„Schon gut ... ja ...", lenkt sie mit einer abweisenden Handbewegung ein. „Stimmt! Nimm, was du magst ... nur keinen Chardonnay, bitte, falls du da hängen bleibst."

Matthias geht die Liste durch.

„Riesling vielleicht?"

Wieder verdreht sie ihre Augen und schaut zum Nachbartisch.

„Vergiss es", seufzt Sylvia. „Ich nehme ein Bier – als Vorspeise."

Sie spricht einen Tick zu laut heute. Ihr gereizter Tonfall verrät ihm: Irgendwas muss sie heute schon auf die Palme gebracht haben, aber er möchte lieber nicht fragen, was es ist. Stattdessen bemüht er sich, ein möglichst neutrales Thema anzuschneiden. Während sie auf ihr Essen warten, erzählt Matthias lebhaft, welche Umstrukturierungsmaßnahmen im Rathaus anstehen, und was das für seinen Posten bedeuten könnte. Er befürchtet: „Nichts Gutes, jedenfalls."

Sylvia sieht nicht so aus, als ob sie ihm tatsächlich zuhört, denn sie blickt oft ungeduldig zu den anderen Tischen hinüber, als könne sie es kaum erwarten, dass man auch ihr etwas zu essen bringt. Dabei hat sie ihre Ellenbogen auf dem Tisch aufgestützt und dreht mit dem Zeigefinger ihre Locken auf, während sie den Kaugummi in ihrem Mund von links nach rechts bugsiert. Interessiert sieht sie nicht aus.

„Darf ich Ihnen noch ein Bier bringen?"

Der Kellner unterbricht Matthias' Redeschwall.

„Danke, nein", mischt Sylvia sich ein. „Sie haben diesen offenen Zweigelt auf der Karte."

„Jawohl."

„Woher stammt der?"

„Österreich."

Sie zwingt sich zu einem mitleidigen Lächeln.

„Genauer wissen Sie es nicht ...?"

Der Kellner zögert.

„Einen Moment, bitte! Da muss ich nachfragen."

Noch bevor er sich zum Gehen wenden kann, hält sie ihn zurück.

„Lassen Sie's! Bringen Sie uns bitte zwei Gläser davon, ja?"

Obwohl Matthias ihre Ungeduld sehr vertraut ist, schaut er sie fragend an, aber sie ignoriert seinen Blick und sagt nur: „Erzähl weiter!"

Für einen Außenstehenden würde das wie ein „Bei Fuß" klingen.

„Sag mal, fehlt dir eigentlich was?", fragt er nach einer kurzen Pause.

„Was soll mir denn fehlen? Nichts!"

Die Antwort kommt zu schnell, zu abwehrend, als dass das wahr sein könnte.

„Dir ist doch eine Riesenlaus über die Leber gelaufen."

Sie schweigt und ihr Gesicht nimmt kurz einen traurigen Ausdruck an.

„Ok, ja", sagt sie dann. „Ich habe ein paar beschissene Tage hinter mir ... Ärger mit den Bekloppten in der Firma."

Sie faltet ein kleines Papier auseinander und wickelt ihren Kaugummi darin ein.

„Außerdem bin ich müde. Also entschuldige, aber erzähl doch weiter!"

Und Matthias erzählt weiter, während sie den Wein im Glas kreisen lässt, den der Kellner ihr kurz darauf eingeschenkt hat.

Als das Essen serviert wird, hat er ihr alle Einzelheiten der neuen Verwaltungsstruktur erläutert. Er hat klar gemacht, dass er sich in der neuen Organisation nicht wohl fühlen wird, aber er erwartet, dass sich an seiner täglichen Arbeit nichts ändern wird: „Das kann man nämlich gar nicht anders machen", ist er sicher.

Sylvia nickt ihm bestätigend zu.

Als der Ober endlich den Teller vor ihr platziert, lehnt sie sich zurück. Ein Lächeln huscht über ihr Gesicht.

„Gut", sagt sie und beugt sich fast gierig über den Tisch. Mit geschlossenen Augen riecht sie an ihrem Essen, während sie gleichzeitig einen Haargummi aus ihrer Hosentasche herauspult. Sie steckt ihn sich zunächst zwischen die Lippen und schiebt ihre dichten roten Locken nach hinten. Dann nimmt sie den Gummi aus dem Mund und bindet sich die Haare zu einem losen Pferdeschwanz zusammen.

Matthias hat ihr sicher tausendmal dabei zugeschaut, wie sie genau das macht, aber erst jetzt fällt ihm zum ersten Mal auf, wie erotisch er diese Armbewegungen an ihr findet.

Ihre Worte reißen ihn aus seinen Träumen.

„Gut, dass du Angst hast."

Er hat keine Ahnung, was sie meint und schaut sie irritiert an.

„Angst ist ein Urinstinkt", fährt sie unbeirrt fort. „Gegen ..." Sie sucht nach dem Wort. „... Schlangen zum Beispiel. Die Ängstlichen müssen in der Evolution öfter überlebt haben. Guten Appetit."

Sie macht mit ihrem Besteck eine auffordernde Bewegung und beginnt zu essen.

„Danke. Gleichfalls."

Sprachlos wegen des abrupten Themenwechsels fängt auch er langsam an zu essen. Doch er legt sein Besteck wieder hin und unterbricht das Schweigen.

„Sag mal: Langweile ich dich eigentlich?"

„Nein, nie!", antwortet sie spontan. Sie schiebt sich ein Stück Ente in den Mund und kaut genüsslich langsam, ohne Matthias anzusehen.

„Weißt du ...?", sagt sie dann nachdenklich. „Man meint immer, dass man sich selber nicht verändert, dass man sich selbst treu bleibt, und dass sich nur die Welt um einen herum ändert. Nicht ich ändere mich, die Firma ändert sich. Das höre ich oft, aber das ist eine Illusion."

Sie trägt vor, als spräche sie über banale Selbstverständlichkeiten. Dann widmet sie sich wieder ihrer Ente.

„Du meinst, *wir* ändern uns?", fragt er, nachdem er ihre Worte hat sacken lassen.

„Es sind die Menschen, die sich ändern. Schon allein dadurch, dass wir alle älter werden. Unsere Lebenssituation ändert sich doch ..."

„... manchmal von einem Tag auf den anderen", fällt er ihr ins Wort, aber Sylvia ignoriert den Einwurf.

„... und die Welt, das große Ganze, bleibt im Wesentlichen doch gleich. Es ändert sich was, ja, weil wir uns ändern, aber bis sich dadurch die Welt ändert ..."

Sie betont das *dadurch*, während sie den Kopf schüttelt.

„... nein, die ist groß ... und bis die reagiert ..."

„... das dauert. Wie bei einem Tanker", greift er den Gedanken auf. „Wenn du da das Steuer herumreißt, dann dauert es noch lange, bis der den Kurs ändert."

Sylvia hält ihm zuprostend ihr Weinglas hoch und lächelt ihn über den Glasrand hinweg an.

„Genau. Wir sind eigentlich eher Schnellboote."

Sie trinkt.

„Das Problem ist nur", spinnt sie den Faden weiter. „Der Einzelne wird von außen gezwungen, sich zu ändern. Er will gar keine Veränderung, er hat Angst davor, er will festhalten an dem, was er hat, was er kennt. Alles soll so bleiben, wie es jetzt ist. Eine kindliche Vorstellung, nicht wahr?"

Wieder nimmt sie einen kräftigen Schluck Wein und sieht

so aus, als kaue sie ihn mit geschlossenen Augen. Das Geräusch, das sie dabei macht, zeigt deutlich, dass es ihr schmeckt.

Matthias denkt, dass sie Recht hat. Als Kind wollte er genau das: Dass alles immer so bleibt, wie es ist. Alle Kinder wollen das. Und auch später im Leben haben Veränderungen ihn immer wieder vor Probleme gestellt. Die Liste ist lang, und dass Sylvia ihn verlassen hat, ist der jüngste Eintrag darauf.

Eine Weile sitzen sie sich schweigend gegenüber.

Sylvia ist vollauf mit ihrem Essen beschäftigt. Sie genießt es offensichtlich, aber er spürt auch, dass sie ihren Gedanken nachhängt.

„Keine Änderung, keine Überraschungen", sagt sie unvermittelt. „Alles muss gleichförmig sein, auch die Menschen, du erkennst es schon daran, wie sie aussehen."

Matthias weiß wieder nicht, wovon sie jetzt spricht.

„Wer ... ?"

Sie stochert in ihrem Teller herum, spießt langsam ein Salatblatt auf und steckt es sich in den Mund, ohne ihn anzusehen. Schweigend kaut sie mit gerunzelter Stirn, als müsse sie sich auf das konzentrieren, was sie als Nächstes sagen würde.

„Die Leute, mit denen ich täglich zu tun habe, die sehen alle gleich aus, die sind alle austauschbar", sagt sie daraufhin. „Alle. Die haben alle die gleichen Hobbys, machen die gleichen Witze, lachen laut über die gleichen Dinge und tragen alle die gleiche Verkleidung ..."

Sie bewegt ihre Gabel durch die Luft, als würde sie jedes Wort unterstreichen.

„Wie Kardinäle, denke ich oft. Nur: Die sehen wenigstens noch witzig aus, die Herren Kardinäle."

Dann sticht sie ihre Gabel wieder in ihr Essen und murmelt vor sich hin: „Irgendwann werden die alle zu einer verfemten Kaste gehören, das sage ich dir."

Matthias unterbricht sein Mahl und starrt sie fragend an, sprachlos. Irgendetwas stimmt mit ihr heute nicht. Doch als sie nicht reagiert, isst er weiter und sagt erstmal nichts.

Als Sylvia aufgegessen hat, ist er noch nicht fertig. Sie legt ihr Besteck auf die Seite und putzt sich den Mund ab. Genüsslich lehnt sie sich in ihrem Stuhl zurück und streicht sich mit beiden Händen über ihre Hüften. Ihr Gesichtsausdruck zeigt ihm, dass es ihr geschmeckt hat.

„Du hast ein bisschen zugenommen, oder?", fragt Matthias, um das Schweigen zu beenden.

Sylvia ist sichtlich perplex, aber sie lächelt und schüttelt ungläubig den Kopf.

„Schlechte Frage!"

„Entschuldige. Ich meinte auch nicht, dass man was sieht", versucht er die Situation zu retten. Er könnte sich auf die Zunge beißen. „War nur so eine Frage ..."

„Schon gut. Das Essen in Amerika ...", sagt sie langsam und nickt vor sich hin.

„Dafür, dass du so wenig Sport treibst, hast du offenbar einen fantastischen Stoffwechsel", lobt er sie.

Sylvia lacht wieder und schaut zum Kellner hinüber.

„Ja, ich muss mich wieder bewegen. Habe wieder mit Ju-Jutsu angefangen", sagt sie über die Schulter hinweg und bedeutet dem Kellner, an ihren Tisch zu kommen.

Als Kind war Sylvia vollkommen unsportlich. Laufen und Ballspiele waren ihre Sache nicht, und beim Völkerball hatte sie immer bis zuletzt auf der Bank gesessen.

Erst als Jugendliche fand sie heraus, dass es nur am Schulsportangebot lag. Sie trat in den TuS Prien ein und fing mit Kampfsport an. Damit kam sie schnell voran. Schon mit Anfang zwanzig trug sie den braunen Gürtel, aber die frühe Schwangerschaft stoppte sie in ihren sportlichen Ambitionen. Später hat sie es nicht wieder aufgenommen, zunächst aus Lustlosigkeit, danach aus Zeitmangel, denn damals stürzte sie sich ganz in ihre Arbeit.

Matthias schiebt sich gerade den letzten Bissen in den Mund, als sie zum ersten Mal auf ihre Uhr schaut. Er weiß, dass sie bald gehen möchte, aber er würde zu gerne noch etwas länger bei ihr bleiben. Nachdem der Kellner die Kaffeebestellung aufgenommen hat, stellt er ihr unvermittelt die Frage, die ihn seit Wochen beschäftigt.

„Warum ist unsere Ehe gescheitert?"

Sylvia wendet sich ruckartig zu ihm hin und sieht ihn überrascht an.

Es ist nicht die Frage, die sie überrascht, sondern die Situation, in der er sie stellt. Unübersehbar will sie ihm darauf heute keine Antwort geben, denn sie verzieht ihr Gesicht fast zu einer Grimasse. Sie schüttelt den Kopf und seufzt dabei laut – eine Geste des Mitleids.

„Was für eine Frage?!"

„Sylvia! Ja! Das ist eine Frage."

Er wird zum ersten Mal an diesem Abend etwas lauter.

„Eine, die ich mir stelle. Du musst nicht meinen, dass nur du Probleme hast."

Sie sagt nichts, sondern sieht ihn nur an wie etwas, das sie gerade an ihrer Schuhsohle entdeckt hat: überrascht, fragend, abgestoßen. Das ist gar nicht das Thema, das sie heute besprechen will.

„Also: Wie ist deine Antwort?", hakt er nach.

Sylvia schüttelt kaum merklich den Kopf.

„Hab' keine. Gegenfrage: Ist sie das?"

Matthias schluckt. Er weiß um ihre Schlagfertigkeit, aber damit hat er nicht gerechnet.

„Wir sind jetzt seit über zehn Jahren verheiratet ...", beginnt er zu sagen, doch sie unterbricht ihn schnell.

„Ob eine Ehe gescheitert ist oder nicht, lässt sich kaum in Jahren messen."

„Aber eine gute Beziehung braucht Zeit. Zerstört ist sie gleich."

„Sicher. Ich weiß. Kenn' ich ..."

Wieder entsteht eine Pause, während der der Ober ihr einen Espresso bringt; Matthias hat einen Cappuccino bestellt.

„Du machst mich ganz kirre! Man kann das nicht beantworten, analysieren. Das ist es doch, was mir auch in Amerika auf den Sack geht", schimpft sie, und Matthias ist irritiert über ihre Ausdrucksweise.

„Diese hochtrabenden Analysen dauernd ... wenn die Quartalszahlen rauskommen ... da kannst du genauso gut die Lottozahlen vom Wochenende analysieren."

Matthias ist irritiert. Sylvia ist mit ihren Gedanken ganz woanders.

„Die Amerikaner sind süchtig nach Analyse ... nach Statistik ..."

Sie wirft die Hände in die Höhe.

„Da wirst du automatisch zum Statistiker."

Offenbar ist sie mit ganz anderen Problemen befasst.

„Was willst du mir damit jetzt sagen?"

„... man analysiert immer nur das, was schief gelaufen ist, weil man glaubt, wenn man es versteht, ist es ein Trost, oder dass man es beim nächsten Mal besser macht."

Er schaut sie mit großen Augen an.

„Was hat das mit uns zu tun?"

„Jede Menge. Hören wir auf, zurückzuschauen. Die Dinge, die hinter uns liegen, haben uns zu dem gemacht, was wir sind. Die müssen wir nicht mehr auseinander nehmen. Schauen wir nach vorne. Wir können nur die Zukunft ändern, nicht die Vergangenheit. Und konzentrieren wir uns bitte auf die paar wesentlichen Dinge."

„Und was soll das sein: die wesentlichen Dinge?"

„Das, was du auf die Rückseite eines Briefumschlags schreiben kannst ... nach zwei Flaschen Bordeaux."

Damit stürzt sie ihren Espresso in einem Schluck hinunter und setzt die Tasse mit einem lauten Klacks auf dem Untertellerab.

Matthias ist frustriert. Sie macht ihn sprachlos, zum wiederholten Male. So wie heute hat er sie selten erlebt. Sie schweigen sich an, und er erwartet, dass sie jeden Moment aufstehen wird, denn sie schaut immer wieder auf ihre Uhr. Doch dann stellt *sie* ihm eine überraschende Frage: „Willst du mir nicht noch was erzählen?"

„Was soll ich denn noch erzählen? Du weißt doch alles."

Er ist sauer.

„Egal, irgendwas."

Ihm fällt nichts ein. Er will auch gar nicht, dass ihm etwas einfällt. Sie strafft sich und atmet hörbar ein und wieder aus.

„Siehst du?"

Dabei lächelt sie ihn an, als würde sie über ihn triumphieren, weil sie wieder einmal Recht hat.

Normalerweise beginnt ihr Lächeln zögerlich, schüchtern, fast abwartend, und breitet sich plötzlich wie losgelassen über ihr gesamtes Gesicht aus, um schließlich von einem Ohr zum anderen zu laufen. Aber diesmal kommt es ihm fremd vor.

Er hat einmal gelesen, ob jemand die Wahrheit sagt, könne man daran erkennen, dass das Lächeln anders wirkt. Beim Lügen würden gewisse Muskeln im Gesicht angespannt bleiben und sich nicht auf natürliche Weise lösen. Nicht, dass er glaubt, sie lügt, aber sie ist jetzt weiter weg als jemals zuvor; und sie sieht ihn mitfühlend an. Er nimmt noch einen Schluck von seinem Wein, aus Verlegenheit. Sylvias Glas ist längst leer. Er hat während des Essens kaum getrunken.

„Ich geb' dir jetzt einen Ratschlag", sagt sie und lehnt sich weit über den Tisch zu ihm herüber, „und erwarte nicht, dass ich dir lange Kommentare dazu mitgebe."

Matthias legt den Kopf schief.

‚Was wird jetzt schon wieder kommen?', fragt er sich, aber er sagt: „Bin ganz Ohr."

„Eigentlich ist alles gesagt", fängt sie an. „Eigentlich wollte ich nicht mehr darüber reden ..."

„Aber ...?"

„Denk im Kleinen, dann ist es gut. Denk nicht an unsere Ehe, an unser Leben, an die Welt, wie sie sein könnte. Je größer der Rahmen, in dem man denkt, desto hoffnungsloser ist es doch."

Sie malt mit den Händen einen Kreis in die Luft.

„Da draußen gibt es so viele Dinge, die sind irrsinnig komplex und kompliziert ... und du kannst sie eh nicht ändern, nicht einfacher machen. Also akzeptiere sie, so wie sie sind. Das macht es dir leichter. Aber die kleinen Dinge ... da kannst du was machen."

Sie zeigt mit den Fingerspitzen auf die Tischdecke.

„Und das sollen die wesentlichen Dinge sein?", fragt er skeptisch.

„Genau", bekräftigt sie.

„Und welche sind das? – Konkret?", will Matthias wissen.

Sie seufzt wieder.

„Haben wir etwas Gemeinsames?", fragt sie und breitet dabei ihre Hände aus.

Er überlegt.

„Können wir etwas finden?"

Sylvia schaut ihn immer noch mitleidig an; und sagt nichts.

„Die Sache mit der Anna, und die Bachler Geschichte", beeilt er sich zu sagen, „sind das nicht Gemeinsamkeiten?"

„Ja", lacht sie kurz spöttisch auf. „Die Anna Wimmer, ja, die hat uns wieder zusammengebracht, nachdem sie uns erstmal auseinander getrieben hat. Wenn sie nicht gewesen wäre, wären wir heute vielleicht schon geschiedene Leute."

Es erschreckt ihn, wie lapidar sie das Wort *geschieden* ausspricht.

„Aber danach bist du gegangen."

„Und? Ich bin zurückgekommen."

Matthias denkt nach.

„Bist du das?"

„Und die Resi", sagt Sylvia, ohne auf seine Frage einzugehen. „Das war mein Versuch, es wieder gut zu machen. Ich hätte dir doch gar nichts von ihr sagen müssen."

Er horcht auf, als sie sagt, sie habe etwas gut zu machen gehabt.

„Ich dachte, du wolltest nur wieder deine Geschichte, deine Story machen."

„Schmarrn. Ich dachte, das ist die Chance, noch einmal etwas gemeinsam zu machen; und du wolltest es nicht."

„Zunächst ... nicht ... später schon", windet er sich.

„Das hat mir Spaß gemacht."

„Spaß?"

Für Matthias ist das nicht das richtige Wort, aber er weiß, es ist genau das Wort, das Sylvia als richtig empfindet.

Sie lächelt ihn ganz kurz an, lange und ehrlich genug, dass ihm endlich einfällt, was er ihr geben wollte. Eine kleine Welle der Begeisterung kommt über ihn. Mit einem Mal entspannt sich sein Körper, und es platzt aus ihm heraus:

„Mein Gott! Wie konnte ich das vergessen? Ich wollte dir doch noch von diesem Heim erzählen, dem Haus Oberland."

Ihr Gesichtsausdruck kann blitzschnell umschalten, diesmal auf gespannte Erwartung.

„Endlich!", sagt sie und beugt sich vor. „Ich brenne darauf!"

Matthias erzählt von seiner Fahrt nach Eiselfing, wie er das Heim gefunden hat, wie er an die offiziellen Unterlagen gekommen ist, wie er mit dem Hausmeister ins Gespräch gekommen ist, weil ...

Während er redet, ordnet sie ihre Gedanken. Sie hört ihm zu, aber sie sieht ihn nicht an, sondern starrt an ihm vorbei, als würde ihr Blick in die Ferne schweifen.

Erst als er sagt, dass der Hausmeister auch Motorrad fahren würde und dass sie deswegen gleich auf einer Wellenlänge gewesen seien, da lächelt sie ihn an, als würde sie sagen: „Siehst du? Geht doch!", und er lächelt zurück.

„Und da hat er mir von dieser Schularbeit erzählt", sagt er und beugt sich herab, um die Mappe aufzuheben, die er die ganze Zeit über unter seinem Stuhl versteckt hat.

„Stehen ein paar interessante Sachen drin", kündigt er an und reicht ihr das Heft über den Tisch.

„Hast du gut gemacht."

Es ist gegen ihre Gewohnheit, Lob zu verteilen, aber als sie auch noch ein ehrliches „Danke!" hinzusetzt und ihn mit gespitzten Lippen ansieht, senkt er bescheiden den Blick und erlaubt sich ein zufriedenes Lächeln.

Sie blättert in dem Heft, sitzt dabei kerzengerade da und liest die eine oder andere Stelle aufmerksam und gespannt. Ab und zu nickt sie dabei, als hätte sie das alles längst gewusst und massiert nebenbei ihr Ohrläppchen. Ein sicheres Zeichen dafür, dass sie angestrengt nachdenkt.

Er beugt sich weiter zu ihr hin. Sie stecken die Köpfe zusammen und unterhalten sich beinahe flüsternd weiter, denn von den Nachbartischen aus beäugt man sie schon.

„Die Arbeit hat eine Religionsklasse geschrieben. Schau, das steht da hinten drin. Ist doch seltsam, oder?"

Sylvia blättert auf die letzte Seite.

„Stimmt ... Religionsklasse ... Pfarrer Alois Fischer ... ja, warum gibt ein Religionslehrer so eine Arbeit auf ... und nicht etwa der Geschichtslehrer?"

„Keine Ahnung"

Sylvia schaut über ihn hinweg.

„Fischer ... Alois Fischer", murmelt sie. „Ich glaube, der Name sagt mir sogar was ...."

„Ein Allerweltsname", meint Matthias.

Ihr Blick schweift immer weiter ab.

„Nein, nein, ich meine, da hätte es einen Priester aus Prien mit diesem Namen gegeben."

„Was du alles meinst ..."

„So was weiß man bei uns, welche Priester aus der Gemeinde hervorgegangen sind. Aber ich kenne jetzt nur den Namen, sonst nichts. Meine Mutter wüsste sicher noch ein Gesicht dazu."

„... und eine Geschichte?"

„Wahrscheinlich. Lass uns zahlen", sagt sie plötzlich und klappt das Heft zu. „Ich muss morgen früh raus."

Die Welle der Begeisterung ist abgeebbt. Offenbar hat sie das, was sie haben wollte.

Matthias tastet mit beiden Händen zögerlich seine Hose ab,

aber da greift sie schon nach ihrer Handtasche und steht auf.

„Ich mach' das schon", sagt sie beschwichtigend und verschwindet in Richtung Tresen.

Das war schon immer ihre Art gewesen. Sie konnte nie warten, bis der Kellner zum Kassieren kam. Wenn er auf ein erstes Winken nicht reagierte, ging sie direkt zu ihm hin. Da sie trotzdem unbekümmert spendabel ist, hat ihr das bisher niemand übel genommen.

Matthias ist gezwungen, sein Glas schnell zu leeren. Eigentlich hätte er jetzt gerne noch etwas mit ihr trinken wollen, aber wenn sie gehen will, kommt das nicht in Frage.

Draußen regnet es mittlerweile in Strömen. Sylvia kommentiert es mit deutlichen Schimpfworten. Zur Verabschiedung reicht sie ihm die eine Hand und zieht sich mit der anderen an seiner Schulter zu ihm herüber. Etwas unbeholfen drückt er sie an sich. Sie löst sich jedoch sofort aus seiner Umarmung und tätschelt seine Wange, wie bei einem kleinen Jungen.

„Ok, du, ich muss laufen. Mein Wagen steht drüben bei der AOK", sagt sie, während sie sich ihre Schuhe auszieht. „Wo stehst du?"

„Nirgends", sagt er, und schlägt den Kragen seiner Jacke hoch. „Ich bin zu Fuß hier."

„Du bist zu Fuß hergekommen? Da läufst du ja eine halbe Stunde."

„Halb so wild. Ich wollte doch was trinken, mit dir."

„Und? Ok, komm', ich fahr dich nach Hause. Bei dem Sauwetter lass' ich dich doch nicht stehen."

Er denkt: ‚Regenschirm.'

Gemeinsam laufen sie die nächtliche Bernauer Straße entlang, springen über einige Pfützen und landen platschend in anderen. Sylvia läuft schnell und lacht laut, während Matthias mit steifen Schritten und auf den Vorderfüßen läuft, ohne die Hände aus seinen Jackentaschen zu nehmen.

„Du hast aber nicht gerade das Temperament von einem

Schnellboot", lacht sie, als sie in ihrem Wagen sitzen, und Sylvia schwungvoll zurücksetzt.

Matthias wackelt nur ein wenig mit dem Kopf und denkt sich, dass sie zuviel getrunken hat. Und die Bewegung an der frischen Luft hat sie nicht fahrtüchtiger gemacht; obwohl: Sie war noch nie eine vorbildliche Verkehrsteilnehmerin.

Während der kurzen Fahrt sagen sie beide nichts mehr. Als sie vor seiner Haustür zum Stehen kommt, wartet er darauf, dass sie den Motor abstellt, aber sie macht keine Anstalten, sondern schaut ihn nur auffordernd an.

„Darf ich das Heft haben?", fragt sie ihn.

„Freilich. Das ist eine Kopie, hab' ich für dich gemacht. Das Original liegt oben. Kommst du noch schnell mit rauf?"

Sie hebt abwehrend ihre Hand zu einem ‚Nein'.

„Vergiss es! Ja?", sagt sie mit fester Stimme, als sei sie auf einen Schlag wieder nüchtern. Er blickt sie an, wie vor den Kopf gestoßen.

„Ich muss doch morgen früh raus", erläutert sie etwas versöhnlicher.

Er ringt um eine Erwiderung, aber es fällt ihm nichts ein. Später würden ihm wahrscheinlich hunderte von schlagkräftigen Antworten einfallen. Sie würden alle zu spät kommen, denkt er sich, greift in seine Jacke und reicht ihr das Heft.

„Danke!", sagt sie erst, als er schon ausgestiegen ist.

Mit einem „Guten Flug!" schlägt er die Wagentür zu. Sylvia wendet, gibt Gas und braust davon.

Matthias steht noch eine Weile alleine auf dem Gehsteig und blickt den roten Lichtern ihres Kombis hinterher.

So, wie sie sich gerade verabschiedet haben, hätte man sie nie für ein Paar gehalten. Von daher ist er froh, dass sie niemand gesehen hat.

Er schlägt den Kragen seiner Jacke hoch und zieht den Kopf ein, als sei er eine Schildkröte, die sich in ihren Panzer verzieht. Als Sylvias Wagen in der Seestraße verschwindet, läuft der Regen ihm schon in den Kragen. Bei dem Gedanken, dass er jetzt wieder in seine Wohnung gehen muss, um sein kleines jämmerliches Leben zu führen, überkommt der Schmerz ihn erneut.

Er tröstet sich mit der Vorstellung, dass er ihr eine Leberkassemmel ins Gesicht drückt, wie man eine Zigarette ausdrückt.

„Mit Senf", murmelt er, während er die Haustür aufsperrt. „Mit scharfem Senf."

Am folgenden Morgen bricht Sylvia zum Flughafen auf. Ihr Flieger in die USA geht mittags um zwölf. Im Handgepäck verstaut sie die Mappe, die sie von Matthias bekommen hat, und als sie in Philadelphia landet, hat sie die Schularbeit von vorn bis hinten mehrfach und aufmerksam gelesen. Noch im Taxi vom Flughafen zu ihrem Hotel greift sie zum Handy.

Der Taxifahrer jammert gerade über sein Leben und lamentiert über den Niedergang der Taxikultur, der mit der Erfindung des Rollkoffers begonnen habe, als bei Matthias das Telefon geht.

„Wirklich nicht gerade eine Geschichte vom Ponyhof", fällt sie mit der Tür ins Haus.

„Was?"

„Na, das mit dem Heim. Hast du doch selber gesagt."

„Ach so, ja, und das musst du mir jetzt sagen?"

„Eigentlich nicht, aber wenn schon. Wär' das so schlimm? Es ist doch noch nicht so spät bei euch, oder?"

„Kurz nach acht."

Die ständige Umrechnung der Uhrzeit geht ihr auch schon lange auf den Geist.

„Weißt du? Ich habe heute Morgen noch mit meiner Mutter über diesen Fischer gesprochen, du weißt schon: der Religionslehrer.

Matthias grunzt nur in den Hörer.

„Und ich hatte dir doch gesagt, ich meinte, da hätte es mal einen Pfarrer aus Prien mit diesem Namen gegeben."

„Genau."

„Also meine Mutter hat das bestätigt. Und ich glaube, das ist unser Mann."

„Unser Mann? Was meinst du denn jetzt schon wieder?"

„Meine Mutter hat gemeint, der ist zwar in Prien aufgewachsen, aber *des waar koa richtiger Preana ned.*"

Sie äfft den Tonfall ihrer Mutter nach.

„Meinst du, er hat eine ansteckende Krankheit gehabt, oder was?"

„Schmarrn! Du weißt schon, für meine Mutter ist die Welt schwarz-weiß, wie ein Zebra, entweder du gehörst dazu oder nicht."

„Und der Fischer? Der hat nicht dazu gehört?"

„Genau! Ich habe ihr gesagt, eines Tages würde auch der Priener Bürgermeister *koa Preana mehr sei*. Da hat sie mich ausgelacht und gesagt, *des werd's in 100 Johr ned geb'n.*"

Wieder imitiert sie den Tonfall ihrer Mutter und lässt durchblicken, was sie davon hält.

„*Eher daaten deine Ami an Neger zum Präsidenten wäin, oda a Frau!* Als ob das noch schlimmer wäre."

Matthias lacht, während Sylvia in dieser Sache wenig Humor beweist.

Er stellt sich gerade vor, dass Sylvias Mutter – obwohl Sylvia fast einen Kopf größer ist als sie – sie immer noch ihr *kloans Wuzzel* nennt, und wie Sylvia sich darüber regelmäßig echauffiert, vor allem, wenn sie es in der Öffentlichkeit tut.

„Da hat sie wahrscheinlich sogar Recht. Aber was ist jetzt mit dem Fischer? Wenn er kein Priener war, was war er dann?"

„Ich weiß nicht so genau. Da hat sie ein wenig rumgedruckst. Vielleicht sei er so was wie ein Flüchtlingskind gewesen ..."

„So was wie ein Flüchtlingskind? Was soll das heißen?"

„Ich glaube, sie weiß das selber nicht. Jedenfalls war er ein Findelkind. Die Fischers haben ihn adoptiert, da war er fast noch ein Säugling."

„Und damit bist du ausgestoßen wie ein unehelicher russischer Bauernsohn, nicht wahr?"

„Na ja, nicht so richtig", lacht sie. „Die Fischers hätten ihn erst zu einem grundanständigen Menschen gemacht, hat sie gemeint. Er sei denen auch sehr dankbar gewesen und hätte etwas zurückgeben wollen, und deshalb sei er Pfarrer geworden ..."

„Du meinst aus Dankbarkeit, nicht aus Berufung?"

„So hat es sich angehört, ja, aber dann wäre da noch was passiert. Du weißt ja, dass sie ganz gern dramatisiert, aber er sei mal verschwunden gewesen, einfach ein paar Tage weg, unauffindbar, gesucht hätten sie ihn, aber nicht gefunden und dann sei er einfach wieder aufgetaucht und habe so getan, als sei nichts gewesen."

„Komisch."

„Genau, und gemunkelt habe man, das hätte was mit einer Frau zu tun gehabt, eine richtige *Weibergeschichte* habe er gehabt, sagt sie."

„Ist ja auch nur ein Mann."

„Meinst du das auch? Jedenfalls sagt sie, die Frau habe ihn *sauber hoamgscheitlt*, und gleich danach hätte er das Weite gesucht, nach seiner Primiz, da sei er weggegangen, hat sie erzählt, nach Rosenheim, glaubt sie, mehr weiß sie auch nicht ..."

„Und wieso meinst du jetzt, er ist *unser Mann*?"

„Ach so, ja, man weiß, dass er in irgendeinem Heim abgegeben worden ist, und ich fresse einen Besen, wenn das nicht Oberland war."

„Ach ja? Wieso?"

„Na ja, hast du doch selber gesagt: Wieso gibt ein Religionslehrer so eine Schularbeit in Auftrag und nicht etwa der Geschichtslehrer?"

„Ich verstehe, was du meinst, Sylvia, aber das muss doch nicht so sein."

„Klar, muss nicht so sein, aber das sollten wir doch rausbekommen, oder?"

Jetzt riecht er den Braten.

„Ich denke, deine Mutter würde das leicht rausbekommen."

„Die? Nie! Die fährt alleine ja nicht mal bis Traunstein. Und weißt du, was sie mir heute Morgen gesagt hat, bevor ich weg bin?"

Matthias wartet gespannt.

„Eigentlich soll man ja da bleiben, wo man hingehört, hat sie mir gesagt ... ausgerechnet bevor ich zum Flughafen gefahren bin."

Matthias schluckt und denkt sich, Sylvia braucht ab und zu einen Wink mit dem Zaunpfahl. Manchmal ist sie ihm richtig sympathisch, seine Schwiegermutter.

„Und du sollst in Sichtweite des Kirchturms heiraten, das hat sie ja schon immer gesagt."

„Irgendwie kann ich sie doch verstehen", sagt Matthias.

„Ja", erwidert Sylvia. „An guten Tagen glaube ich auch, dass ich sie verstehe."

„Und an den schlechten?"

„Da glaube ich, dass sie in ihrem ganzen Leben einfach nur Glück gehabt hat."

13

Nachdem Sylvia ihren kleinen Koffer ausgepackt hat, befällt sie plötzlich die Müdigkeit. Das viele Reisen und die ständigen, wenn auch nur kurzen, Zeitverschiebungen gehen ihr an die Substanz. Nichts wünscht sie sich jetzt sehnlicher, als einfach nur zu schlafen. Aber es ist noch früh am Nachmittag und sie möchte ihren Zeitrhythmus nicht ganz verlieren. Sie beschließt, in der Hotelbar noch einen Kaffee zu trinken – mit der Schularbeit über das Heim auf dem Schoß. Der wässrige Geschmack des Gebräus, das man ihr serviert, widert sie an, und als das Koffein auch nicht die erhoffte Wirkung zeigt, hält sie ihr Kaffeelimit für heute für überschritten und verlegt die Lektüre kurzerhand ins Bett. Vorher macht sie sich noch eine Flasche Wein auf und nimmt ein langes Bad. Dann schlüpft sie erschöpft unter ihre Decke. Sie spürt eine bleierne Schwere in ihren Gliedern. Trotzdem blättert sie ein weiteres Mal in der Kladde, bis ihre Augen immer wieder zufallen und sie kurz einnickt. Bevor sie ganz einschläft, zieht sie noch die Vorhänge zu und fällt sofort in einen tiefen Schlaf.

Stunden später wacht sie mit einem Ruck auf und weiß zunächst nicht, wo sie ist. Es ist stockdunkel. Sie hat geträumt, einen guten Traum, das weiß sie, aber nicht, was. Ihre Orientierung kommt erst zurück, als sie sich aufsetzt.

Die LED-Anzeige am Fernseher erleuchtet das Zimmer schwach. Es ist 4:28. Sie versucht, sich an den Traum zu erinnern. Wie ein Schleier ist er zerrissen. Regungslos starrt sie auf die Ziffern, bis 4:32 angezeigt wird. Ziffern? Nein, es sind Buchstaben, die sie im Traum gesehen hat ... Namen ... eine Liste ... Namen auf einer Liste, die wie der Abspann nach einem Film vor ihren Augen abgelaufen ist. Was waren das für Namen?

Die Schularbeit, weiß sie, enthält ein langes Personenregister. Die Schüler haben bei ihren Nachforschungen eine Unzahl von Namen zusammengetragen. Insassen und Personal des Heimes sowie Menschen aus der Umgebung, sofern sie mit dem Heim in Berührung gekommen sind, haben sie benannt. Waren es diese Namen, die sie im Traum gesehen hat?

Schon beim ersten Lesen sind ihr mehrere davon aufgefallen. Einerseits, weil sie auch heute noch existieren, andererseits, weil sie ihr gar so fremd erscheinen. Ein Name der letzteren Art, das fällt ihr jetzt wieder ein, war der einer Frau, die zum *Personal der ersten Stunde* gehört habe. Anfang 1944 sei sie spurlos verschwunden, nachdem sie lange Jahre mit der Leitung der Hauswirtschaft betraut war. In den Akten ist sie meist als Schwester Maria Magdalena geführt, aber ihr bürgerlicher Name sei Agnieszka Bienderova gewesen.

Der Name ist Sylvia direkt aufgefallen, weil er der einzige Eintrag in der gesamten Personalliste war, der offenbar nicht deutsch war.

Dass eine Ausländerin solch eine – wie sie glaubte – herausgehobene Stellung in einer NS-Einrichtung bekleiden konnte, und das auch noch von Anfang an, war schwer vorstellbar. Außerdem fand sie den Namen an sich seltsam, weil er für ihr Empfinden die Kombination aus einem polnischen Vornamen und einem tschechischen Nachnamen war.

Und das ist der Name! Ja! Sie sieht es jetzt immer klarer vor sich. Das ist zumindest einer der Namen, die sie auf dieser Liste gesehen hat, kurz bevor sie aufgewacht ist. In ihrem Traum war ihr so, als handele es sich um eine Liste von Schiffspassagieren. Wahrscheinlich vermischt ihr Unterbewusstsein hier zwei Bücher: Die Schularbeit und das aufgeschlagene Buch, das sie vor Monaten in dem Museum auf Ellis Island gesehen hat. Darin hat sie damals die Therese Bachler gefunden, zufällig, aber sie hat sofort gewusst, dass sie diesen Namen kennt, und auch woher, nämlich aus dem Tagebuch der Anna Wimmer. Im Schlaf jedoch hatte sie nur ein unbestimmtes Gefühl, als kenne sie diesen Namen.

Mühsam versucht sie, ihrem Gedächtnis ein Gesicht dazu abzuringen. Im Traum ist ihr das nicht gelungen, bis sie aufgewacht ist, aber kurz vorher – so meint sie – hat sie ein Bild, ein Gesicht gesehen. Nur: Das war nicht das Gesicht einer Frau.

Stück für Stück kommt der Traum zurück, Bild für Bild hangelt sie sich durch den Traum zurück. Jetzt ist sie hellwach und starrt in die Dunkelheit.

„Es war nur ein Traum, du hast nur geträumt", sagt sie sich, aber sie kann sich nicht dagegen wehren, dass sie diesen Namen tatsächlich kennt.

Krampfhaft denkt sie nach, während sie den Kopf in beiden Händen vergräbt. Warum hat dieser Name sie aufgeweckt? Sie hat ihn nie vorher gehört, da ist sie sicher – aber trotzdem: Der Eindruck war so stark, dass sie weiß, es gibt einen realen Hintergrund. Als ob es ihr auf der Zunge läge ... sie braucht es nur auszuspucken.

Schwester Magdalena ... Maria Magdalena ... Agnieszka Bienderova ... schwirrt es ihr durch den Kopf, als sie nach dem Schalter an ihrem Bett tastet und Licht macht. Die Kladde liegt direkt neben ihr auf dem Nachttisch. Sie greift danach und schlägt hektisch die Seite auf, auf der das *Stammpersonal* aufgelistet ist.

Schwester Maria Magdalena, steht da,
  Geboren 1910 in Schlesien
  Verschollen im Januar 1944
  Bis dahin Leiterin der Hauswirtschaft, seit 1937
  Bürgerlicher Name: Agnieszka Bienderova.

Sylvia murmelt den Namen vor sich hin, immer wieder murmelt sie den Namen. Sie spürt, da ist irgendeine Erinnerung, aber es will ihr ums Verrecken nicht einfallen.

Schließlich gibt sie es auf, legt die Arbeit wieder zurück und löscht das Licht. Auf der Seite liegend starrt sie noch minutenlang in die Dunkelheit.

Während sie langsam wieder eindöst, dreht dieser Name sich in ihrem Kopf: Agnieszka Bienderova. Und wieder wird sie abrupt aus ihrem Schlaf gerissen und setzt sich auf. Die Uhr zeigt 5:14.

„Agnes Binder!", sagt sie laut. „Das ist der Name!"

Ist es ein plötzlicher Einfall, der sie anspringt, oder einfach die Antwort auf ein Stoßgebet, das sie im Traum gen Himmel geschickt hat? Egal. Als sie die Bettdecke zurückschlägt, merkt sie, dass sie schweißgebadet ist. Die frische Luft lässt sie kurz frösteln. Sie schlüpft in ihren Bademantel und zieht die Vorhänge zurück. Draußen ist es noch dunkel. In der Fensterscheibe fixiert sie eine Zeit lang nachdenklich die Reflektion ihres eigenen Gesichts. Der Name aus der Schularbeit, Agnieszka Bienderova, hat in ihr die Erinnerung an einen anderen, ähnlich klingenden Namen ausgelöst: Agnes Binder. Dieser Name war für sie mit einer grausamen Kindheitserinnerung verbunden.

Sie tritt hinaus auf den kleinen Balkon. Auf der Straße unter ihr setzt langsam der morgendliche Verkehr ein. Gedankenverloren blickt sie hinunter und versucht, Ordnung in ihre Erinnerungen zu bringen.

Agnes Binder war eine Nonne von der Fraueninsel, erinnert sie sich. Sie war Ende der 70er Jahre spurlos verschwunden.

Ihr Ordensname war Maria, Schwester Maria, das weiß sie, nicht Maria Magdalena, das weiß sie genau, auch wenn das fast dasselbe war. Ihr bürgerlicher Name jedenfalls lautete Agnes Binder. Diesen Namen sieht sie jetzt wieder klar vor sich, denn sie hatte ihn sich damals aus guten Gründen gemerkt.

Sylvia hat allgemein ein sehr gutes Gedächtnis, aber dieser spezielle Fall hat sie als junges Mädchen so sehr beschäftigt, dass er sich tief in ihre Kindheitserinnerungen eingegraben hat.

Sie war acht, vielleicht neun Jahre alt, als es geschah. Sicher war sie noch nicht auf dem Gymnasium, das weiß sie, 1978 oder 1979 muss das Jahr gewesen sein, und es war gar nicht das Verschwinden dieser Schwester von der Fraueninsel, das sie damals so schockiert hatte. Der Fall schien zusammenzuhängen mit einem Verbrechen, einem Mord an einem alten Priester, der kurz davor geschehen war, und zwar fast in ihrer Nachbarschaft.

Verbrechen, mehr noch: Gewaltverbrechen, haben sie als Kind fasziniert und gleichzeitig abgestoßen. Sie erinnert sich, dass ihre Mutter oft und sensationslüstern von dem Mord an Sharon Tate erzählt hat, und Sylvia hat ihr dabei immer gebannt zugehört. Zusammen mit ihren Eltern durfte sie freitags oft *Aktenzeichen XY ungelöst* ansehen, und jedes Mal ging sie danach mit dem seltsamen Angstgefühl ins Bett, dass einer der Mörder in der Nähe sein könnte.

Und dann geschah dieser Mord auf dem Schachenberg.

Es ist der erste wirkliche Kriminalfall, an den sie sich detailliert erinnern kann; einer, der sich direkt vor ihrer Haustür abgespielt hat, und dessen Brutalität sie mit ihrer kindlichen Auffassungskraft kaum verarbeiten konnte. Vielleicht wollte sie deswegen immer wieder diese Geschichte hören, die sie bis ins Mark hinein erschreckte. Nächtelang hat sie damals schlecht geschlafen und war nachts aufgewacht, weil sie im Traum das Bild von diesem alten Priester am Kreuz gesehen hatte, vermischt mit der Szene, in der die Mörder von Roman Polanskis junger Frau mit deren Blut das Wort „Schweine" an die Wand geschrieben hatten.

Diese Bilder haben sie als Kind verfolgt. Immer wieder hat ihre Mutter sie nachts beruhigen und ihr tagsüber davon erzählen müssen.

Der Fall des toten Priesters war seinerzeit in ganz Bayern wochenlang in den Schlagzeilen. Deutschlandweit war er wegen der RAF-Aktivitäten zu dieser Zeit weniger beachtet worden, obwohl kurz sogar die Theorie aufkam, die Terroristen könnten auch damit etwas zu tun haben.

Es war ein grausamer Mord. Der alte Mann hing tot und gefesselt am Gipfelkreuz auf dem Schachenberg zwischen Aschau und Sachrang, kopfüber, mit durchschnittener Kehle. Soviel weiß sie noch, und das wird sie nie vergessen.

Sie fröstelt bei dem Gedanken, zieht den Gürtel ihres Bademantels enger und starrt in die Dämmerung hinaus.

Ja, das ist der Name, denkt sie sich und geht entschlossen wieder zurück ins Zimmer. Als sie sich wieder in ihr Bett legt, bemerkt sie die kühle Feuchtigkeit des Lakens. Sie überprüft noch kurz den Wecker und zufrieden mit sich selbst schläft sie sofort wieder ein.

Die Sonne scheint in ihr Zimmer und weckt sie. Sylvia schreckt auf und weiß sofort, dass sie verschlafen hat. Der Wecker hat nicht geklingelt. Es ist 7:45. Sie ist aus dem Tiefschlaf aufgeschreckt. Wieder hat sie kurz vor dem Aufwachen geträumt, wieder war es eine Liste mit Namen, an der sie mit ihrem Zeigefinger entlang gefahren war, und wieder war sie bei einem Namen stehengeblieben. Sie versucht, sich an die letzten Traumfetzen zu erinnern: *Agnes Binder* stand jetzt auf der Liste, die Nonne von der Fraueninsel.

Sylvia konnte schon immer alle möglichen Informationen aufnehmen. Auch scheinbar nutzloses Wissen über irgendwelche Einzelheiten sank meist in ihr hinab, ohne dass sie es wahrgenommen hätte. Manches gärte aber in ihr, bis sie wieder darauf stieß, weil irgendetwas anderes einen Zusammenhang herstellte. Das kam oft wieder hoch, wie nach einem Traum, wenn man aufwacht und krampfhaft versucht, sich zu erinnern, versucht, den Schleier, der zwischen dem Träumer und dem Traum steht, zu zerschneiden.

Und meist gelingt ihr das.

*

Sie ist spät dran. Damit sie zu ihrem ersten Termin an diesem Tag nicht zu spät kommt, kann sie sich im Bad nur schnell etwas Wasser ins Gesicht spritzen und fährt los. Sie hasst diese Hektik in der Früh, und entsprechend schlecht verlaufen ihre Gespräche mit den Mandanten. Kurz vor Mittag erscheint sie genervt in ihrem Büro.

Es ist ein Freitag: Der Tag, an dem viele ihrer Kollegen dort nur kurz erscheinen; eigentlich nur, um ihre Schreibtische aufzuräumen. Am frühen Nachmittag haben sich die meisten ins Wochenende verabschiedet und Sylvia ist fast ganz allein.

Der Fall des toten Priesters lässt ihr keine Ruhe.

Sie geht ziellos über den Gang, hängt ihren Gedanken nach, ist so tief darin versunken, dass sie immer wieder stehen bleibt und überlegt. Schließlich kommt sie unruhig an ihren Arbeitsplatz zurück und lässt ihren Blick nachdenklich über die Unordnung auf ihrem Schreibtisch schweifen. Alles lenkt sie ab, und auch der Gedanke an diese Nonne beschäftigt sie sehr.

Irgendwann tippt sie den Namen „Agnes Binder" in die Suchmaschine ein und findet eine Reihe von Seiten. Es ist aber keine dabei, die sie direkt mit der Nonne in Verbindung bringt.

Sie gibt „Schachenberg" ein und landet bei den üblichen Tourismusseiten. Dann ergänzt sie „Priester" und erkennt auch keine neuen Treffer. Sie setzt „Mord" dazu und findet: Nichts!

Erst als sie „Priest", statt „Priester", und „Murder", statt „Mord" schreibt, findet sie, was sie sucht.

Eine kanadische Seite listet weltweit jede Menge spektakulärer Todesfälle und ungeklärter Morde der letzten fünfzig Jahre auf. Der Mord auf dem Schachenberg ist tatsächlich dabei:

Der Priester hieß Wilhelm Krenzner, liest sie. Er starb am 13. November 1978.

Mit durchschnittener Kehle und aufgetrenntem Rumpf hing er kopfüber am Gipfelkreuz des Schachenbergs bei Sachrang, an Händen und Füßen gefesselt, grausam zugerichtet. Offenbar war er vorher gefoltert worden.

Mehr ist auf der Seite nicht zu finden, aber Sylvia reicht der Name. Mit offenem Mund starrt sie auf das Bild des Mannes, das auf der Seite abgebildet ist. Sie reibt sich die Augen, denn sie erkennt ihn wieder, erinnert sich an das Bild, das sie als Kind schon gesehen hatte; ein Bild, das damals in der Chiemgau-Zeitung abgebildet war, das Bild, das sie auch im Traum gesehen hat, bevor sie aufgewacht ist.

Krenzner, Wilhelm Krenzner, so hieß der Mann, und er war aus Rosenheim, meint sie.

Sie tippt den Namen ein und findet nach einigem Hin- und Hersurfen etliche Berichte über den Fall. Sie druckt sich alles aus, was sie finden kann und verlässt das Büro als Letzte.

In ihrem Hotelzimmer liest sie alle Artikel der Reihe nach und hat schließlich den ganzen Fall wieder vor Augen:

Wilhelm Krenzner stammte aus München. Dort war er am 5. Januar 1901 geboren worden. Nach seinem Studium in Freising übernahm er die Münchner Gemeinde St. Benno, wo er bis zu seiner Pensionierung im Alter von fünfundsechzig Jahren blieb. Danach zog er in ein Altenheim für ehemalige Pfarrer in der Nähe von Rosenheim.

Am 10. November 1978, einem Freitag, war er dort verschwunden. Er hatte nichts gepackt, sondern war von einem Spaziergang am Nachmittag nicht mehr heimgekehrt. Am darauffolgenden Montag, dem 13. November 1978, wurde er gefunden.

Gefesselt und mit dem Kopf nach unten hing er am Gipfelkreuz des Schachenbergs bei Sachrang. Sein Körper wies etliche Verletzungen auf. Der Mörder hatte ihm Zehen und Finger gequetscht sowie mehrere Rippen gebrochen, bevor er ihm vom Nabel bis zum Hals die Bauchdecke aufgeschlitzt hatte. Der Tod war aber erst eingetreten, nachdem auch seine Kehle durchschnitten war.

Am Tatort waren nur wenige Spuren zu finden, denn der Boden war seit Tagen hart gefroren gewesen, und es lag kein Schnee.

Man rekonstruierte, dass der Mörder den Mann auf der Forststraße von Sachrang kommend bis zur Schachenbergalm gefahren haben musste, wahrscheinlich in einem Kleintransporter. Die letzten Meter zum Gipfel waren die Männer gegangen. Der alte Mann musste stellenweise geschleppt worden sein.

Der Mord wurde nie aufgeklärt.

Sylvia wundert sich, wie viel über die Tat an sich geschrieben worden ist, aber sie findet in den Artikeln fast gar nichts über das Leben dieses Mannes. Scheinbar hatte er keine Verwandten gehabt. Es gab ein paar Aussagen von Mitgliedern seiner Gemeinde, aus denen hervorging, dass er nicht sehr beliebt gewesen war, aber keiner konnte oder wollte etwas über sein Leben sagen.

Aus verschiedenen Äußerungen glaubt Sylvia herauszulesen, dass die Kirche seinerzeit auch nicht viel Interesse an einer Aufklärung gezeigt hat.

„In diesem Fall", lautete ein Kommentar, „muss es Dinge geben, die interessierte Seiten gar nicht wissen wollen."

Sylvia überlegt, ob das möglich ist.

„Denn", so der Kommentator weiter, „wenn ein Pfarrer auf diese Weise umgebracht wird, sollte man meinen dürfen, dass hier ungeheure Dinge eine Rolle spielen."

Sylvia stimmt dem Mann zu, denn – das hatte sie auf der kanadischen Seite gelesen – die Kreuzigung mit dem Kopf nach unten war im alten Rom den Unehrenhaften vorbehalten.

Dagegen war der Fall der Schwester Maria fast untergegangen. Ihr Verschwinden wurde in zwei Artikeln mit dem Mord an Wilhelm Krenzner in Verbindung gebracht.

Sie war am 20. November 1978, also eine Woche nach dem Mord auf dem Schachenberg, spurlos verschwunden.

Agnes Binder – wie sie mit bürgerlichem Namen hieß – war damals 67 Jahre alt, eine Nonne von der Fraueninsel im Chiemsee.

Dort hatte sie sich mindestens seit Ende der 40er Jahre aufgehalten. Darüber, wo sie vorher gewesen war, gab es lediglich Vermutungen. Dass sie aus der Mühldorfer Gegend stammte, wurde an einer Stelle behauptet, und dort schon Klosterschwester gewesen sei. An anderer Stelle schrieb man, dass sie aus dem Osten stammte und als Flüchtling nach Bayern, nach Waldkraiburg gekommen war. Mehr war über sie nicht zu erfahren.

Jedenfalls musste sie nach dem Krieg nach Prien und von dort aus auf die Fraueninsel gekommen sein, wo sie unter anderem als Hauswirtschaftslehrerin an der dortigen Schule gearbeitet hatte.

Auch sie hatte offenbar keine Verwandten, und es gab noch weniger Aussagen von Personen, die sie gekannt hatten. Sie sei immer ruhig und vollkommen unauffällig gewesen, fleißig und leidlich beliebt bei den Schülerinnen.

Und plötzlich war sie weg. Sie hatte ihre wenigen privaten Sachen in einen kleinen Koffer gepackt und sich auf und davon gemacht.

Da auch ihr Pass weg war, ging man davon aus, dass sie sich ins Ausland abgesetzt hatte. Ein Gewaltverbrechen an ihr vermutete man nicht. Erst als sie nirgendwo mehr auftauchte, suchte man nach ihr, aber da fand sich so gut wie keine Spur mehr. Zuletzt war sie auf dem Feßlerschiff gesehen worden. In Gstadt war sie an einem regnerischen Abend von Bord gegangen und in der Dunkelheit verschwunden.

In zwei der Artikel wurde ein Zusammenhang zwischen ihrem Verschwinden und dem Tod des Priesters vermutet, es konnte aber nichts Konkretes festgestellt werden.

Sylvia überlegt, ob sie Matthias anrufen soll. Es ist Freitagabend bei ihr, die Nacht auf Samstag bei ihm.

‚Zu spät', denkt sie.

Zufrieden geht sie ins Bett. Sie hat das Gefühl, etwas geschafft zu haben und schläft wie immer schnell ein. Um drei jedoch wacht sie auf. Ihr erster Gedanke gilt der Nonne. Kurzerhand springt sie aus dem Bett. Diese Geschichte muss sie mit jemandem teilen, und wer außer Matthias wäre der Richtige? Sie greift zum Telefon und wählt seine Nummer. Er sitzt gerade beim Frühstück und erschrickt.

„Bei dir muss es mitten in der Nacht sein. Ist was passiert?"

„Wie man es nimmt. Ich bin aufgewacht ..."

Und sie erzählt ihm, was sie geträumt hat und wie sie die beiden Namen in Verbindung bringt.

An den Mord an dem Pfarrer kann auch Matthias sich erinnern, an die Nonne jedoch nicht. Dass man beide Fälle in Verbindung gebracht hat, kann er natürlich auch nicht wissen, aber er erzählt, dass Namen von Flüchtlingen aus dem Osten, die sich nach dem Krieg in Bayern niederließen, oft eingedeutscht wurden.

„Aha", sagt Sylvia. „Das erklärt mir auch, warum meine Mutter manche Priener Familien nicht kannte, obwohl sie deutsche Namen trugen."

„Kenn i ned", habe sie dann immer gesagt. „Miassn Flichtling sei."

14

Ein Pfarrer, der aus Prien stammt, oder jedenfalls in Prien aufgewachsen war, den würde die Heumann sicher auch kennen, denkt Matthias, als er auf dem Weg zu ihr ist. Zwar sieht er im Grunde keine Notwendigkeit, dieser Sache nachzugehen, aber da er eh schon bei ihr sein wird, um sich eine neue Flasche Obstler zu kaufen, kann er sie auch nach ihm fragen.

Am Freitagabend nach seinem Essen mit Sylvia sitzt er bei ihr in der Küche.

Evi Heumann hantiert mit allen möglichen Sachen herum, räumt Geschirr von einem Stapel auf den nächsten, wuchtet Töpfe und Pfannen in und auf Schränke, und Matthias bemerkt, wie zielsicher sie sich in diesem Raum bewegt. Die Flasche Obstler hat sie ihm mit wenigen Handgriffen in Zeitungspapier eingewickelt und vor ihm auf den Tisch gestellt.

„Und? Wia geht's deiner Frau? Is oiwei no alloa, z'Amerika?"

„Ach, die ist grad mit so einem Pfarrer beschäftigt …"

Evi Heumann verharrt mitten in der Bewegung und dreht sich ihm zu.

Matthias bemerkt ihre Verwunderung gar nicht und spricht ungebremst weiter.

„… der soll aus Prien stammen … müsste in Ihrem Alter sein …"

Der Alten fällt die Kinnlade herab.

„So a junger? Na, des aa no, Jesses, Maria und Josef."

Jetzt merkt Matthias, wo sie ihn missverstanden hat.

„Nein", sagt er schnell. „Nicht in Sylvias Alter. Ein älterer Mann. Alois Fischer heißt er. Den kennen Sie doch sicher auch, oder?"

Die alte Heumann schmunzelt jetzt wie erleichtert und nimmt ihre Arbeit wieder auf. Dann hält sie plötzlich inne, stützt sich mit beiden Armen auf der Anrichte ab und lächelt ihn verschmitzt an, als wünschte sie, sie wäre noch einmal jung.

Als Matthias ihr aber nur einen fragenden Blick zurückwirft, lacht sie schließlich sogar auf, als würde sie sich an etwas Witziges erinnern.

„Den Fischer Lois? Ja, ja, freili, den hod do a jeder kennt!", lacht sie, während sie einen Stapel Gläser in den Schrank räumt.

„Und mit dem hod dei Sylvia wos zum doa?"

Matthias ist immer noch irritiert, weil sie nur lacht und nicht weiterredet.

„Nein, nicht so, wie Sie jetzt denken. Aber was ist denn daran so g'spaßig?", fragt er zurück.

„Na, wos du ois daherbringst?! Zerscht an Bachler und jetzt an Fischer. Wia kimmst jetzt auf den, ha?"

Sie schaut ihn direkt an. Ihr Blick ist warm und forschend.

„Na ja. Die Sylvia kennt ihn ...", fängt er an.

„Der Fischer ... ja, des war a rechter Schlawiner ... drum hob i glacht, sunst mach i koan Schmarrn ned mit de Herrn Pfarrer ..."

Sie winkt mit dem Zeigefinger hin und her.

„Ein Schlawiner ... sagen Sie ...?"

„Ja, ja", sie nickt heftig und wischt dabei über den Küchentisch. „Des war er. Aber frog eam hoit amoi. Du kennst eahm aa."

„Ich? Nicht, dass ich wüsste."

„Freili! Gseng host eam. In da Kiach vo Oideding. Do is er da Pfarrer."

„In Altötting? Nein! Das gibt es ja nicht!"

„Wenn i's dir sog. Der is scho vo Prean gwen, aber der is boid weg vo do ... auf Rousnham, moan i."

„Mühldorf", sagt er.

„So? Jedenfois jetzt is er da Pfarrer vo Oideding."

Sie sagt, sie habe das auch erst erfahren, als sie beide damals zusammen in der Kirche in Altötting waren und die Erika gesucht haben. Da habe er die Messe gelesen, und sie habe ihn natürlich gleich erkannt.

„Meine Schwiegermutter hat gemeint, er sei ein Findelkind gewesen."

„Ja, ja, des verzäin's, d'Leit. De Fischers hom eam ognumma, glei noch'm Kriag."

„Das heißt, er war vorher in einem Heim?"

„A, des woas i ned ... aber s'kannt scho sei."

„Wissen Sie ...?", fängt er an und erzählt, dass er in dem ehemaligen Kinderheim bei Wasserburg war, Oberland, und dass er dort eine Schularbeit in die Hand bekommen hat, die von einem Religionslehrer namens Alois Fischer stammte. Deswegen würde er eigentlich fragen.

„Ah, do schau her! Nahat werd des der scho sei."

„Das hat Sylvia auch gesagt."

Sie lächelt immer noch, als habe sie ein Geheimnis, das die Welt erfahren müsste, und Matthias beobachtet sie neugierig.

„Fahr hoid amoi hi und frog eam. Vielleicht sogt er dir ja wos, wos i ned woas."

Dabei lächelt sie wie eine Sphinx.

„Sie verheimlichen mir doch was. Was meinen Sie denn?"

„A nix. Aber a Schlawiner, des war er, und vielleicht sogt er dir ja wos ... so vo Mo zu Mo, do redst di leichter, gell?"

Sie macht ein paar wegwerfende Bewegungen, als wolle sie Rauch verwehen.

„Also jetzt versteh ich Sie nicht ..."

„Des macht nix. Ich versteh's ja aa ned, de Pfarrer."

Damit stellt sie einen Obstler vor ihn hin und grinst still und verschmitzt. Matthias verschränkt die Arme hinter dem Kopf und grinst jetzt auch.

Das einzige Geräusch ist das Ticken der Uhr.

TEIL 4

**Frauenchiemsee
im Herbst 1978**

Als junge Frau war Agnieszka einem Priester begegnet. Die Beziehung zu ihm hatte ihr Leben verändert und ihr eine neue Identität gegeben. Jahrzehnte später wiederholte sich die Geschichte.

„Ich möchte Ihnen etwas vorlesen", sagte er zu ihr.

Der junge Pfarrer und die alte Nonne saßen auf einer Bank und schauten auf den See hinaus. Vor ihnen stand eine Weide mitten im Chiemsee, auf einer winzigen Insel, wie gemacht für den Baum alleine.

Es war ein Nachmittag im Oktober, in einem goldenen Oktober. Sie saßen in der Sonne und blinzelten auf das Wasser.

„Was möchten Sie mir denn vorlesen?"

Alois Fischer zog ein kleines schwarzes Buch aus der Innentasche seiner Jacke hervor.

„Einen Brief. Ich habe ihn gefunden in einem Buch über ein Kinderheim."

„Ein Kinderheim?" Agnes sah ihn erstaunt an, und ein Schatten legte sich über ihre Züge.

„Ja. Er hat mich betroffen gemacht, und deswegen würde ich das gern mit Ihnen teilen."

Er klappte das Buch auf und entfaltete ein Blatt Papier, das er dort eingelegt hatte. Skeptisch sah sie zu ihm hin.

„Nur zu! Lesen Sie."

Sie zwang sich zu einem Lächeln.

Alois setzte sich aufrecht hin und fing an zu lesen:

„Ich weiß, Ihre Tochter Erika ist im Heim."

Kaum hatte er den Satz gesprochen, war ihm klar, dass sein Verdacht berechtigt war. Agnes' Lächeln erstarb auf einen Schlag.

Ihre Augen waren plötzlich hellwach und zuckten nervös wie die eines Vogels.

„Das Heim ist nicht gut, es sind schon Kinder dort gestorben."

Sie setzte sich aufrecht hin. Nervös bewegte sie ihren Oberkörper. Alois tat, als bemerke er es nicht und gab sich unbeteiligt.

„Bitte holen Sie Erika von dort weg."

Sie sah ihm jetzt fassungslos ins Gesicht, während sie ihre Hände langsam nach oben bewegte.

„Sie ist zusammen mit dem Jungen, Heinrich, er ist mein Kind, und sie sind wie Geschwister."

Agnes drehte sich jetzt weg von ihm, aber Alois las unbarmherzig weiter.

„Bitte, nehmen Sie auch Heinrich mit, wenn es geht, nehmen Sie ihn an sich."

Dann ließ er Blatt und Buch sinken und sprach den letzten Satz, ohne ihn abzulesen.

„Ich will Ihnen danken, der allmächtige Gott ..."

Er sprach nicht weiter, sondern suchte jetzt wieder ihren Blick.

„... wird es Ihnen vergelten", ergänzte Agnes leise und stand schwerfällig auf. Sie ging ein paar Schritte weg von ihm und stand minutenlang still am Ufer. Obwohl sie sich aufrecht hielt, wirkte sie wie ein Häuflein Elend. Alois näherte sich ihr schließlich vorsichtig von hinten.

„Sie haben diesen Brief geschrieben", sagte er, als er einen Schritt neben ihr stand. Stumme Tränen liefen über ihr Gesicht. Sie sagte zunächst nichts.

„Werden Sie es melden?"

„Kommen Sie. Setzen wir uns wieder."

Er fasste sie am Ellenbogen, und sie ließ sich widerstandslos führen.

„Woher haben Sie den Brief?", fragte sie, als sie sich etwas beruhigt hatte.

„Von meiner Haushälterin, Erika Steinberger. Sie ist das eine

Kind, um das es hier geht ... die Erika ... und ich habe Ihre Handschrift erkannt ... Ihre Weihnachtspost ... die habe ich aufgehoben."

Agnes nickte und blieb still.

„Sie ist Ihre Haushälterin?", fragte sie dann.

„Seit Jahr und Tag."

Sie schüttelte den Kopf.

„Was es nicht alles gibt!?", lächelte sie hilflos vor sich hin. „Die Erika! Sie war ein gutes Kind ... dass sie überlebt hat, das war ein Wunder. Der liebe Gott hat die Hand über sie gehalten, über meinen Heinrich nicht."

„Sie haben wirklich ein Kind gehabt?"

„Irgendwann musste es mich ja einholen."

„Heinrich?"

„Er war ein schwieriges Kind ... "

Wieder folgte eine längere Pause. Er sah sie von der Seite an.

„Es geht mich nichts an", sagte er nach einer Weile, „aber Sie müssen darüber reden."

„Ich kann nicht darüber reden." Sie senkte ihre Stimme erneut.

„Warum nicht?"

„Das werden Sie nicht verstehen."

„Ich bin Priester."

„Eben darum", erwiderte sie steif.

Alois legte die Stirn in Falten. Sein Blick war nachdenklich.

„Sie haben mich belogen. Sie hatten mir gesagt, sie seien nach dem Krieg als Flüchtling nach Bayern gekommen."

„Das stimmt auch."

„Aber wie passt das zusammen mit dem Brief?"

Seine Stimme wurde fordernd.

„Ich war vorher schon da", murmelte sie in sich gekehrt. „Ich bin von dort geflohen."

„Was? Sie waren vor dem Krieg schon in Oberland?"

„Ja."

Sie zögerte keine Sekunde mit ihrer Antwort, und nach einer bedeutungsschweren Pause fügte sie hinzu: „Lange vorher."

Alois hatte Mühe, ihr zu folgen.

„Aber wie ist das möglich? Sie stammen doch aus Polen."

Er schaute ihr scharf ins Gesicht.

„Aus Schlesien, Teschen, um genau zu sein. Das lag genau auf der Grenze zwischen Polen und der Tschechoslowakei."

Sie legte ihre Fingerspitzen an die gerunzelte Stirn, als versuche sie, ihre Erinnerungen heraufzubeschwören.

„Meine Mutter war Deutsche", erzählte sie, „mein Vater Pole. Beide waren sie sehr katholisch, und so haben sie mich auch erzogen. Ich war vier, als der Erste Weltkrieg begann. Nach dem Krieg geriet unsere Stadt zwischen die Fronten. Auf der einen Seite die Polen und auf der anderen Seite war plötzlich ein neuer Staat gegründet worden: die Tschechoslowakei."

Sie schloss die Augen, bevor sie weitersprach.

„Die Stadt erklärte sich zu Polen gehörig, und dann sind tschechische Soldaten bei uns einmarschiert. Und wieder war Krieg. Ich war zehn ... mein Vater und mein älterer Bruder sind umgekommen."

Alois sah, dass die Tränen ihr wieder in die Augen stiegen.

„Die Alliierten haben den Konflikt beendet, indem sie unsere Stadt einfach teilten: Die Altstadt kam zu Polen und wurde Schlesien zugeschlagen. Wir aber lebten im Westteil der Stadt, und das war fortan die Tschechoslowakei."

„Verstehe", sagte Alois. „Sie waren eine Fremde in der eigenen Stadt", und Agnes nickte.

„Fremd und arm, ohne Vater, nur ich und mein kleiner Bruder und unsere alte Mutter."

Alois räusperte sich verlegen.

„Als die Wirtschaftskrise kam, da wurde es von Tag zu Tag schlimmer, und ich musste weggehen. Mutter hatte Verwandte in München. Dort könne ich etwas Geld verdienen, hoffte sie, und sollte es nach Hause schicken."

„Wann war das?"

„1930. Ich war zwanzig, als ich meine Mutter zuletzt sah."

„Was haben Sie denn gearbeitet in München?"
„Sie haben mich in einer Näherei untergebracht."
Wieder macht sie eine längere Pause und wischt sich mit ihren flachen Händen die Tränen von den Wangen.
„Und da habe ich einen Priester kennen gelernt", sagt sie. „Er war knapp zehn Jahre älter als ich."
Ihre Mundwinkel zuckten.
„Herrgott, ich weiß auch nicht, was da passiert ist. Er hat immer meine Nähe gesucht, hat mich eingeladen ... wie konnte ich ihm denn widersprechen?"
Schlagartig wurde Alois klar, was sie als nächstes sagen würde.
„Sie meinen, er war der Vater Ihres Kindes? Ein Priester?"
Er wand sich vor Unbehagen. Schweigend nickte Agnes.
„Katholisch ... womöglich ...?"
Als Agnes immer noch nickte, legte er die Hände zusammen wie zum Gebet und sprach gen Himmel: „O mein Herr, nein, lass es Abend werden."
„Wir haben uns bald heimlich getroffen", sprach sie weiter, ohne auf ihn zu achten. „Er wollte es so ... und dann war ich schwanger. Eine Katastrophe."
Alois saß fassungslos neben ihr.
„Was hat er dazu gesagt?"
„Was sollte er schon sagen?"
Sie lachte sogar kurz spöttisch auf. „Lass uns heiraten vielleicht?"
Das hatte er gar nicht gehört. Mit hängendem Kopf saß er da.
„Was hatte ich denn für eine Wahl? Er hat mir die Schuld gegeben."
„Warum sind Sie nicht zurückgegangen? Nach Hause", hörte sie ihn leise fragen.
„Mit einem ledigen Kind? Noch dazu von einem Pfarrer? Undenkbare Schande. Das hätte meine Mutter nicht überlebt und ich auch nicht. Sie hätte mich vorher in Stücke gerissen."
„Was haben Sie gemacht?"

„Er hat mich in ein Kloster gebracht, weit weg. Da habe ich das Kind bekommen. Es war im Februar '35, den Heinrich. Und er hat mir eine Stellung beschafft, in einem Kloster in München, und das Kind, das hat er in Oberland untergebracht, aber das habe ich damals nicht gewusst."

„Das hat er Ihnen nicht gesagt?"

„Erst nicht. Ich hatte geglaubt, das Kind sei tot, bis der Orden mich nach Oberland schickte, zwei Jahre später, zufällig nach Oberland."

Sie nestelte an ihren Ärmeln herum.

„Und da haben Sie den Jungen wiedergefunden?"

Es klang ungläubig.

„Ja, da hab ich ihn wiedergefunden. Heinrich hatten sie ihn genannt, und er war seinem Vater wie aus dem Gesicht geschnitten. Zwei war er da schon, konnte schon ein bisschen laufen, aber er hatte einen komischen Gang. An seinen Füßen habe ich ihn erkannt. Meinem Kind hatten Zehen gefehlt, und ihm auch, an jedem Fuß. Da war ich mir sicher, das war mein Kind."

„Mein Gott, mein Gott", wiederholte Alois. „Haben Sie ihm das denn wenigstens gesagt."

„Dass ich jetzt auch in dem Heim war? Natürlich!"

„Und?"

„Er war so kalt wie die Mauern seiner Kirche."

„Was haben Sie gemacht in dem Heim?"

„Ich habe mir nichts vorzuwerfen", beeilte sie sich zu sagen. „Im Gegenteil: Ich habe ihm das Leben gerettet. Man wollte ihn abschieben, und wer weiß, was dann aus ihm geworden wäre? Er hinkte, deswegen wollte der Heimleiter ihn nicht da haben."

„Das haben Sie verhindert?"

„Er war ein Unmensch, aber irgendwie mochte er mich. Ich konnte ihn zum Schluss nicht mehr ertragen, nicht mehr mitmachen dort. Wegen ihm bin ich geflohen, '44. Ich wollte zurück nach Schlesien, nach Hause. Da hieß es noch, im Osten ist alles in Ordnung."

„Und den Heinrich. Den haben Sie zurückgelassen?"

„Ja, und ich habe mich dafür geschämt, später, auf der Flucht. Und da habe ich diesen Brief geschrieben, den Sie jetzt haben."

„An Erikas Eltern."

„An die Familie, ja. Sie hatte eine Familie, keine gute, aber eine Familie. Die meisten Kinder hatten niemanden, und Heinrich war wie ein Bruder zu ihr. Erika ist im Heim geboren, ich war dabei, und ich habe sie beschützt, als wären sie meine Kinder, meine beiden Kinder. Bis ich nicht mehr konnte."

„Und sie im Stich gelassen haben! Und gehofft, dass andere für Sie die Kohlen aus dem Feuer holen!"

Sie zuckte mit den Schultern und schüttelte sich.

„Ich habe es selber noch einmal versucht. Ich bin ja nicht weit gekommen. Bald kamen mir die Flüchtlinge schon entgegen, und ich musste umkehren. Später war ich noch mal in Oberland, heimlich, aber da war der Heinrich nicht mehr da, und die Erika auch nicht, und fragen konnte ich ja nicht."

„Warum nicht?"

„Dann wäre doch alles rausgekommen, schon damals."

„So, wie jetzt?"

„Was werden Sie tun?"

Alois sah sie nicht mehr an.

„Nichts."

Er hatte genug gehört. Bei allem Verständnis für ihr Schicksal, er konnte ihr nicht verzeihen, dass sie ihr Kind in dieser Lage zurückgelassen hatte. Er stand auf und ließ sie sitzen, allein. Sie weinte bitterlich, aber das hat er schon nicht mehr gemerkt. Es war das letzte Mal, dass er sie gesehen hatte.

Hätte er gewusst, dass es tatsächlich noch viel schlimmer war, dass sie ihm eigentlich nur die halbe Wahrheit erzählt hatte, er wäre nicht einfach so gegangen.

15

Die Andeutungen von Evi Heumann lassen Matthias keine Ruhe. Er beschließt, Erika Steinberger vorsichtig nach dem Altöttinger Pfarrer zu fragen.

Schon am nächsten Tag ruft er im Pfarramt an.

„Frau Steinberger?"

„Ja ..."

„Staudacher hier. Matthias Staudacher. Erinnern Sie sich an mich?"

Es ist kurz still in der Leitung.

„Ja!", sagt sie dann bestimmt. „Sie sind doch der, der die Leiche gefunden hat ... im Langbürgner See."

„Ja, genau."

Es ist ihm immer noch unangenehm, dass die Leute ihn mit dieser Geschichte in Verbindung bringen, aber er findet sich langsam damit ab.

„Ich war damals bei Ihnen wegen Ihres Onkels ... der erschossen worden ist ..."

Wieder bleibt die Leitung kurz still.

„Ja, das stimmt ... und? Gibt es da etwas Neues?"

„Eigentlich nicht, aber da gibt es eine andere komische Sache ..."

Er überlegt, ob er ihr den ganzen Hintergrund erläutern soll, doch er kürzt ab und sagt: „Und darüber wollte ich mal mit dem Herrn Pfarrer reden."

„Mit dem Herrn Pfarrer? Was hat der denn damit zu tun?", blaffte sie ihn abrupt an.

„Der heißt doch Alois Fischer und stammt aus Prien, nicht wahr?"

„Ja, das stimmt."

„Und er war mal Religionslehrer am Ruperti Gymnasium in Mühldorf."

„Das ist aber lange her."

„Über zwanzig Jahre, ich weiß, aber er hat damals dort eine

Schularbeit betreut ... über ein Kinderheim in Wasserburg ... in den 30er und 40er Jahren. Wissen Sie das?"

Jetzt bleibt es sekundenlang still in der Leitung.

„Frau Steinberger?"

„Ja ..."

„Sind Sie noch da?"

„Ja, ja, aber was wollen Sie denn nun?"

„Kann ich mit ihm reden?"

„Moment."

Er hört, wie sie den Hörer ablegt. Eine Tür wird geschlossen und kurz darauf wieder geöffnet. Es dauert mehr als eine Minute, bis der Herr Pfarrer an den Apparat kommt.

„Fischer!", sagt er energisch.

„Staudacher!", entgegnet Matthias deutlich weniger energisch. „Entschuldigen Sie bitte die Störung, Herr Fischer ..."

Er wartet auf ein „Macht nichts" oder etwas ähnliches, aber er erntet ein Schweigen, das er erst durch seine eigene Frage beendet.

„Darf ich Sie kurz etwas fragen?"

„Sie sind der Mann, der vor Monaten hier war ...? Wegen der Familie meiner Haushälterin?"

„Ja, genau. Die Bachler Familie aus Hittenkirchen."

„Mit denen habe ich nie etwas zu tun gehabt."

„Nein, nein, darum geht es auch nicht, Herr Fischer, sondern um etwas ganz anderes."

Wieder erwartet er eine Nachfrage, aber der Pfarrer hält still.

„Es gab da einen General der SS, mit dem der Onkel von Ihrer Frau Steinberger, ein gewisser Johann Steinberger, seinerzeit Kontakt hatte. Breithaupt war sein Name. Franz Breithaupt."

„Sagt mir nichts."

Das sagt der Pfarrer so rasch und zurückweisend, dass Matthias spürt, er lügt; und es gefällt ihm nicht, belogen zu werden. Sein Tonfall wird jetzt auch etwas schroffer.

„Wirklich nicht?"

Alois Fischer schweigt wieder.

„Warum sollte ich?"

„Wissen Sie ... wir haben uns mit diesem Mann etwas beschäftigt und dabei festgestellt, dass er eigentlich ein Kinderheim bei Wasserburg geleitet hat. Oberland, das sagt Ihnen doch etwas, oder?"

„Ja ...", sagt er zögerlich, „das ist mir bekannt."

„Sie haben doch als Religionslehrer am Ruperti Gymnasium in Mühldorf über eben dieses Heim eine Schularbeit schreiben lassen."

„Woher wissen Sie das, junger Mann, wenn ich fragen darf?"

„Ich habe die Arbeit bekommen. Der Hausmeister der heutigen Einrichtung war so nett ..."

„Hören Sie!", unterbricht er ihn. „Ich weiß nicht, was Sie von mir wollen und warum Sie mir das erzählen, aber ...", sein Ton wird aggressiv. Er stockt und die Stimme überschlägt sich fast.

„Weil Sie als Kind selber in dem Heim waren ...", fällt Matthias ihm ins Wort.

Schweigen.

„... das sagt man jedenfalls in Prien."

„Dann wird es ja stimmen. Einen schönen Tag noch."

Es knackt in der Leitung.

„Herr Fischer?"

Stille.

Matthias starrt den Hörer an und wundert sich. Was hat den Mann nur so aufgeregt?

Langsam legt er auf und nimmt die Schularbeit wieder zur Hand. Gedankenlos blättert er durch die vergilbten Seiten.

Keine halbe Stunde später klingelt sein Telefon. Es meldet sich Erika Steinberger. Sie hatte Matthias jetzt am allerwenigsten erwartet.

„Können Sie mir verraten, was Sie mit dem Herrn Pfarrer besprochen haben?"

Diese Frage hätte er noch weniger erwartet.

„Nichts Besonderes. Es ging um dieses Kinderheim."

„Das habe ich mir schon gedacht."

„Wieso? Ist was damit?", fragt er irritiert.

„Also darüber – das müssen Sie wissen – will der Herr Pfarrer nicht mehr reden, richtig allergisch ist der da drauf."

„Das tut mir leid, Frau Steinberger. Ich wollte das nicht, sondern nur fragen, wie das war damals, mit der Schularbeit."

„Na ja, lassen Sie das lieber, das bringt uns hier nur ganz durcheinander."

„Uns?"

„Na ja, ich muss es schließlich mit ausbaden."

Wieder entschließt er sich dazu, in die Offensive zu gehen.

„Es hat ja auch mit Ihnen ... und mit Ihrer Familie zu tun."

„Was meinen Sie denn jetzt schon wieder?"

„Na ja, der Leiter dieses Heims war ein gewisser General Breithaupt, Franz Breithaupt, General der SS, und das war der Spezi von Ihrem Onkel, dem Bachler Hans. Wissen Sie das?"

Kurze Pause. Dann spricht sie wieder, aber diesmal auffällig leiser.

„Ja, natürlich, das weiß ich wohl ..."

Er merkt, jetzt hat er sie und hakt nach.

„Von Ihnen wird auch erzählt, dass sie die ersten Jahre Ihres Lebens in einem Heim waren."

„Das wissen die Hittenkirchener heute noch, gell?"

„Scheinbar."

„Scheinheilig, würde ich sagen. Die hätten sich doch damals die Mäuler zerrissen und meiner Mutter keine ruhige Minute gelassen."

„Wieso?"

„Als lediges Kind. Das war kein Zuckerschlecken damals. Platz war auch wenig auf dem Hof und dann die Schande. Na, na, ich bin schon froh, dass sie mich weggegeben haben, nach Oberland, das hat mir nicht geschadet."

Jetzt ist es Matthias, der sprachlos ist und die Pause verursacht.

„Oberland?", fragt er vorsichtig. „Sie waren auch in Oberland?"

Erika Steinberger bleibt zunächst still.

„Ach ... das wissen Sie nicht?"

„Nein."

„Na ja, mir ist es ja auch egal, was die Leute reden. Die zerreißen sich heute wie damals die Mäuler, ob es sie was angeht oder auch nicht. Nur der Herr Pfarrer, der kann das ganze Gerede nicht mehr hören, den lassen's bittschön in Ruh mit der Sach. Das müssen Sie doch verstehen."

„Selbstverständlich, Frau Steinberger."

Nachdem sie aufgelegt hat, geht Matthias in Gedanken noch einmal das durch, was sie ihm seinerzeit erzählt hat. Als er sie zum ersten Mal in Altötting besuchte, da hat sie ihm gesagt, die ganze Familie habe – kurz nach dem Krieg und nachdem der Bachler Hans erschossen worden war – den Hof verlassen und sei nach München gezogen. Sie sei zu den Englischen Fräulein gekommen, weil ihre Mutter dort jemanden gekannt habe, und dann sei sie als junge Frau als Haushälterin an den Pfarrhof in Altötting gekommen. Ihre Tante Renate habe man damals schon nach Gabersee eingeliefert.

Von Evi Heumann wusste er, dass Erika Steinberger im Alter von fünf oder sechs Jahren, also 1943 oder 1944, auf den Hof gekommen war, aber niemand wusste genau, wo sie vorher gewesen war. In einem Sanatorium, hatte es geheißen.

‚Das passt nicht zu ihrer Reaktion', denkt er. ‚So unumwunden und selbstverständlich wie sie zugibt, in Oberland gewesen zu sein, das lässt nicht vermuten, dass es sich um ein Familiengeheimnis handelt. Und dann hätten auch andere davon wissen müssen.'

Er wählt Evi Heumanns Nummer und ist froh, als er sie gleich erreicht. Nachdem er ihr von seinem Gespräch erzählt hat, meint die Alte: „Wos? In dem Heim z'Wasserburg is de gwen? Des sogt's?"

„Genau. Und sie hat sich auch gewundert, dass die Leute das nicht gewusst haben."

„Na, de moanen, dass de weit weg war, ganz weit ..."

Und auch Erika Steinberger führt an diesem Tag ein weiteres Gespräch.

„Dieser Mann hat sich wieder gemeldet, dieser Heimatforscher."

„Der Staudacher?"

„Ja, genau der."

„Und? Was hat er diesmal?"

„Er hat irgendwas über Oberland gefunden. Wollte eigentlich den Herrn Pfarrer sprechen, aber er hat auch wieder nach dem alten Bachler gefragt."

„Und was?"

„Na, dass der mit dem Heim was zu tun gehabt hätte."

Stille.

„Heinrich?"

„Ja?"

„Ich habe ein komisches Gefühl", sagt sie.

„A wo! Mach dir keine Sorgen."

„Sorgen? Ich habe Angst!"

Sie merkt, wie der Mann am anderen Ende der Leitung nickt.

„Kannst du kommen?", fragt sie ihn fast schüchtern.

„Nicht direkt. Ein paar Tage wird es dauern, bis ich da bin."

Sie sagt, sie freut sich auf ihn.

16

Am gleichen Abend noch ruft Matthias Sylvia an, erreicht aber nur ihre Mailbox.

„Meld dich doch bitte mal. Ich hab' was erfahren, das ist ... komisch ... seltsam, meine ich."

Er hasst es, auf diese „Bänder" zu sprechen, wie er sagt.

Sylvia ruft ihn erst am nächsten Tag zurück, und meldet sich mit einem „Ich bin's", mehr nicht. Das macht sie oft so, wenn sie gestresst ist und eigentlich andere Dinge zu tun hätte.

„Wo warst du denn so lange?", fragt er, bemüht, neutral zu klingen.

„Ich war bei dem van Gries, bei Dick. Wir haben uns ein paar Bilder angesehen", sagt sie wie beiläufig, aber er merkt an ihrem Tonfall, dass mehr dahintersteckt.

„Schön. Ich habe in der Zwischenzeit mit dem ganzen Altöttinger Pfarramt gesprochen, und das war zwar nicht angenehm, aber trotzdem interessant."

„Erzähl!"

Er merkt, sie hat es eilig.

„Also, der Pfarrer Fischer ist ein komischer Kauz. Die Evi hat gemeint, er sei ein *Schlawiner* gewesen, aber jetzt ist er nur noch ein komischer Kauz. Will über Oberland nicht sprechen und die Steinbergerin sagt, er sei ganz allergisch auf das Thema. Also bei dem kommen wir nicht weiter."

„Und?"

Sylvia wird wie immer ungeduldig, wenn er sagt, dass irgendetwas nicht geht. Er spürt praktisch die Frage, die ihr auf den Lippen liegt, und sie stellt sie auch.

„Und was machst du jetzt?"

Die Frage klingt vorwurfsvoll.

„Warte mal. Da ist ja noch die Steinbergerin. Die – und jetzt halt dich fest – die war auch in Oberland!"

Er glaubt zu hören, dass sie überrascht ist, aber auch, dass sie lächelt.

„Jetzt wird's hinten höher als vorn", sagt sie.

„Was das Komische aber ist: Die alten Hittenkirchener wissen definitiv, dass sie weg war, die ersten Jahre, und dass sie weit weg war, sagen sie, sagt die Evi. Und wenn sie in Wasserburg gewesen wäre, das hätte man doch gewusst."

„Stimmt", sagt Sylvia, „das wäre logisch, aber überzeugt mich nicht."

„Ach ja? Und wenn es dich nicht überzeugt, was heißt das?"

„Keine Ahnung. Nichts. Nur, dass die Leute eben doch nicht alles wissen."

„Gut, aber dann frag' ich mich, warum die Frau Steinberger das so unumwunden zugibt und so tut, als sei das doch allen bekannt."

„Tja, meistens ist es so, dass man meint, das weiß keiner, und dabei weiß es jeder, und hier ist es vielleicht mal umgekehrt. Kann das nicht sein?"

Sie spricht wie oft einen Tick zu schnell.

„Das habe ich jetzt nicht verstanden."

„Macht nichts", entgegnet sie schmallippig. „Ist auch nicht wichtig. Ich erklär's dir später. Ich muss nämlich gleich weg. Aber jetzt pass auf, was *ich* herausgefunden habe."

Sie legt eine kurze Pause ein, um seine Aufmerksamkeit zu fesseln.

„Sitzt du? Du fällst auf den Arsch, wenn du das hörst."

„Mach's nicht so spannend."

„Der tote Pfarrer vom Schachenberg, dieser Krenzner Wilhelm, der hat in Oberland ein Kind abgegeben, nach dem Krieg."

„Du meinst die Episode, die auch in der Schularbeit steht?"

„Genau die."

„Woher weißt du das? Ist das sicher?"

„Ziemlich sicher. Im ersten Gespräch damals hatte Dick mir ja gesagt, dass ein Pfarrer dort ein Kind abgegeben hätte; und nachdem ich das auch in der Arbeit gelesen hatte, da wurde ich den Verdacht nicht los, dass dieser Pfarrer der Krenzner sein könnte."

„Wie bist du denn darauf gekommen?"

„Na ja, erstmal ist das eine ziemlich seltene Geschichte, oder? – Dass ein Pfarrer so was macht. Anderseits vermutet man zwischen dem Toten vom Schachenberg und der verschwundenen Agnes einen Zusammenhang. Agnes aber war in Oberland, das glauben wir zu wissen, und wenn man das mal unterstellt, dass es zwischen den beiden einen Zusammenhang gibt, dann wäre es doch möglich, dass dieser Tote auch etwas mit dem Heim zu tun hatte, und dann wäre doch diese Geschichte mit dem Kind ein perfekter Kandidat."

„Du denkst ziemlich kompliziert", sagt Matthias, denn ganz kann er ihr nicht folgen.

„Kompliziert? Was ist daran kompliziert?"

Sylvia hat immer gesagt, dass komplizierte Dinge ihr von Haus aus verdächtig sind. Vor Jahren war Matthias einmal in ihrem Münchener Büro gewesen. Dort hatte sie sich einen Spruch eingerahmt an die Wand gehängt:

Entweder es geht einfach ... oder es geht einfach nicht!

Das hätte ihr Motto sein können, denn es passte perfekt zu ihrem Pragmatismus.

Da er ihr eine Antwort schuldig bleibt, spricht sie weiter.

„Schau, das liegt doch auf der Hand. Der einzige Pfarrer, der in dieser Schularbeit vorkommt, ist der mit dem jüdischen Kind. Und es war ja auch nur ein Verdacht, anfangs, aber Bingo: Er hat sich bestätigt."

„Und wie?"

„Ich glaube, ich habe jeden Artikel rausgesucht, der über diesen Krenzner-Fall erhältlich ist. Es gibt ein paar wenige Berichte, in denen auch etwas über sein Leben gesagt wird. Und bei einem davon war ein Foto dabei, das ihn als jungen Mann zeigt. Er war nicht gerade der Typ, der sie alle ins Bett kriegt, aber ziemlich markantes Gesicht. Und das Bild habe ich Dick gezeigt, und er hat es ziemlich eindeutig identifiziert: Der Pfarrer, der das jüdische Kind dort abgegeben hat, das war der Krenzner!"

„Ist ja verrückt. Daran will der sich erinnern?"

„Also an seinem Gedächtnis zweifele ich nicht. Er erinnert sich gut an das Heim. Er weiß, dass das Personal damals schon weg war, als die amerikanischen Truppen anrückten, und er sagte, dass sie dort mehr als 150 Kinder gefunden hätten. Das war doch genau die Zahl, die du auch recherchiert hast."

„Sicher, aber das ist ja offiziell bekannt."

„Klar! Aber schau: Die Sache hat ihn damals ja arg mitgenommen. Zuerst die Sache mit dem Bachlerschwein, dann die Toten von Surberg und schließlich kommt er zu diesem Kinderheim und da gibt jemand ein jüdisches Kind ab, das er ein halbes Jahr lang versteckt hatte. Würdest du so was vergessen?"

Matthias zuckt kurz zusammen und ärgert sich darüber, dass sie immer wieder solche Bemerkungen machen muss.

„Nein, aber das Gesicht von diesem Mann, das vielleicht schon ..."

„Wie dem auch sei ..."

Offenbar will sie auf seine Bedenken nicht eingehen.

„Wir werden es nie sicher wissen, aber ich glaube daran: Der Krenzner war in Oberland."

Es ist einen Augenblick still in der Leitung. Sie meint zu bemerken, dass Matthias abgelenkt ist und ihr nicht richtig zugehört hat.

„Matthias?", fragt sie. „Bist du noch da?"

Er zögert wieder eine Sekunde, dann hört sie ihn, wie er lachend sagt: „Ja sicher, mir geht da gerade so ein Spruch durch den Kopf: Ich weiß auch nicht, warum mir das jetzt einfällt: *Lehrers Kind und Pfarrers Vieh ... gedeihen selten oder nie.*"

Sylvia nimmt den Hörer vom Ohr und starrt ihn kurz an. Dann spricht sie wieder hinein.

„Wie bitte? Sag mal: Hast du schon was getrunken heute?"

Matthias antwortet nicht. Sie hat den Eindruck, dass er mit einer Hand den Hörer abdeckt, um sich kurz auf jemand anderen zu konzentrieren. Außerdem meint sie, im Hintergrund ein leises Kichern zu hören. Sie ist bass erstaunt.

„Bist du alleine?", fragt sie unvermittelt.

„Klar bin ich alleine."

Jetzt ist Matthias wieder ganz Ohr, aber an der Art, wie er mit ihr spricht, an seinem Tonfall, glaubt sie zu erkennen, dass er lügt, dass er nicht allein ist. Kurz überlegt sie, ob sie das sagen soll, entscheidet aber blitzschnell, dass sie das selbst kindisch finden würde. Stattdessen erlaubt sie es sich, nach dem Geräusch zu fragen.

„Ich hab' da gerade im Hintergrund etwas gehört, ein Kichern."

„Ein Kichern? ... Nein, hier ist niemand ... außer mir."

„Ich hab's doch genau gehört. Läuft denn der Fernseher?"

„Um die Zeit? Nein, da war nichts."

„Du lügst. Da ist doch jemand?"

Sie bemerkt, dass er mit der Antwort zögert.

„Sylvia!? Was soll dieser verheiratete Ton? Und wenn schon!? Was geht es dich eigentlich an?"

Mit dieser Antwort hatte sie nicht gerechnet. Sie spürt die plötzliche Kälte in seiner Bemerkung. Für einen Augenblick ist sie perplex.

Sylvia kann von einer Sekunde auf die andere aus der Haut fahren, aber meist versucht sie, sich zu beherrschen und zieht sich zurück, bevor das passiert. Jetzt ist solch ein Moment.

„Stimmt!", presst sie zwischen ihren Lippen hervor, und legt wutentbrannt auf.

„Idiot!", schnauzt sie das Telefon an. „Lehrers Kind und Pfarrers Vieh ...", wiederholt sie. „Blöder Spruch. Sublöde."

Sie springt auf. Mit geballten Fäusten steht sie am Fenster und starrt auf die Straße hinaus. Plötzlich spürt sie den Puls in ihren Schläfen. Eine Idee schießt ihr durch den Kopf, eine Vorstellung – und ein anderer Spruch: „... Enkel des Teufels ...", aber sie kann sich im Moment nicht konzentrieren und muss alle Finger gegen ihre Schläfen pressen.

Der Verdacht, dass Matthias nicht allein sein könnte, ist über sie gekommen wie ein Blitzschlag aus heiterem Himmel. Es ist aber gar nicht das, was sie jetzt so rasend macht. Sie hasst nichts mehr, als belogen zu werden. Erklären kann sie es nicht. Eigentlich müsste sie sogar daran gewöhnt sein, denn vor Gericht ist es an der Tagesordnung. Trotzdem: Es gefällt ihr nicht, und sie muss sich sogar eingestehen, dass es regelrecht an ihr nagt, wenn sie weiß, dass sie Recht hat, und die andere Seite räumt es ihr nicht ein. Und in Sachen weiblicher Intuition besitzt sie mindestens den schwarzen Gürtel, zumal sie selbst nie wegen übertriebener Rücksichtnahme aufgefallen war.

„Ehefrauen sind süchtig nach dem Zweifel", hatte ihre Mutter immer gesagt. Wie so viele Weisheiten aus deren Repertoire hatte sie auch diese immer belächelt, doch gerade jetzt muss sie feststellen, dass auch dieser Spruch seinen wahren Kern hat.

Das Kichern im Hintergrund hat sie eindeutig gehört, daran gibt es keinen Zweifel, und sie ist sich ziemlich sicher, dass es das Kichern einer Frau war. Und ob jemand lügt – auch das hat sie nicht zuletzt in ihrer Gerichtspraxis gelernt – das merkt sie an so vielen Dingen: Ablenkung, Ausschweifung, Veränderung des Tonfalls. Das alles gehörte dazu, und Matthias war in allen drei Punkten schuldig.

Als er ihr damals zum ersten Mal gestanden hatte, dass er sie liebt, da hatte sie gedacht: ‚Oh Gott! Auch das noch!' und wäre am liebsten in Deckung gegangen. Aber die Vorstellung, dass er eine andere haben könnte, schlimmer noch, dass er sie belügt, ist für sie so abwegig, dass es sie schockiert. Außerdem: Dass jemand ihr etwas wegnimmt, ist sie nicht gewohnt – und in dieser Situation ist ihrer weiblichen Natur jegliche schwesterliche Rücksicht vollkommen fremd.

Sie erwartet, dass er sofort wieder anrufen würde, nachdem sie so kurz entschlossen aufgelegt hat. Unruhig steht sie vor dem Fenster und starrt ins Leere. Dann schaut sie minutenlang zum Telefon hinüber. Es bleibt still.

Wut durchfährt sie plötzlich wie ein körperlicher Schmerz.

Wie ein Kind, das einen Anfall bekommt, greift sie nach der leeren Bierdose auf ihrem Nachttisch und schleudert sie in die Ecke.

Anschließend macht sie sich auf zu ihrem Termin.

Eine Viertelstunde später gibt sie sich einen Ruck und ruft ihn aus dem Auto heraus an. Der Anrufbeantworter springt an. Sie hört ihre eigene Stimme auf dem Band und denkt sich: ‚Na also! Wenn er das noch nicht geändert hat …!'

17

Am Morgen danach sitzt Sylvia in ihrem Büro und starrt aus dem Fenster.

Es ist ein Sonntagmorgen, das Büro ist fast leer. Nur ein paar wenige Kollegen haben – wie sie – offenbar auch heute wichtige Dinge zu erledigen.

Sylvia hat für die übernächste Woche Urlaub eingereicht. Damit das auch sicher klappt, muss sie in der anstehenden Woche dringend noch ein paar Sachen vom Tisch bekommen, und ein ruhiger Sonntag ist genau der richtige Tag, um damit anzufangen. Nur: Sie kann sich kaum konzentrieren. Mit aufgestützten Ellenbogen sitzt sie da und massiert sich ihre Schläfen, während sie ihren Alkoholkonsum der letzten Nacht verflucht.

Nachdem sie heute Morgen aufgestanden ist, hat sie ausgiebig duschen müssen, um richtig wach zu werden, und ist sofort und ohne Frühstück losgefahren. Auf der Fahrt ins Büro hat sie sich gedacht: ‚Endlich ein paar Tage Urlaub ... nimm dir die Zeit, solange sie dir noch bleibt ... ich brauche diesen Urlaub ... nur ein paar Tage ... mal rauskommen ... mich verwöhnen lassen ... nur keine Aktionen ...'

Je intensiver sie sich vorstellte, was das alles konkret bedeuten würde, desto häufiger fiel Sylvia ihr Zuhause ein.

‚Daheim ist daheim! Warum eigentlich nicht?', hat sie sich irgendwann gefragt.

Im Büro hat sie ein paar Anrufe getätigt, kurz mit ihrer Mutter gesprochen und anschließend ihren Flug nach Cancun storniert und stattdessen ein Ticket nach Salzburg gebucht.

Sie hat eine unruhige Nacht gehabt.

Nach dem gestrigen Telefonat mit Matthias war ihr anschließender Termin auch schlecht verlaufen. Sie hatte versucht sich zusammenzureißen, aber es war ihr nicht so recht gelungen. Danach ist sie wütend ins Fitnessstudio ihres Hotels gestapft, hat entgegen ihrer Gewohnheit eine ganze Stunde auf dem Laufband verbracht, ist bei viel zu hohem Tempo gelaufen und hat dann ihren Rest Aggression an einem Sandsack ausgelassen. Erst zwei Saunagänge und mehrere kalte Duschen haben sie einigermaßen beruhigen können.

Zurück in ihrem Zimmer hat sie auf ihrem Handy und in ihrer Mailbox eine Menge unnützer Botschaften gefunden, aber keine Nachricht von Matthias.

Es war nicht die Tatsache, dass er sich nicht meldete, sondern das Gefühl, dass sie die Dinge nicht vorhersagen, nicht kontrollieren konnte. Den kurzen Gedanken, ob sie ihn anrufen sollte, verwarf sie sofort wieder mit Blick auf die Uhr. Es war nach schon zehn bei ihr.

Das Training hatte sie ermüdet. Sie fühlte sich angenehm erschöpft und ausgepowert, aber ihre Wut spürte sie immer noch und nahm sie in ihrem Bauch mit ins Bett. Trotz ihrer Müdigkeit konnte sie diesmal nicht einschlafen. Immer wieder wälzte sie sich von einer auf die andere Seite, und immer wieder fiel ihr Blick auf die Leuchtziffern des Weckers. Die Zeit wollte nicht vergehen, und der Schlaf wollte nicht kommen. Schließlich war sie wieder aufgestanden, hatte eine Dose Bier getrunken, und obwohl sie sich vor dem Blechgeschmack ekelte, noch zwei weitere geleert. Den faden Geschmack musste sie anschließend mit zwei Gläsern Whisky übertünchen. Der tat ihr wenigstens gut, denn er wärmte sie von innen, als sie wieder im Bett lag und grübelte.

War es wirklich Matthias, der sie nicht schlafen ließ? Oder war es nicht einfach diese Unruhe, die sie seit Wochen schon verspürte? Und die hatte mehr mit ihrem Job zu tun. Es war paradox: Obwohl ihr die Arbeit nicht aus dem Kopf ging, hatte sie ständig das Gefühl, irgendwas vergessen zu haben.

Endlich fingen ihre Augen an, immer wieder zuzufallen. Der Schlaf trug sie langsam hinweg, doch er trug sie nicht weit genug, denn immer wieder wachte sie auf mit Gedanken, die sie verwirrten und unsicher machten. Sobald ihr Unterbewusstsein die Herrschaft übernahm, beschäftigte sie sich offenbar mit anderen Dingen als ihrer Arbeit: das Kinderheim Oberland und Agnes Binder, ihre eigene Familie und auch ihr eigener Mann.

Warum diese Gedanken eine Ungewissheit in ihr erzeugten, wusste sie nicht, aber sie spürte deutlich, dass es Zweifel waren, die ihr den Schlaf raubten; Zweifel, ob sie das Richtige tut. Und die haben sie die halbe Nacht wach gehalten.

Jedes Mal, wenn sie wieder geweckt wurde, schaute sie auf den Wecker und stellte fest, dass die Zeit fast gar nicht vergangen war, dass sie noch so gut wie gar nicht geschlafen hatte.

„Denk an was Schönes", hat sie sich gesagt, als es schon fast dämmerte. „Etwas, das dich entspannt." Und endlich ist sie mit der Vorstellung eingedöst, dass sie doch schon Ende nächster Woche in Urlaub gehen wird.

Kurz bevor der Wecker klingelt, wird sie wieder wach und denkt an Mexiko. Sie hat geträumt, dass sie irgendwo an einem Strand liegt, im weißen Sand, die Palmen über ihr wehen im Wind, es ist heiß, unerträglich heiß, sie schwitzt, und aus ihrer Haut schlagen winzige Flammen hoch.

Es ist Ende Mai. Nächste Woche würde sie nach Mexiko fliegen. Sie hat nichts gebucht, wird auf eigene Faust und gut Glück von Cancun aus die Küste hinunterfahren.

‚Das ist eh zu heiß im Mai', denkt sie, als sie sich aus dem Bett kämpft.

„Mexiko ist im Mai doch schon viel zu heiß ... und die Sonne tut meiner blassen Haut ja auch nicht gut", murmelt sie vor sich hin, während sie ins Bad wankt.

Sie duscht heiß, und zum Schluss dreht sie das warme Wasser langsam ab, während sie gleichzeitig das kalte weiter aufdreht und dabei ihren Kopf unter dem Strahl abkühlt, bis sie nach Luft zieht.

Erst jetzt ist das Feuer gelöscht. Sie fühlt sich frisch, einigermaßen.

*

Eine Woche später weckt die Stewardess sie aus ihrem Schlaf.

„Wir beginnen gleich mit dem Landeanflug, Frau Staudacher."

Sylvia nickt ihr mit einem kurzen Lächeln zu und stellt ihren Sitz aufrecht.

Sie blickt nach rechts aus dem Fenster. Die Alpen sind schon sehr nah. Hier oben ist es ein sonniger Tag. Unter ihr liegt die Wolkenschicht wie eine strahlend weiße Schneelandschaft, aus der in der Ferne die hohen Berge in den Himmel ragen. Sie kann keinen davon bestimmen. Nach einem Rechtsschwenk taucht der Flieger in die Wolken hinab und wird von der nebligen Luft eingehüllt. Als die Sicht wieder klar wird, erkennt sie auf der einen Seite den charakteristischen Gipfel der Kampenwand und versucht auf der anderen Seite, die Seen und Flüsse zu identifizieren. Kurz danach setzt die Maschine zur Landung an. Die Häuser kommen näher, die Straßen, die Autos. Sie sieht ein Schwimmbad und Menschen, und mit einem Mal fühlt sie sich, als ob sie nach Hause kommt.

Ihrer Mutter hatte sie gesagt, sie solle keinem etwas davon sagen, dass sie käme. Vor allem Matthias nicht. Sie wolle ihn überraschen. Für ihre Mutter war es zwar nicht nachvollziehbar, warum eine Frau ihren eigenen Mann überraschen sollte, aber sie versprach es ihr trotzdem.

Am Samstagmorgen steht sie vor seiner Tür. Sie will den Überraschungsangriff.

Matthias ist zwar ein Frühaufsteher, aber wenn er „Besuch" hätte, glaubt sie, wäre er jetzt sicher noch im Bett und würde sie kaum hereinbitten.

Sie liest ihrer beider Namen auf dem Klingelschild. In ihrer Hosentasche umklammert sie den Schlüssel, den sie immer noch hat. Kurz überlegt sie, ob sie ihn benutzen soll, aber sie schämt sich fast, allein für die Idee. Während sie zaghaft auf die Taste drückt, fragt sie sich, ob er allein ist. Ihr Bauch sagt ja, ihr Kopf sagt nein. Sie wettet gegen sich selbst, und fragt sich, was sie tun wird, wenn sie gewinnt. Der Kopfmensch Sylvia Staudacher erwartet, ihn in flagranti zu erwischen. Eine Gardinenpredigt würde sie ihm halten, denkt sie sich, als sie zum zweiten Mal auf den Klingelknopf drückt, diesmal kräftiger und länger.

Matthias kommt schlaftrunken an die Gegensprechanlage.

„Guten Morgen. Zimmerservice. Darf ich reinkommen?"

Kurz ist es still, und sie sieht ihren Verdacht bestätigt. Doch dann hört sie, wie er ohne ein weiteres Wort den Türöffner betätigt.

Sie stürmt förmlich in den Eingang. Auf der Treppe nimmt sie immer zwei Stufen auf einmal und zieht sich dabei am Geländer hoch.

Atemlos kommt sie oben an. Ein unrasierter Matthias steht im Pyjama in der Tür und reibt sich die Augen.

„Du?"

„Ja, ich. Hast du eine andere erwartet?"

Er schüttelt kaum merklich den Kopf. Immer noch verdutzt, dass seine Frau vor ihm steht.

„Darf ich reinkommen?"

Er zögert, schaut sich über die Schulter, und Sylvia glaubt ihre Wette schon gewonnen.

‚Jetzt komm schon!', denkt sie sich. ‚Sag' mir, dass da eine andere in meinem Bett liegt.'

Doch Matthias bleibt gelassen.

„Klar, warum nicht?", sagt er und dreht sich zur Seite, um ihr den Weg freizumachen.

Sylvia drängt sich an ihm vorbei und geht voran. Augenblicklich bemerkt sie die Veränderungen. Ihre ehemals gemeinsame Wohnung hat er komplett neu gestaltet. Schnurstracks marschiert sie ins Wohnzimmer und wirft in jede Ecke einen Blick.

„Aha! Ist ja alles anders. Nett."

In der Luft hängt noch der Duft von Essen und auf dem Sofa liegen diverse Wäschestücke und ein Handtuch.

„Nur nicht aufgeräumt. Tut mir leid. Hab' ich gestern nicht mehr geschafft", sagt er. Immer noch hat er das Gefühl, sich ihr gegenüber rechtfertigen zu müssen.

Sylvia lacht ihn an.

„War es spät gestern?"

Zwar ist sie längst sicher, dass ihr Bauch die Wette gewonnen hat, aber – ganz Kopfmensch – braucht sie den Beweis und wagt einen Blick durch die offene Schlafzimmertür. Das Bett ist auf der ganzen Breite durchwühlt, fällt ihr auf.

„Sieht *bewohnt* aus", sagt sie, dreht sich auf dem Absatz um und geht wie ein Inspektor in Richtung Küche.

„Ich hab' dir ein paar Semmeln mitgebracht."

Die Papiertüte landet auf dem Küchentisch.

Sie schaut sich um und stellt fest, dass der Abwasch von gestern noch nicht gemacht ist.

Ihre eigene Küche war immer pingelig gepflegt. Davon ist der Raum jetzt weit entfernt.

Matthias weiß genau, was sie denkt.

„Nicht mehr alles so steril wie in einem OP-Saal ...", meint er, aber Sylvia tut so, als habe sie die Bemerkung überhört. Sie dreht schon wieder ab, als wolle sie gehen. Doch sie bleibt neben ihm stehen und lehnt sich gegen den Rahmen der Küchentür. Mit vor ihrer Brust verschränkten Armen reckt sie ihm ihr Kinn entgegen.

„Alles neu, hm? Gasherd ... nicht schlecht ... aber schwer sauber zu halten ... sagt meine Mutter immer!"

Matthias zuckt nur mit den Schultern.

„Wieso bist du eigentlich hier?", fragt er. „Wolltest du nicht in Mexiko sein?"

„Hab's mir anders überlegt. Ich wollte eigentlich mal ausspannen, keine Aktionen, zur Ruhe kommen, einfach zu Hause sein ... und mal wieder richtig ausschlafen."

Matthias schaut demonstrativ auf die Uhr.

„Wie spät ist es denn jetzt in Amerika?"

Damit hat er ihre Taktik des Überraschungsangriffs durchschaut, fürchtet sie und setzt schnell ein „Der Jetlag, weißt du?", hinterher.

„Überhaupt diese ganze Reiserei", holt sie aus und lächelt ihn dabei offen an. „Wenn ich nur ein paar Flüge streichen könnte, dann würde es mir schon besser gehen. So wie jetzt ... hier."

„Recht hast du", lächelt er frech zurück. „Um diese Jahreszeit ist der Chiemgau am schönsten. Du könntest ja ein bisschen in die Berge gehen."

„Na, eher auf der Terrasse sitzen und in die Berge sehen. Spazieren gehen, vielleicht. Und gut essen, sicher, mehr aber auch nicht."

„Gut essen ...? Kannst du das nicht auch in Amerika ..."

„Viel ja, gut nicht, leider."

Spitzbübisch grinsend lässt er seinen Blick an ihr hinuntergleiten.

„Du hast schon ein wenig zugenommen, oder?"

Diesmal schmunzelt er dabei, aber Sylvia ignoriert seine Bemerkung und quittiert sie mit einem Schulterzucken. Der dünne Gesprächsfaden zwischen ihnen ist dadurch gerissen, und es entsteht eine peinliche Pause; fast eine Spannung, wie nach einem Streit zwischen Eheleuten, die sich plötzlich zusammenreißen müssen, weil Gäste vor der Tür stehen.

„Hast du schon was vor am Wochenende?", fragt sie, sichtlich bemüht, den Faden wieder aufzunehmen.

„Nichts Besonderes. Wieso?"

Sie blickt rüber zu dem neuen Gasherd.

„Hast du eigentlich keine Angst davor, dass dir das Ding um die Ohren fliegt?"

Matthias schmunzelt immer noch und schüttelt nur leicht den Kopf.

„Geht schon."

„Und funktioniert das auch alles?"

„Klar."

Voller Anerkennung lässt sie ihre Blicke durch die Küche schweifen. Beim Kühlschrank bleiben ihre Augen hängen. Die

Postkarte, die sie ihm damals aus New York geschickt hat, hängt dort unübersehbar. Mit einem Hüftschwung löst sie sich vom Türrahmen und durchquert den Raum.

„Willst du mir denn vielleicht was kochen?", fragt sie mit einem schiefen Lächeln, während sie ihre eigenen Worte auf der Karte liest:

Es geht mir gut! – Such mich nicht! – Ich melde mich wieder!
Er ist überrascht. Das hat sie sich noch nie von ihm gewünscht.

„Sicher", beeilt er sich zu sagen und kommt ihr ein wenig näher, um zu riechen, ob sie eine Fahne hat.

„Gut", sagt sie und heftet die Karte wieder an den Kühlschrank.

„Dann sehen wir uns heute Abend. Um sieben!"

Damit drückt sie ihm im Vorübergehen einen Kuss auf die Wange. Sie hat keine Fahne, merkt er.

Und schon ist sie bereits verschwunden, genauso schnell, wie sie gekommen ist; nur mit einem anderen Gefühl im Bauch: Sie hat zwar die Wette gegen sich selbst verloren, aber sie hat das Heft wieder in der Hand – fest sogar.

Lange nachdem die Tür ins Schloss gefallen ist, steht Matthias immer noch perplex in der Küche. Im Schlafanzug reibt er sich die Augen und fragt sich, ob er gerade einen Geist gesehen hat.

Der Geruch der frischen Semmeln sagt ihm, dass das nicht sein kann.

Und es war auch kein Geist. Am Abend steht sie wieder vor seiner Tür. Sie ist sogar pünktlich und schwenkt lässig zwei Flaschen Wein in der Hand. Gut sieht sie aus, gesund und strahlend, hinreißender denn je, sprühend vor Leben.

„Nach Hause zu kommen ist besser als wegzugehen", sagt sie, als er sie hereinbittet. Sie geht geradewegs ins Wohnzimmer und sieht sich dort um.

„Ich hätte Blumen erwartet", ruft sie scherzend in Richtung Küche.

„Und ich hätte nicht erwartet, dass du pünktlich bist. Ich bin noch nicht fertig, Sylvia."

Sie betritt die Küche, wo er gerade erst mit dem Kochen begonnen hat. Die Spuren des gestrigen Tages hat er bereits beseitigt.

„Was gibt es?"

„Nichts Besonderes, Sylvia. Was Handfestes."

„Das ist eh das Beste."

Während sie eine der beiden Weinflaschen öffnet, erzählt sie, dass sie den halben Tag über geschlafen hat.

„Der Jetlag, weißt du? Den habe ich die letzten paar Male verdrängt, aber irgendwann holt er dich ein."

Und dann sei sie noch zum See geradelt und vom Polizeisteg aus nach Sassau rübergeschwommen. An der Bootshütte dort habe sie kurz Rast gemacht, bis da so ein Typ gekommen sei und gemeint habe, das wäre aber Privatbesitz hier.

Das Thema war schon immer eines ihrer Reizthemen, und an der Art, wie sie jetzt ihre Stimme verändert, merkt Matthias, dass es sie noch nicht losgelassen hat.

„Und? Hast du ihm deinen Standardvortrag gehalten, dass der See ihm nicht gehört, und wenn er da eine Hütte hinbaut, dann ..."

Er unterbricht den Satz, als er sieht, dass sie den Korkenzieher auch schon in die zweite Flasche schraubt.

„Sag mal: Soll das heute ein längerer Abend werden?"

Sylvia bleibt ihm die Antwort schuldig.

„Ich bin ruhiger geworden", lächelt sie sybillinisch und zieht den Korken mit einem lauten Plopp aus der Flasche.

„Aber am liebsten hätte ich ihm die Zähne eingeschlagen."

Matthias lacht sie an. „Na, du bist ja schon gut drauf heute. Ist was passiert?"

„Nein, Entschuldigung, vergiss es."

„Ich denke, eines Tages wirst du genau das auch machen."

Sie legt ihre Lippen kraus. „In Amerika hätte er auf mich schießen können ..."

Matthias hat seinen Finger zischend durch die Pfanne gezogen und will gerade das Öl hineingießen.

„Schießen ... ?"

„Klar! Da ist die Welt anders, ganz anders als bei uns. Auf so einen Einbrecher kannst du praktisch schießen und brauchst dir nicht viel dabei zu denken. Warum auch nicht? Wenn jeder das weiß ..."

„Weiß es jeder?"

„Klar. Wo sind die Weingläser?"

Matthias weist mit dem Kinn auf einen der Schränke, und Sylvia bedient sich.

Sie arbeite gerade an so einem Fall, erzählt sie: „Eine Firma verklagt den Bundesstaat Pennsylvania, weil der sie vor den bösen Chinesen hätte beschützen sollen: Die gelbe Gefahr", lacht sie.

„Und sie meinen, dagegen kann der Staat etwas machen? Wie denn?", will Matthias wissen, während er die Pfanne schwenkt und das Öl darin verteilt.

„Ach", winkt sie ab und hält die Gläser prüfend gegen das Licht. „Geht um Patente und Importbestimmungen."

„Und um Geld, nehme ich an."

„Viel Geld. Und wie viel, das wollen sie selber bestimmen: Sie sagen, das wäre unser Preis gewesen, und unterstellen, dass der Markt diesen Preis auch gezahlt hätte."

Sylvia schenkt sich ein wenig von dem Wein ein und steckt ihre Nase in das Glas.

„Verstehe", nickt Matthias. „Und die Gegenseite sagt: Das hätte niemand bezahlt."

„Genau. Die können einpacken, und vorher suchen sie noch einen Schuldigen dafür."

Sie kippt sich den winzigen Schluck ruckartig in den Mund, zieht ihre Unterlippe hoch und nickt zufrieden.

„Und? Hat das Aussicht auf Erfolg?"

Matthias legt zwei Steaks in die Pfanne.

„Ich glaube nicht. Ist aber auch egal. Wenn du mit Geld raschelst, laufen immer die gleichen Leute zusammen. Hier! Trink mal."

Sylvia hat zwei Gläser Wein eingeschenkt und hält ihm eines davon hin. Das Fett zischt und spritzt, während er ihr das Glas abnimmt.

„Und welche Seite vertrittst du in der Sache?"
„Die Firma natürlich. Zum Wohl."
Sie trinkt schnell. Matthias schaut ihr zu.
„Also verbiegst du dich!"
„Gier schlägt die Moral", sagt sie, „war schon immer so", und sie lacht ein wenig zu laut über sich selbst.

Matthias nimmt einen Schluck von dem Wein und lässt sie dabei nicht aus den Augen.

„Na ja, ausgesucht habe ich mir den Fall nicht", räumt sie ein. „Aber solange die Musik spielt, tanzen die Leute."
„Wie auf der Titanic", entgegnet er und hält sein Glas hoch.
„Der ist gut."
Sylvia erwidert die Geste und meint: „Sind aber keine Eisberge in Sicht ..."
Dann stößt sie klirrend mit ihm an und fügt hinzu: „... heute Nacht."
Beide trinken und stellen danach ihre Gläser ab.

Matthias wendet sich zum Kühlschrank und holt eine Schüssel Salat hervor, während Sylvia ins Wohnzimmer geht, um Musik aufzulegen.

Als sie zurückkommt, hat er den Tisch schon gedeckt und ist gerade dabei, die Steaks zu wenden.

„Sehen gut aus, deine Steaks. Vom Moritz?", fragt sie, und fängt an, das Dressing unter den Salat zu mischen.

„Sicher. In Amerika gibt es bestimmt noch bessere, oder?"
„Glaub' ich nicht mal. Und die meisten dort essen eh nur Dreck. Weißt du? Die Frauen haben alle dicke Waden, das kommt von dem Essen."

Matthias schmunzelt ein wenig. Ihre überschäumende Laune wird ihm langsam unheimlich.

„Was gefällt dir denn an Amerika?"

„Wenn ich mir die anderen Länder anschaue, wo sie uns hinschicken, da bin ich schon froh, dass es kein Land ist, in dem Frauen öffentlich ausgepeitscht werden, weil sie Hosen tragen oder in der Öffentlichkeit Bier trinken."

„Wenn das alles ist ...", lacht Matthias.

„Natürlich nicht."

Sie denkt nach und schaut dabei an die Decke.

„Die Musik", sagt sie. „Zum Beispiel das, was sie in der Nacht im Radio spielen, das ist gut, einfach gut."

In Amerika fährt sie am liebsten in der Nacht Auto, sagt sie.

„Die Luft kühlt ab, und im Radio läuft gute Musik, andere als in Deutschland."

Früher ist sie immer ungern nachts gefahren, und die Musik im Radio findet sie heute noch unerträglich.

„Wie gut, dass es CDs gibt ... so wie die da ..."

Er macht eine Kopfbewegung in Richtung Wohnzimmer, wo Sylvia Lenny Kravitz aufgelegt hat. *It ain't over*, heißt das Lied, und er fragt sich, ob sie das mit Bedacht ausgewählt hat.

Gleichzeitig nimmt er die Steaks aus der Pfanne und legt sie auf einen Teller, den er in den Ofen schiebt. Als er ihren skeptischen Blick wahrnimmt, sagt er nur: „Noch ein bisschen nachgaren."

„Aha?! Praktisch, ja, ... gutes Stichwort. Darin sind sie natürlich auch gut, die Amis, in praktischen Dingen. Sie können die Dinge auf ihren Kern reduzieren. Nur der Kern einer Idee ist doch am Ende praktisch relevant. Kennedy hat damals gesagt: *Wir schicken einen Mann auf den Mond und holen ihn sicher wieder zurück.* Wir würden was faseln von Raumfahrt, Innovation, Technik. Das verstehen die Leute doch gar nicht. Da geht uns was flöten. Die Botschaft muss einfach sein und so konkret wie möglich, glaubwürdig, sie muss Emotionen ansprechen, nicht den Verstand, eine Geschichte erzählen ... das ist Amerika."

Es kommt ihm vor, als habe plötzlich jemand einen Knopf gefunden, an dem sie eingeschaltet wird.

„Auch reden sie in Bildern: Wenn es heißt, die Steuerreform bringt den Menschen Erleichterungen von ... sagen wir ... 5 Milliarden, dann rechnen sie das um auf den Einzelnen und sagen ...", sie hebt die Hände und schaut an die Decke, während sie die Summe überschlägt, „das sind 5 Dollar pro Nase!"

Matthias schaut sie staunend an.

„Dann gäbe es eine Milliarde Amerikaner, Sylvia. Bisschen viel, meinst du nicht?"

„Ist doch egal! Lass es 2 Dollar fünfzig sein ... jedenfalls gehen sie noch weiter und verkünden: Das ist ein Big Mac pro Monat."

Während sie das sagt, schwenkt sie ihr Glas hin und her, und in ihrer Stimme liegt ein gewisser Stolz.

„Ohne Ketchup", ergänzt Matthias, und schüttelt den Kopf über ihre Rechenkünste und ihr Zahlenverständnis.

„Setz dich, es ist alles fertig."

Sie schiebt sich das erste Stück Fleisch in den Mund und kaut mit sichtlichem Genuss.

„Hmmm." Sie dehnt die Silbe. „Köstlich", sagt sie mit vollem Mund und hält ihm fordernd ihr Glas hin. Er schenkt nach, und sie nimmt einen großen Schluck, den sie mit geschlossenen Augen scheinbar tröpfchenweise durch ihre Kehle fließen lässt. Matthias beobachtet sie dabei genau, ohne dass sie es bemerkt. Sie zerschneidet das Fleisch auf ihrem Teller mit kräftigen Bewegungen und isst so schnell, als habe sie tagelang hungern müssen. Es gefällt ihm, sie so zu sehen, und wieder überfällt ihn unvorbereitet das Gefühl, dass er ihre Art anziehend findet. Er beginnt zu träumen.

„Weißt du?", sagt sie plötzlich ohne aufzuschauen. „Gefallen tut mir das alles auch nicht. Das kannst du mir glauben."

Ihre Worte unterbrechen seinen Wachtraum.

„Was denn?"

„Na, dieser Fall mit den Chinesen."

Jetzt sieht sie ihn von unten an und schüttelt dabei energisch den Kopf.

„Aber ich kann da was bewegen", erklärt sie. „Etwas, was ich mir selber erarbeite ... und nicht meinem Namen ..."

„Ich denke, du verlierst den Fall."

„Ist doch egal. Man muss nur reinkommen in diese Welt, ob sie dir gefällt oder nicht."

„Und? Gefällt sie dir noch?"

Matthias greift zu seinem Glas, und Sylvia verneint.

„Das ganze Umfeld, das bin nicht ich. Das ist nicht meine Welt. Langfristig gehöre ich da nicht hin."

Sie legt sich die Hand auf die Brust wie zum Schwur und prostet ihm wieder zu.

„Auf die Welt, in der wir leben."

Während er trinkt, merkt er, dass sie ihn taxiert. Als er sie ansieht, schmunzelt sie kurz und macht sich wortlos wieder über ihren Teller her.

„Das sind ja ganz neue Töne."

„Ich habe etwas gelernt", meint sie mit einem Blick ins Leere.

„Es gibt so etwas wie eine kulturelle Programmierung; und der kann man nicht entfliehen. Du kannst eine fremde Sprache sprechen so gut du willst. Es bleiben doch immer fremde Worte, die du sprichst."

Sie macht eine Pause und kaut, den Blick fest auf ihren Teller geheftet.

„Langfristig gehöre ich da nicht hin", wiederholt sie leise.

Lenny Kravitz singt *My Mama said* und Matthias glaubt ihm.

„Nein, langfristig gehörst du hierher. Das hat deine Mutter dir doch zuletzt auch gesagt, oder?"

Sylvia wirft ihm einen gespielt streitlustigen Blick zu.

„Erinner mich nicht daran!" Sie lacht auf.

„Und weißt du, was sie noch gesagt hat? Dass wir für Prien das sind, was Mickey Mouse für Walt Disney ist."

Matthias grinst, aber Sylvia ist sofort wieder vollkommen ernst.

„Und was mich wurmt, ist, dass sie vielleicht sogar Recht hat."

Sie spießt das letzte Stück Fleisch auf und schiebt damit den Rest der mit Blut durchsetzten Steaksoße auf ihrem Teller zusammen.

„Langfristig ... langfristig sind wir alle tot", murmelt sie, während sie das Fleisch genießerisch langsam von der Gabel in ihren Mund gleiten lässt.

„Und mit dem Fischer Alois", sagt Matthias, „da hat deine Mutter auch Recht gehabt ..."

Den letzten Bissen kaut Sylvia bedächtig und nickt langsam vor sich hin, während Matthias weiterspricht.

„... die Heumann sagt, der war ein Findelkind, den haben sie in Oberland abgeholt, die Fischers, und nach Prien gebracht, und der sei ein ‚Schlawiner' gewesen."

Sylvia hat den Mund noch voll, aber mit Gesten gibt sie ihm zu verstehen, dass sie etwas sagen will.

„Ja, und die Erika", fährt er fort, „das habe ich ja schon gesagt, die war auch in Oberland, aber das weiß außer ihr selbst keiner so genau."

„Ich weiß, ich weiß", sagt Sylvia, als sie zu Wort kommt. „Und darüber habe ich mir auch schon so meine Gedanken gemacht."

Sie steht auf und räumt ihren Teller in die Spülmaschine.

„Kaffee?", fragt sie ihn, als ob sie jetzt das Regiment in der Küche übernehmen würde.

„Ich mach' das schon, danke."

Matthias erhebt sich und beginnt, an der Espressomaschine herumzuhantieren.

Sylvia verschwindet kurz und kommt mit Block und Stift bewaffnet wieder zurück. Sie setzt sich an den Tisch, während die Maschine rattert und faucht.

Er habe ja vorhin bemerkt, sagt sie, dass sie keine Rechenkünstlerin sei. Das wäre ihr nicht entgangen. Und er habe ja auch Recht: Lange habe sie den Dreisatz für eine olympische Disziplin gehalten. Das hätte sie von ihrer Mutter geerbt. Die habe ihren Vater mal gefragt, wie es denn sein kann, dass die

CSU 80% bekommen hat, wenn die Wahlbeteiligung bei nur 60% lag.

„Ja, so weit fehlt's bei dir nicht", lacht Matthias und bescheinigt ihr anerkennend, dass sie neben einer schnellen Auffassungsgabe auch Sinn für Humor hat.

Er stellt eine Tasse Kaffee neben ihrem Block ab und sieht, dass sie über das Blatt verteilt eine Reihe von Namen aufgeschrieben hat. Während sie redet, schreibt und malt sie unaufhörlich weiter, und es scheint ihm, als flössen die Worte aus dem Stift auf das weiße Papier.

Nein, rechnen könne sie zwar auch nicht so gut, aber logisches Denken fiele ihr leicht. Und sie könne kombinieren, sagt sie.

„Schau!" Sie hält inne, um vorsichtig an ihrem Kaffee zu nippen, und ohne den Stift vom Papier abzusetzen, formuliert sie in Gedanken, bevor sie weiterspricht:

Agnes Binder sei die Agnieszka Bienderova aus Oberland. Sie hat beide Namen aufgeschrieben und verbindet sie mit einem Gleichheitszeichen.

„Und die ist verschwunden – kurz nachdem jemand diesen Priester, diesen Wilhelm Krenzner ans Kreuz gehängt und aufgeschlitzt hat."

Sie umrahmt die beiden Namen Krenzner und Binder und malt ein Kreuz dazwischen.

Daraus folgt für sie, dass es eine Beziehung zwischen den beiden geben könnte. Das sei ja damals auch vermutet worden, und sie würde das jetzt einfach mal unterstellen.

Sie malt zwei Pfeile an den Querbalken des Kreuzes.

„Das Naheliegende ist oft richtig."

„Wie beim Schach", wirft Matthias ein. „Der erste Zug, der dir in den Sinn kommt, ist meist der Richtige."

„Genau", sagt Sylvia. „Es gibt eine Kompetenz, die heißt *Instinkt*."

Matthias ist klar, dass sie jetzt über sich selbst spricht. Und, fährt sie fort, sie habe ja letzte Woche schon direkt das Gefühl gehabt, dass der Pfarrer, der in der Schularbeit erwähnt wurde, der Krenzner sein könnte.

„Und dann hast du wieder mal Sherlock Holmes gespielt?"

Seine Stimme klingt, als spräche er mit seiner kleinen Schwester.

„Lass das doch", schimpft sie ihn. „Schauen wir mal weiter: Dieser Wilhelm hat ein Kind in Oberland abgegeben ..."

Das Wort Oberland steht mitten auf dem Block.

„... und das wissen nur wir, weil Dick van Gries es uns erzählt hat. Ausgerechnet in dem Heim, in dem diese Agnieszka alias Agnes lange war. Kann das ein Zufall sein?, frage ich dich. Es muss einen Zusammenhang zwischen dem Mord an dem Pfarrer ...", sie schreibt *1978* auf, „... und Oberland geben. Der Kreis ...", sie malt ihn hin, "... schließt sich um dieses Kinderheim. Und der Schlüssel dazu ist der Fischer Alois, denn der ist das einzige bekannte Bindeglied zwischen dem Heim und dem Mord."

Sie zeigt mit dem Stift nacheinander auf die Begriffe, doch Matthias erschließt sich ihre Logik nicht. Eine Minute lang sitzen sie beide nur da und brüten vor sich hin. Dann schüttelt er ungläubig den Kopf.

„Ich glaube, du hast wieder zuviel gearbeitet die letzten Tage. Das ist doch graue Theorie."

„Stimmt, Watson! Aber nicht grau genug."

Sie fährt unbeirrt fort.

„Schau: Bei der Agnes ist es so, dass wir die Zusammenhänge vermuten: Mit dem Mord hat sie wahrscheinlich nichts zu tun, aber bei dem Heim – da bin ich mir ziemlich sicher, dass sie da war ... nämlich als Schwester Maria Magdalena alias Agnieszka Bienderova."

Sie malt einen schwachen Pfeil und ein Fragezeichen zwischen das Kreuz und *Agnes Binder = Agnieszka Bienderova*.

„Und damit alles miteinander verbunden ist, müsste es auch eine Beziehung zwischen Alois und Agnes geben. Wenn es die gibt, dann haben wir einen geschlossenen Kreis."

Sie rahmt ihr Gesamtkunstwerk stolz mit einer ausladenden Bewegung ein.

„Und dass es die gibt, das sagt dir dein ... *Instinkt*?"

Sein Tonfall macht deutlich, was er denkt.

„Nennen wir es *informierter Instinkt*", antwortet sie und strahlt ihren Mann an. Sein Gesichtsausdruck verrät ihr aber unmissverständlich, was er von ihrer Zeichnung hält.

„Vielleicht sind sie ja Mutter und Sohn", lacht er.

Sylvia verzieht keine Miene und legt nur den Kopf schief.

„Lach nicht! Genau das habe ich mir auch schon mal gedacht. Und du hast mich sogar auf die Idee gebracht."

„Ich?"

„Ja, du! Als du diesen blöden Spruch gebracht hast: ‚Lehrers Kind und Pfarrers Vieh'. Erinnerst du dich?"

„Gedeihen selten oder nie, klar, und dann hast du vor Schreck aufgelegt."

Sie greift wortlos zu ihrem Glas.

„Weil ich hatte da was gehört bei dir ... das hat mir nicht gefallen."

So, als würde er dieser Diskussion aus dem Weg gehen wollen, steht er unvermittelt auf.

„Willst du vielleicht noch einen Schnaps?"

„Gern", erwidert sie und streicht sich dabei über den Nacken. Sie fängt wieder an nachzudenken. Über diesen Alois, sagt sie in die Stille hinein, müsse sie noch mehr erfahren. Matthias ist skeptisch, ob sie von dem etwas erfahren werden, doch Sylvia meint, man müsse ihn nur überraschen.

„Leute zu überraschen nutzt immer, und ein bisschen drohen."

Matthias schenkt zwei kleine Gläser Schnaps ein und stellt sie auf den Tisch.

„Von der Heumann."

Seine Frau greift sich eines der Gläser und hebt es hoch.

„Wer bedroht wird", sagt sie, „der droht zurück ..."

Damit kippt sie den Schnaps schnell herunter und verzieht das Gesicht. „Und dabei verrät man sich schnell."

„Du willst ihm drohen? Womit denn?", fragt Matthias und schenkt ihr nach.

„Mit einer Illusion. Illusion ist alles. Man muss nur so tun, als ob man etwas weiß, das reicht schon. Du musst es nicht wirklich wissen." Sie nimmt das Glas wieder auf.

„Wir haben eine Beraterin bei uns", fängt sie an, als würde sie einen Witz erzählen wollen, „die ist irrsinnig erfolgreich – und von der sagen alle, sie schläft mit ihren Kunden. Es stimmt wahrscheinlich nicht, aber es reicht, dass die Kunden es glauben. Der Glaube trägt sie in Scharen zu ihr. Der Glaube bewegt Menschen mehr als das Wissen."

„Klar!", sagt Matthias. „Das ist ja sein Beruf ... Alois' ... meine ich."

Sylvia tippt mir den Stift auf dem Block herum.

„Alle Menschen glauben ... bis man sie widerlegt ...", sinniert sie vor sich hin. „Danach übernimmt der Starrsinn ... oder der Verdacht ... bestenfalls ... und da steh' ich gerade."

Nachdem sie das zweite Glas auch ausgetrunken hat, hebt sie die Arme über den Kopf und streckt sich. Sie schaut lange zum Fenster hinüber, während Matthias die Gläser und Tassen abräumt.

Als er wieder bei ihr sitzt, dreht sie ihr Gesicht zu ihm herüber und sieht ihm tief in die Augen. Ihr Blick ist schon leicht glasig. Sie muss nichts sagen. Er kann ihre Gedanken lesen. Aber er liest nicht das, was sie sagt.

„Das war gut. Kompliment!"

Matthias holt tief Luft und nickt.

„Gerne."

Dann stützt sie ihre Ellenbogen auf dem Tisch auf und beugt sich so weit zu ihm vor, dass ihre geöffnete Bluse ihm einen Schwindel erregenden Blick auf ihr Dekolleté freigibt.

„Lass uns nach draußen gehen", sagt sie und nimmt ihr Weinglas in die Hand.

Von der Dachterrasse aus blicken sie schweigend in den Nachthimmel über Prien. Matthias zeigt auf den angestrahlten Kirchturm, der zum Greifen nahe vor ihnen steht.

„Der ist so hoch, wie der Chiemsee tief ist: 73 Meter."

„72 Meter 70", korrigiert Sylvia, bevor sie sich auf der aufgestellten Holzbank fallen lässt, und feststellt, dass der Abend für einen Samstag richtig ruhig ist.

„Heute tanzen nur die Mücken", entgegnet Matthias mit Blick auf das Außenlicht und setzt sich neben sie; in gebührendem Abstand, aber nahe genug, dass er sie anfassen könnte. Er kann ihren Duft riechen.

Nachdem sie ein paar Minuten lang ohne ein Wort nebeneinander gesessen haben, streift Sylvia ihre Schuhe ab. Sie trägt keine Strümpfe und zieht ihre nackten Füße hoch auf die Bank. Dabei berührt sie ihn nur flüchtig an seinem Bein; lange genug, um eine elektrische Entladung zwischen ihnen zu verursachen. Er zuckt und greift im Reflex nach ihrem Fuß.

Früher hat er ihr nach einem anstrengenden Tag oft die Füße massiert. Jetzt zögert er, doch sie macht keine Anstalten, zurückzuziehen, sondern legt behutsam den Kopf in den Nacken. Mit einem Mal ist ihm so, als sei sie nie weggewesen.

„Ja, das tut gut", haucht sie, während er sachte ihre Ferse und den Fußballen knetet.

„Findest du meine Füße eigentlich zu groß?", fragt sie leise.

„Nein, natürlich nicht. Wieso fragst du?"

„Ein Amerikaner hat das mal zu mir gesagt ... dass ich große Füße habe."

„Und?"

„Hat mir nicht gefallen ... verletzt meine ... Weiblichkeit ... als hätte er gesagt, ich habe einen zu kleinen Busen."

„Quatsch! Ist doch eine Schande für eine so schöne Frau wie dich."

Sie schaut ihn an, als sei das Kompliment ein wenig zu dick aufgetragen gewesen, aber als er sie unbeeindruckt weitermassiert, schließt sie die Augen wieder. Nach einer Weile zieht sie ihre Beine vorsichtig zurück und steht auf. Barfuß geht sie wackelig an den Rand der Terrasse und schaut auf den Kirchturm.

„Und weißt du, wie die tiefste Stelle heißt?", lallt sie. Matthias ist neben sie getreten.

„Im Chiemsee?" Er zuckt mit den Schultern.

„*Unschuldige-Kinder-Grube.*"

Sie dreht sich um und geht dann unsicher zurück. Ermattet lehnt sie sich gegen den Türpfosten.

Matthias ist ihr gefolgt und nimmt ihr vorsichtig das Glas aus der Hand.

Sie stehen jetzt so dicht beieinander, dass sie sich fast berühren. Einige Augenblicke lang sehen sie sich an, ohne ein Wort zu sagen. Sie spürt die Frage, die er ihr stellen will, und gibt die Antwort, ohne dass er etwas sagen muss.

„Ja, ich denke, ich bleibe heute Nacht hier", flüstert sie und legt dabei ihre Hand auf seinen Arm.

Für einen kurzen Moment ist er im Himmel, aber er macht sich trotzdem Sorgen.

„Sylvia, ich denke, du trinkst zuviel."

Obwohl ihr Blick schon etwas schläfrig ist, glaubt Matthias zu erkennen, dass ihre Augen vor Vergnügen funkeln. Sie lächelt ihn frech an und ihr Mund scheint zu sagen „Und?", aber sie sagt nichts. Stattdessen tastet sie sein Gesicht mit Blicken ab. Er hatte schon vergessen, wie lang ihre Wimpern sind.

Im Bett liegen sie sich auf der Seite gegenüber.

Wie ein kleiner Hund schmiegt sie sich an ihn, um seine Körperwärme überall zu spüren. Sobald sie ihre Augen schließt, beginnt alles um sie herum, sich langsam zu drehen. Den leichten Schwindel empfindet sie sogar als angenehm, aber wie um sich festzuhalten, schlägt sie ihre Arme um ihn und lehnt ihren Kopf bei ihm an.

Er spürt ihre feuchte Wange an seiner Brust und der vertraute Duft ihres Parfüms steigt von ihren Haaren in seine Nase. Es gibt nicht viel, nach dem er verrückt ist, aber dieser Geruch gehört dazu. Als er fühlt, wie ihre Hitze auf ihn abstrahlt, presst er sie an sich, als würde ihr Körper ihn trösten.

„Erzähl mir was", hört er sie flüstern.

Er umschlingt sie fester, und während er noch überlegt, was er sagen soll, spürt er, wie sie langsam schwerer wird und ihre Körperspannung nachlässt, bis sie schließlich ganz erschlafft halb auf ihm liegt.

„Weißt du, dass Schönheit manchmal nur ein Flüstern ist", fragt er sie leise, aber da hört sie ihn schon nicht mehr. Ihr regelmäßiger Atem gleitet über seine Haut und wärmt ihn von innen. Sie ist eingeschlafen.

Er kuschelt sich noch dichter an sie heran und fühlt sich unendlich hilflos dabei. Eine andere Frau wird er nicht lieben können. Er braucht diese Vertrautheit, die er mit ihr empfindet, trotz allem, was zwischen ihnen passiert ist. Stärker als jede Neugier auf eine andere Frau, stärker als jeden Reiz eines Abenteuers, fühlt er ein Verlangen nach der vertrauten Sicherheit, die sie ihm gibt, immer noch.

Es ist erst ein Jahr her, da hat er sie oft im Schlaf betrachtet, wenn sie nebeneinander und doch getrennt voneinander dalagen wie zwei Fremde in einem Bett. Diesmal liegt sie an ihn gedrängt, und wie an jedem Abend lauscht er auf jedes Geräusch. Außer ihren Atemzügen ist nicht viel zu hören, aber in der dunklen Stille kommen ihm alle Töne lauter vor.

Vorsichtig legt er seine Hand an ihre Brust und spürt ihren schnellen Herzschlag wie das leise Flattern eines Vogels.

‚Die Liebe ist ein Spiel', denkt er sich. ‚Am Ende gibt es Gewinner und Verlierer; am Ende des Tages wird einer von uns verlieren.'

Er hat Angst davor. Wieder spürt er die Angst in sich aufsteigen, die Angst, die man vor dem Menschen hat, der einem wirklich wehtun kann.

Er schläft unruhig in dieser Nacht, die für Sylvia eine samtweiche ist. Sie schläft den Schlaf der Gerechten und schnarcht leise vor sich hin.

Als er am Morgen aufwacht, hört er schwach den einsetzenden Verkehr. Es ist Sonntag.

Sylvia liegt regungslos eine halbe Armlänge von ihm entfernt. Sie hat ihm den Rücken zugewandt und ist vollkommen still. Er rückt näher an sie heran, schiebt einen Arm unter ihre Taille und umgreift sie mit dem anderen. Behutsam zieht er sie zu sich und umklammert sie, als wolle er sie nie wieder gehen lassen.

Sie hat in der Nacht geschwitzt. Ihr Laken ist leicht klamm und ihre Haut so feucht, dass er kurz eine Gänsehaut bekommt, als er sie berührt. Sanft fährt er mit seiner Nasenspitze über ihren Nacken und erschrickt fast, als sie ruckartig wach wird. Nach kurzem Zögern erwidert sie seinen Druck. In ihrem Rücken spürt sie seinen Atem und die vor Aufregung kräftigen Schläge seines Herzens. Sie schmiegt sich an ihn und spürt dabei seine Lust. Mit ihren Zehen streicht sie über seine Füße, winkelt ihr Bein an und fährt mit der Ferse sein Schienbein ab. Als sie sein Knie erreicht, legt sie ihr Bein vorsichtig über seines und drückt damit von hinten gegen seine Oberschenkel, während sie gleichzeitig ihre Hand auf sein Becken legt. Sie zieht ihn an sich auf eine Art und Weise, die unmissverständlich ist.

Dann greift sie nach ihm und führt ihn zwischen ihre Beine, als sei das jetzt das Selbstverständlichste der Welt. Dabei atmet sie tief ein und dreht sich halb zu ihm um. Matthias legt seine Hände auf ihre Hüften und bohrt seine Fingernägel sanft in ihr warmes Fleisch. Sylvias Bein und ihr Arm pressen ihn von hinten gegen ihren Rücken.

Er hat das Gefühl, sie nimmt sich ihn genauso, wie sie gestern ihr Essen verschlungen hat. Dabei hat er nur die intime Nähe zu seiner Frau gesucht, aber sie hat sich alles genommen. Auch das kann sie gut.

Als sie wieder stillliegen, hört er den Straßenverkehr deutlicher. Schwitzend und schwer atmend dreht er sich auf den Rücken und spürt plötzlich die Müdigkeit und den verpassten Schlaf der Nacht. Sylvia sieht sanft zu ihm herüber. Auch sie atmet tief, während sich ihr Brustkorb gleichmäßig auf- und abbewegt. Er überlegt, wann sie zuletzt so dagelegen sind, aber er kann sich nicht erinnern. Warum liebt er diese Frau so sehr? Es dauert nur ein, zwei Minuten, bis er sanft und zufrieden einschläft. Sein letzter Gedanke ist, dass am Ende alles wieder gut wird. Auch daran glaubt Amerika.

Das Geräusch der rauschenden Dusche weckt ihn. Er ist allein und wartet, bis das Wasser abgedreht wird. Dann steht er auf und geht ins Bad.

Sylvia fingert nach einem Handtuch und bedeckt sich damit, als sie ihn bemerkt. Wie um die Situation zu überspielen, fährt er sich mit allen Fingern durch seine Haare und unterdrückt ein Gähnen. Ihr Lächeln wirkt wieder etwas kühler als am Abend zuvor, und sie tut so, als sei nichts gewesen. Er sieht sie nicht an, während sie sich hastig mit wenigen Bewegungen abtrocknet.

„Gut geschlafen?"

Sie legt kurz ihre Hand auf seine Wange und huscht an ihm vorbei, ohne seine Antwort abzuwarten.

„Was ist mit Frühstück?", ruft er ihr hinterher.

„Nein, danke", gibt sie durch die geschlossene Tür zurück. „Ich muss gleich los."

Nun hört er nichts mehr und empfindet die plötzliche Stille als fast unerträglich.

Wenig später steht er mit hochgeschlagenem Hemdkragen im Schlafzimmer und ist gerade dabei, seine Krawatte zu binden, als Sylvia fertig angezogen hereinkommt und ihm einen Becher Kaffee in die Hand drückt. Sie lächelt ihn unvermittelt an – ein ehrliches Lächeln, in dem eine Erinnerung liegt. Früher hat sie ihm gern genau dabei zugesehen.

„Musst du wirklich schon gehen?", fragt er nach einem kleinen Schluck. Sein Tonfall drückt seine ganze Enttäuschung aus. Sie nickt, und der Blick, mit dem sie ihn ansieht, macht ihm klar, dass jede Diskussion darüber zwecklos ist.

„Wenn du mal reden willst – egal über was – ich hör' gerne zu", bietet er an.

„Du meinst ... wegen gestern?"

Sie hält ihre Augen gesenkt.

„Heute Morgen!"

Kurz sieht sie zu ihm auf, und diesmal fliegt ein Lächeln über ihr Gesicht, das ihn glücklich macht.

„Ich glaube, ein Schnaps würde uns beiden jetzt gut tun", weicht sie verlegen aus.

„Der von der Heumann?"

Der Name scheint eine Erinnerung in ihr wachzurufen.

„Von der habe ich geträumt!"

Sie schnippt mit den Fingern. „Wie ich damals bei ihr war ... und wie wir diesen Schnaps getrunken haben."

Das würde sie gerne noch einmal machen, meint sie, denn sie glaubt, dass die Heumann etwas wissen könnte, was ihre Mutter nicht weiß.

Matthias spürt, dass sie wahrscheinlich Recht hat.

Zum Abschied küsst sie ihn und verschwindet mit einem vielsagenden Blick – aber wortlos.

„Habe ich mir das eingebildet?", fragt er sich, nachdem sie gegangen ist, „oder hat sie kurz an meiner Unterlippe ... geknabbert?"

Matthias schaut auf die Uhr und stellt fest, dass es schon fast Mittag ist.

‚Was für ein Morgen!', denkt er sich. ‚Was für ein fantastischer Tag!?'

18

Am späten Nachmittag des selben Tages parkt Sylvia auf dem Grubner Hof. Die Haustür steht offen – wie immer – und so marschiert sie unbekümmert hinein.

„Hallo? Ist wer daheim?"

Evi Heumann erscheint prompt am Ende des langen Ganges in der Tür zur Küche und blinzelt unsicher in ihre Richtung.

„Wer mog des wissen?"

An ihrem Zögern bemerkt Sylvia, dass die Alte sie nicht auf Anhieb erkennt. Mit forschen Schritten geht sie auf sie zu. Nach einem „Grias di, Evi" entspannen sich die Gesichtszüge der Bäuerin und sie grüßt freundlich zurück.

„Ja, grias di Gott. Dass du aa amoi wieder vorbei schaugst!"

Sie trägt Arbeitskleidung, obwohl Sonntag ist. ‚Zeit für die Stallarbeit', denkt Sylvia.

„Ich bin kurz auf Urlaub, und da habe ich mir gedacht, ich schau mal vorbei."

„Ja, freili. Recht host. Kimm, geh eina in'd Stubn. Jetzt hob i fei grod an Kaffee obg'ramt."

„Macht nichts. Ein Schnaps wär' mir eh lieber."

„Likör."

„Auch gut."

Evi stellt zwei Gläser auf den Tisch.

„Do kimmst grod recht. Dei Mo is a diam aa do. Der, moan i, mog den Schnaps recht gern."

Sylvia weiß, dass Matthias eine ganze Reihe von Flaschen ungeöffnet in seinem Schrank stehen hat. Während Evi einschenkt, seufzt sie: „Ja, da sind sie alle gleich, die Männer, gell? Zum Wohl!"

Die beiden Frauen trinken den ersten Schluck genüsslich. Sylvia blickt sich in der Stube um. An der Wand entdeckt sie das Bild von Anna Wimmer.

„Die Anna", sagt sie und steht auf.

„Ja, erkennst es?"

Sylvia schaut sich das Bild zum ersten Mal genau an.

„Matthias hat es mir oft genug beschrieben."

„So, so ... der Matthias."

Sie ist kurz still. Als Sylvia wieder bei ihr sitzt, hat sie die Gläser schon wieder aufgefüllt.

„Und? Wia geht's jetzt mit eich zwoa?"

„Ach ja, geht scho", sagt Sylvia und zieht ihre rechte Schulter hoch.

„Na! Du waarst ma guat. Du z'Amerika und so a Mannsbuid alloa z'Prean. Geh! Des ko doch ned geh."

„Doch, doch", meint Sylvia und greift zum Glas. „Der weiß sich schon zu beschäftigen. Wohlsein."

Sie trinkt. „Guat ist der."

Evi Heumann trinkt auch und wischt sich mit dem Handrücken grob über ihren Mund.

„Woast? Wenn i an Mo ghabt hätt, den hätt i fei ned alloa glossn."

„Ach, das brauchen die ab und zu. Männer sind Hunde, die streunen gerne, aber sie kommen immer wieder zurück zu ihrem ... Frauchen." Sie lacht und setzt das Glas an ihre Lippen.

„So?", fragt die Alte skeptisch. „Nahat warst du a Katz, oder? Aber de gherat zum Hof ... und de kimmt a oiwei wieda zruck, wenn's an Hunger hod."

Die Alte lächelt verschmitzt zu ihr hin, und Sylvia fühlt sich ertappt. Sie denkt an die letzte Nacht und den Morgen danach, während sie ihr Glas über den Tisch zu ihr herüberschiebt.

„Da ist was dran", gibt sie zu.

„Aber dei Mo", bekräftigt die Alte und füllt dabei die Gläser, „des is koa Streiner ned, des derfst glabn."

„Weißt du, was ich glaube? Männer sind alle gleich, das glaub' ich."

„A geh. Pfiffkas. Vertrogst du den Likör ned?"

„Doch, scho, guat is der. Aber war mein Mann nicht zuletzt

hier und ihr habt über diesen Fischer Alois gesprochen ...? Diesen Pfarrer? Sogar der war doch ein ... *Bazi* ..."

„So? Ja, ja, des moan i aa!", sagt sie bestimmt.

„Wird ja so erzählt. Nichts Genaues weiß man wieder nicht. Nur, dass er so eine Frauengeschichte gehabt haben soll ... in seiner Jugend ... war ja auch mal jung, so ein Pfarrer."

„Woast? I sog oiwei, Jugend und Tugend, des geht ned zamm, des vertrogt sie ned. Do fäits vom Boa weg. Spaader scho, aber wenn's jung sann ... do sanns Mannerleit wia olle anderen aa."

„Genau! Darauf trinken wir. Auf die jungen Pfarrer", spricht Sylvia und hebt ihr Glas.

„De schneidigen", ergänzt Evi und fängt das Lachen an. Doch dann verstummt sie und ihr Gesicht nimmt einen nachdenklichen Ausdruck an.

„Der Fischer Lois, der hod der Sennerin nachgstäit, der Sennerin vom Spitzstoa."

Dabei schmunzelt sie zunächst nur und hält ihren ausgestreckten Zeigefinger hoch. Dann steigert sie sich in ein Lachen hinein, bis sie sich kaum mehr halten kann.

„Vom Spitzstoa ...!"

Sie hat Tränen in den Augen. „Glaabst es?"

Sylvia lächelt zögerlich. Sie kann sich gut denken, was die Alte meint und worüber sie lacht, aber es entlockt ihr nur ein schüchternes, fast irritiertes Schmunzeln.

„Einer Sennerin?"

„Franzi hod's ghoasn."

Evi lacht immer noch, während sie sich plötzlich bekreuzigt.

„De war d'Sennerin auf der Aueroim."

Sylvia kennt die Aueralm unterhalb von Spitzsteinhaus.

„Do is gwen, de Franzi, in de 60er Johr, un do muas er auftauchn sei, mit am Spezi, hod er gsogt, is er auf Tour gwen, a Beagtour hams gsogt, verstehst?"

Sylvia nickt und lässt sie weiterreden.

„... und dodabei hods gschebbert. *Liab auf den erschten Blick!* hod er gsogt zu ihr."

„Zu ihr?"

„Freili zu ihra. Aba de Franzi, de hod's fei eh scho gwusst. Gseng hod er's und weg war er, hod er gsogt."

„Zu ihr?"

„Freili zu ihra. Sog amoi: Heast du schlecht?"

Sie schenkt wieder ein.

„Nur der Not koan Schwung ned lossn."

Evi schiebt das randvoll gefüllte Glas so schwungvoll über den Tisch zurück, dass es überschwappt.

„Und dann is er wieda davo. Aber zwoa Dog spaada war er wieda do. Hod se einquartiert im Spitzstoahaus, moan i, alloa. Dog un Nocht is er ums Haus gschlicha and hod g'jammert wie a Koda."

Sie lacht so herzhaft und ansteckend, dass Sylvia jetzt in ihr Gelächter einfällt.

„Darüber soll man sich eigentlich nicht lustig machen", sagt sie schließlich und nippt an ihrem Likör.

„A geh!", winkt sie ab. „Do derf ma scho lustig sei, weil de Franzi, de hods aa gsogt, dass des a Gaudi war ... mit so am junga Pfarrer."

Bei dem Wort *Gaudi* kippt sie ihren Likör hinunter.

Sylvia rätselt.

„Aber sie hat nichts von ihm wissen wollen?"

„A, woher denn? De hod nix vo eam wissen woin, de Franzi."

Wieder bekreuzigt sie sich und macht jetzt ein ernstes Gesicht.

„De hod spaada beim Brettschneider eighairad, z'Eggstätt."

Auch dieser Name ist Sylvia geläufig. Sie nickt wissend, während die alte Heumann die Gläser wieder voll macht.

„Des war a Gschicht", meint sie.

„Und was genau ist da vorgefallen?"

„A, des hod d'Franzi aa ned ois verzäit. Des duat ma ja a ned, des daat i aa ned."

Nachdenklich sitzt sie da und dreht das Glas in ihrer Hand.

„Oiso", sagt sie mit gesenktem Blick. „Wos do gwen is, des woas ma ned. Jedenfois, er hod nix mehr hören lossn, gar nix, hod de Franzi gsogt. Der is glei obzogen in sei Priesterseminar, z'Freising, und a Ruah is gwen."

„Ja, genau, das hat sich in Prien herumgesprochen", lügt Sylvia und tut so, als ob sie das wüsste.

„Des gibt koa Wunder ned. Gsuacht ham's eam sogar, aber gfunden ham's eam ned. Spaader muas er gsogt ham, dass d'Franzi a guade Haushäiterin hätt sei kenna. Wer's glaabt ...

„...wird selig", ergänzt Sylvia und muss lauthals niesen.

„Ja, sog amoi", sagt Evi laut und wischt sich die Reste der Tränen aus den Augen. „Vertrogst du den Likör ned?"

„Nein, nein, doch, doch. Einer geht noch, oder?"

Evi schenkt noch mal ein.

„Selig! Jo, d'Franzi, De is aa nimma, leider, de is jung gstorbn."

„O, schade. Die hätt' ich gerne kennen gelernt."

Evi zieht die Augenbrauen hoch.

„Des war a gfeide. De hod da Deife ned gseng ..."

„Aber der Fischer Alois", sagt Sylvia, um die Stimmung wieder aufzuhellen, „der ist heute der Pfarrer von Altötting. Den könnte man ja mal fragen, was damals gewesen ist."

„A geh, der werd doch dir nix song. Dei Mo, der hod eam eh scho droffa ..."

„Und dem hat er nichts gesagt, ich weiß. Aber mich kennt er ja nicht. Das ist ein Vorteil ... der Überraschungseffekt!"

„Wos? Geh weida! Trink ma zamm."

Sylvia hebt ihr Glas und ist mit ihren Gedanken schon bei dem Herrn Pfarrer.

„Vielleicht erzähle ich ihm eine Geschichte, irgendeine Geschichte! Männer lieben so was, wenn man ihnen eine Geschichte erzählt."

„Ja, ja, des woas i scho aa. Des machst. Aber des is fei a Pfarrer, vergiss des ned."

„Die erst recht. Das hast du doch selber gesagt, dass die die Schlimmsten sind."

„Hob i des gsogt? Na, na, de Mannerleit, des host du gsogt, de sann olle gleich!"

„Das sagen doch alle Frauen."

„... ja, und de wern's schon wissen!"

„Wer sonst, wenn nicht wir?"

„Freili. Drauf trink ma no oan, dann geh i in Stoi", sagt Evi und blickt über ihre Schulter auf die Uhr, mit dem Glas in der Hand.

Sylvia schlägt ihre Beine übereinander und beobachtet die Alte staunend.

„Unglaublich!", sagt sie. „Ich glaub', ich kann jetzt nicht mehr fahren, und du gehst in den Stall?"

„Freili", sagt sie und leert ihr Glas, indem sie den letzten Tropfen mit ihrer Zunge aufnimmt.

„D'Kia, de g'schbannan des ned."

19

„… die Bullen schon', denkt Sylvia und ruft Matthias an, um sich von ihm abholen zu lassen. Während er sein Fahrrad im Heck des Kombis verstaut, steht sie an den Wagen gelehnt und sieht der Bäuerin hinterher, wie sie zielsicher in Richtung Stall geht.

„Mensch, das ist unglaublich. Ich kann kaum mehr geradeaus gehen, und die geht in den Stall …"

Unbeholfen klettert sie auf den Beifahrersitz.

„Die Kühe, die kriegen das nicht mit, hat sie gesagt."

Matthias sagt nichts. Es ist ihm peinlich, sie so hier abholen zu müssen.

„Können wir einen kleinen Umweg machen?", fragt sie, als er langsam losfährt. Seine Antwort ist ein wortloses Schulterzucken.

„Du gehst doch gern auf Friedhöfe, oder?"

Sie lallt ein wenig, und Matthias fragt sich, was sie vorhat.

„Warst du schon mal auf dem Eggstätter Friedhof?"

„Sicher."

„Ich nicht. Aber da will ich jetzt mal hin."

Beim Rimstinger Bahnhof biegt Matthias in Richtung Eggstätt ab. Auf der kurzen Fahrt spricht Sylvia von der Brettschneider Franzi, der Sennerin von der Aueralm.

„Und die hat den jungen Fischer Alois verführt, das sag ich dir!", kichert sie, aber Matthias nimmt sie heute nicht sonderlich ernst.

Der Brettschneider ist ein stolzer Hof am Ortsrand von Eggstätt. Sylvia kennt ihn vom Vorbeifahren. Matthias kennt ihn auch.

„Das ist ein Itakerhof", sagt er, als sie auf der Straße davor angehalten haben. Aus dem Wagen heraus sehen sie rüber zu dem mächtigen Anwesen. Sylvia mustert ihren Mann abfällig.

„Itakerhof? Wie hört sich das denn an?"

„Davon gibt es einige im Chiemgau", erklärt er ihr. Die seien alle in der zweiten Hälfte des 19. Jahrhunderts gebaut worden, mit Hilfe von italienischen und südtiroler Wanderarbeitern. Daher käme die Bezeichnung *Itakerhof*, und das sei überhaupt nicht despektierlich gemeint.

„Für damalige Verhältnisse waren das riesige Gebäude."

Sylvia zieht die Augenbrauen hoch.

„Können nicht die ärmsten Bauern gewesen sein, die sich so was haben leisten können."

Matthias nickt und deutet zu dem gewaltigen Firstbaum hinüber.

„Zwölf Meter hoch, ca. 1870."

„Hier hat sie eingeheiratet, die Franzi", sagt Sylvia, „und jetzt liegt sie auf dem Kirchhof."

Matthias fährt weiter. Nachdem er beim Unterwirt geparkt hat, gehen sie die Gräberreihen des kleinen Friedhofs neben der Kirche ab. Die letzte Ruhestätte der Familie Brettschneider haben sie schnell gefunden. Eine der Inschriften auf dem Grabstein lautet:

Franziska V. Brettschneider, geb. Obermüller *1950 †1995

Neben ihrem Namen ist ein oval umrahmtes Bild von ihr angebracht. Sie lächelt frech.

„A gfeide, hat die Heumann gesagt."

„Schwer vorstellbar, dass diese Frau hier liegen soll", meint Matthias.

Schweigend stehen sie eine Weile da.

Als sie wieder im Wagen sitzen, verkündet Sylvia mit jetzt einigermaßen fester Stimme, dass sie ihn treffen will. Gleich morgen würde sie nach Altötting fahren und ihm eine Geschichte erzählen ... „und dann wird er mir auch was erzählen."

„Was soll der dir schon erzählen?"

„Das wirst du schon sehen."

Sylvia glaubt, dass die Geschichte von der Aueralm ausreicht, um ihn zu „überrumpeln" – wie sie sagt.

„Und wenn er dich kennt?"

„Meinen Mädchennamen, Thanner, den kennt er sicher, aber

persönlich kann er mich doch nicht kennen." Er sei ja schon nicht mehr in Prien gewesen, als sie geboren wurde.

Matthias ahnt, was sie im Schilde führt, und ist skeptisch, ob der Fischer ihr etwas sagen würde.

„Wart's ab. Wenn nicht, fahre ich wegen der Kirchen hin ... und vielleicht gehe ich auch mal wieder in eine Maiandacht."

Sie wissen beide, dass das nicht der Wahrheit entspricht. Sie würde nur wegen dem Fischer Alois dorthin fahren, und sie sollte ihn tatsächlich auf dem falschen Fuß erwischen.

Sylvia ist nicht religiös, nicht mehr. Sie hat schon vor Jahren aufgehört, an einen Gott zu glauben, und zum sonntäglichen Kirchgang begleitet sie ihre Eltern nur noch sporadisch und aus Pflichtgefühl. Meist opfert sie dieses Ritual irgendeiner – meist vorgeschobenen – Arbeit.

Trotzdem empfindet sie eine Kirche als einen heiligen Ort, und ihr erlerntes Verhalten und der Respekt gegenüber der Religion und dem Katechismus haben sich tief in sie eingegraben.

Instinktiv taucht sie ihre Hand in das Weihwasserbecken und bekreuzigt sich, als sie das Gotteshaus in Altötting betritt.

Sie schlendert durch den Gang nach vorne zum Altar und betrachtet an den Wänden und der Decke Bilder von Blut und Tod, von Siegen und Niederlagen, von Kämpfen und Kriegen im Namen Gottes.

Unbeeindruckt wendet sie sich wieder ab. Sie hat diese Bilder zu oft gesehen.

Im Kreuzgang fällt ihr eine Gedenknische auf. Die Inschrift lautet:

Gedenk- und Sühnestätte
für den Opfertod, den hier im April 1945 Altöttinger Bürger
für Glaube und Heimat erlitten haben.
Zum Gedenken der 5 Blutzeugen, die am 28. April 1945,
3 m hinter diesem Gitter von der SS erschossen wurden.

Sie bleibt eine Weile stehen und denkt an die Worte von Dick van Gries.

Auf dem Weg nach draußen sammelt sie einige der Prospekte ein, die am Ausgang ausliegen. In der Liste der Andachten, Messen und Beichten findet sie schnell den Namen Alois Fischer. Eine Idee springt sie förmlich an. Dann verlässt sie die Kirche und fährt zurück nach Prien.

Sie hat gefunden, wonach sie sucht.

Matthias ist schockiert über ihren Plan.

„Das kannst du doch nicht tun! Das ist Blasphemie!"

„Ach, Unsinn. Du darfst einen Pfarrer nicht verfluchen, sagt meine Mutter, das bringt Unglück, aber ein bisschen schwindeln … davon war nie die Rede …"

„Und was deine Mutter nicht verboten hat, das ist erlaubt?"

„Hey, so funktioniert unser Rechtssystem …"

Sylvia sieht das entspannt. Aus Sicht der Anwältin hält sie ihren Plan für gut und legitim.

„Er wird dir eh nicht glauben", schiebt Matthias nach.

„Er wird. Männer der Kirche zweifeln nicht, sie glauben. Und das macht es mir leicht."

Zwei Tage später betritt sie gebückt die Beichtkabine. Sie hat es so eingerichtet, dass sie die Letzte in der Reihe der Wartenden war.

Hinter sich zieht sie den violetten Vorhang zu und kniet sich auf die winzige hölzerne Bank. Ein kunstvoll verziertes Gitter trennt sie von dem Mann, der im Beichtstuhl sitzt und darauf wartet, dass sie ihm ihre intimsten Vergehen anvertraut.

Sie sieht ihn im Profil. Er beugt sich leicht zu ihr hinüber, stützt dabei seinen Arm auf und hält eine Hand an sein Ohr, wohl wissend, dass die Sünder dazu neigen, ihre Beichten im Flüsterton abzulegen.

Sylvia weiß nicht mehr, wie sie eine Beichte beginnen soll. Sie räuspert sich. Als Kind hatte sie eine formelhafte Struktur der Beichte auswendig lernen müssen, durchsetzt von Begriffen, mit denen sie damals gar nichts anfangen konnte. *Keuschheit* war einer davon, erinnert sie sich jetzt, und wie auf das Stichwort eines Souffleurs hin, fällt ihr der gesamte Text wieder ein. Während sie noch überlegt, dreht er den Kopf leicht zu ihr herüber. Für einen kurzen Moment treffen sich ihre Blicke, aber sie schlägt sofort ihre Augen nieder.

„Ich …", beginnt sie zögerlich flüsternd, „… ich habe die Ehe gebrochen."

Er schreckt merklich auf. Anscheinend sind das nicht die Sünden, die ihm täglich zu Ohren kommen.

Sie sieht, wie sein Kopf sich wieder senkt.

„… mit einem Priester", ergänzt sie schnell und etwas lauter, und da sie ihren Kopf dabei hebt, bemerkt sie, wie er erschreckt zusammenzuckt, heftig, und sich zurücklehnt. Durch das verzierte Holzgitter blickt er sie direkt an.

Er ist merklich irritiert, blinzelt, versucht herauszufinden, ob die Sünderin eines seiner Schäfchen ist.

„Sie sollten in meine Sprechstunde kommen", sagt er leise.

Sylvia hat alles gesagt. Sie erhebt sich wortlos, tritt hinaus und entfernt sich mit schnellen Schritten. Der Klang ihrer Schuhe auf dem Marmorboden hallt rhythmisch durch die stille Kirche. Hätte sie sich noch einmal umgedreht, sie hätte gesehen, wie Alois Fischer sich aus seinem Beichtstuhl heraus vorbeugt und ihr durch den Vorhangschlitz hindurch neugierig hinterhergeschaut hat.

Es dauert keine halbe Stunde, bis er aus der Kirche kommt.

Gewissenhaft schließt er das große Tor ab und geht rasch davon. Sie beobachtet ihn, während sie sich schüchtern auf ihn zu bewegt. Als er ihrer gewahr wird, verzögert er seinen Gang. Sein kurzer Blick zu ihr herüber verrät ihr, was er vermutet: Das ist sie!

Sylvia schneidet ihm den Weg ab und spricht ihn direkt und grußlos an.

„Wann haben Sie denn Sprechstunde?"
Er bleibt stehen und seine Hand greift nach ihrem Ellenbogen. Reflexartig zieht Sylvia ihren Arm zurück.
„Entschuldigung", sagt er. „Wenn Sie wollen, jetzt."
Sylvia nickt.
„Danke!"
„Kommen Sie! Wir können in die Kirche gehen."
Auf dem Weg zurück zum Portal bemerkt sie seine hängenden Schultern. Seine Jacke hängt lose an ihm wie an einem Kleiderhaken. Erst bevor sie eintreten, nimmt er wieder Haltung an und schließt die Tür von innen ab.

Für einen Moment wird ihr mulmig.

Sie setzen sich in die letzte Bank. Neben ihnen brennt ein kleines Meer von Kerzen, die die Gläubigen für jeweils 50 Cent angezündet haben, um eine göttliche Einflussnahme auf ihr Leben zu erbitten.

Obwohl sie ganz alleine sind, unterhalten die beiden sich mit gedämpften Stimmen.

„Hören Sie", beginnt sie. „Ich habe vorhin im Beichtstuhl gelogen."

Er macht große Augen.

„Das tut man nicht, ich weiß."

Sie hebt ihre Hände abwehrend, bevor er etwas dazu sagen kann. „Ich habe für meine Mutter gesprochen."

Er stößt einen Seufzer aus, der sich anhört, als würde eine Last von seinen Schultern genommen. Dann lacht er sogar ein wenig, aber sein Lachen ist mitleidig. Sylvia schätzt ihn auf über 60 Jahre. Er ist klein, dürr, fast knochig, und sein Gesichtsausdruck ist wie sein Lachen: freudlos. Sie fragt sich, ob er je in seinem Leben einen Tag voller Freude genossen hat. Anerkennung oder gar Zuwendung wird er kaum erfahren haben, außer in seinem Beruf.

„Kind, Sie können nicht für Ihre Mutter beichten."

Dass er sie mit *Kind* anspricht, nimmt sie ihm nicht übel.

„Ich weiß", sagt sie, „aber meine Mutter ist tot, und die Sache ist ernst."

Er schaut sie interessiert an.

„Erzählen Sie!"

Ihre Mutter sei kürzlich gestorben, lügt sie, und kurz vor ihrem Tod habe sie ihr gestanden, dass ihr ‚Vater' nicht ihr ‚biologischer' Vater sei. Bei den beiden Worten öffnet sie ihre Hände kurz, um sie dann wieder in ihrem Schoß zu kneten. Schweigend lässt sie ihre Worte wirken.

„Sondern?", fragt der Pfarrer nach einer Weile.

„Ein ... Priester." Wieder betont sie das Wort auf ihre Art.

Alois Fischer bleibt regungslos neben ihr sitzen, aber sie merkt, dass es ihn beschäftigt.

„Das muss für Ihre Mutter eine schwere Prüfung gewesen sein."

Sylvia zuckt mit den Schultern und schüttelt den Kopf.

„Für meine Mutter? Ja, für die natürlich auch, aber es geht mir nicht um meine Mutter", winkt sie ab. „Mein ‚Vater'", fährt sie fort, „ist schon länger tot. Und ich bin auf der Suche nach meinem richtigen Vater."

Der Pfarrer strafft seinen Oberkörper und rückt ein Stück von ihr ab. Er zieht seine Augenbrauen hoch, wie um sein Unverständnis darüber kundzutun, dass sie ihm das erzählt.

Sie bereise alle Pfarreien ... notfalls in ganz Bayern ... um herauszufinden, ob irgendjemand etwas weiß, fährt sie fort.

Sein Blick wird forschend.

„Ich weiß, wer in Frage kommt", spricht sie, „vom Ort und vom Alter her."

Jetzt sieht sie ihn direkt an. Mit halb geöffnetem Mund hört er ihr gespannt zu.

„Um es kurz zu machen: Sie sind ein Kandidat!", sagt sie so freundlich, dass er eigentlich nur bejahen kann. Und dabei hebt sie ihre Augenbrauen noch, um ihrer Frage Nachdruck zu verleihen. Seine Antwort ist ein verlegenes Lächeln und ein ausweichendes Achselzucken.

„Kind, wie kommen Sie darauf?"

„Sie heißen Alois Fischer und stammen aus Prien, nicht wahr?"

Sein Gesichtsausdruck beantwortet die Frage.

„Und woher kommen Sie? Und wer war Ihre Mutter?"

„Eggstätt ... Brettschneider ..."

Alois Fischer atmet spürbar erleichtert auf.

„Tut mir leid, mein Kind. Der Name sagt mir nichts."

Auch Sylvia ist erleichtert, dass der Name ihm nichts sagt. Wenn es nicht so wäre, würde es die Situation sehr wahrscheinlich verkomplizieren.

„Und darüber hinaus kann ich mir sicher sein, dass ich keine Kinder habe."

„Können Sie das?"

Sie fixiert ihn mit Blicken, und wieder lacht er schwach und leise.

„Junge Frau, manche Dinge weiß der Mensch. Das können sie mir glauben."

„Was ich glaube, das weiß ich", sagt sie und schaut ihm dabei fest in die Augen.

„Aber es gibt Dinge, von denen wir nicht wissen, dass wir sie nicht wissen."

Sylvia liebt solche Sätze, die nach mehr klingen, als sie aussagen, und somit ihr Gegenüber verwirren; besonders, wenn sie sie in ihrem schnellen Sprechtempo und mit fester Stimme vorträgt. Sie weiß, das ist Hütchenspielerei, aber er geht ihr auf den Leim.

Ja, natürlich wisse er das, aber es ginge sie ja auch gar nichts an.

Sie habe sich erkundigt nach ihm, sagt sie, und festgestellt, dass sie beide ein ähnliches „Problem" haben.

Er dreht sich weg von ihr und schweigt. Sylvia stellt sich darauf ein, dass er jetzt aufstehen und gehen wird, doch dann reibt er sich das Gesicht und sieht plötzlich noch viel älter aus. Seine Worte kommen zögerlich, unwillig.

„Ja", sagt er langsam in die Stille hinein. „Ich kann Sie gut verstehen ..."

‚Jetzt kommt's', denkt Sylvia und lässt ihn reden. Es scheint ihn Überwindung zu kosten, über das zu sprechen, was ihn offenbar gerade beschäftigt.

„... auch ich bin lange auf der Suche nach meinen Eltern gewesen."

‚Danke', denkt sie. ‚Das ist mein Steilpass.'

„Ich weiß", behauptet sie bestimmt.

„Ach ja?" Es klingt nicht einmal überrascht.

„Ich habe mich natürlich erkundigt ... über Sie ... War nicht besonders schwierig ... In Prien sind Sie ja gut bekannt."

Er lehnt sich zurück und schließt die Augen. Die Erinnerungen holen ihn ein. Sylvia sieht ihn mitleidig an, aber er hat sein Gesicht abgewendet. Trotzdem kann sie sehen, wie seine Wangenmuskeln zu zucken beginnen.

„Ja, ich weiß ..." Er spricht ins Leere und hält inne. Ihr Schweigen lässt ihn weiterreden.

„Als Kind wusste ich ja nichts davon. Ich hielt meine Eltern für meine Eltern."

Die Falten um seinen Mund wirken jetzt wie Narben in seinem Gesicht.

„Die Fischers, ja, die haben das lange behauptet."

Sylvia ist bemüht, ihrer Stimme einen sanften Tonfall zu geben, um seinen Redefluss nicht zu unterbrechen.

„Aber heute wissen die Priener, woher Sie stammen."

Das flackernde Licht der Kerzen wirft immer neue Schatten auf sein Gesicht. Sein Ausdruck und seine Züge verändern sich beständig.

„Kurz vor meiner Primiz habe ich erfahren, dass die Gerüchte wahr sind, dass ich zwar kein Findelkind gewesen bin, aber dass sie mich aus einem Kinderheim heraus angenommen hätten ..."

„Oberland!"

Jetzt schaut er sie wieder an.

„Sie sind wirklich gut informiert."

Sylvia gibt sich unberührt. Sie weiß, das ist ein Elfmeter ohne Torwart.

„Weihnachten 1944 hätte mich ein Pfarrer dort abgegeben, als Neugeborenes."

„Aber Sie wissen, dass das nicht stimmt."

Er verstummt und studiert sie jetzt genau.

„Sie sind erst nach dem Krieg dort abgegeben worden. Ihre Eltern haben Ihnen nicht die Wahrheit gesagt."

„Ich glaube, sie haben es selber nicht gewusst", sagt er und blickt wieder nach vorne zum Altar.

Nach einer Pause spricht er weiter.

„Zunächst habe ich selber ein wenig recherchiert, denn von dem Heim hatte ich bis dahin nie gehört. Ich bin aber nicht weit gekommen, und hatte auch keine Zeit dafür. Damals hatte ich gerade meine erste Pfarrei übernommen und war an der Schule, als Lehrer. In der Unterprima nahmen wir die Kirche in der Nazizeit durch, und da habe ich die Schüler auf das Thema ansetzen können. Sie sollten über Oberland eine Projektarbeit schreiben. Aber eigentlich sollten sie einen Teil meiner eigenen Geschichte erforschen."

„Und sie haben ganze Arbeit geleistet?"

„Summa summarum: Ja."

„Dadurch haben Sie erfahren, dass Sie das Kind einer jüdischen Mutter waren."

„Das wissen Sie auch?"

„Ich kenne die Arbeit ... und ich kenne ein paar Prienerr Geschichten."

„Ja! Soweit sind meine Schüler damals nicht gekommen, dass sie die Priener Geschichten mit dem hätten kombinieren können, was sie selbst herausgefunden hatten."

„Deshalb sind Sie auf die Arbeit so schlecht zu sprechen."

Sie beißt sich auf die Zunge. Das hätte sie nicht sagen dürfen, denn das weiß sie nur von Matthias. Anscheinend aber hält er es für allgemein bekannt, denn er antwortet ohne Zögern.

„Was heißt ‚schlecht zu sprechen'. Ich wollte die Arbeit unter Verschluss halten, ja, damit sie nicht irgendwann meinen Eltern in die Hände fällt."

„Glauben Sie nicht, Ihre Eltern haben von Ihrer jüdischen Mutter gewusst?"

„Ich weiß es nicht. Ist auch egal. Es wäre ihnen sicher nicht angenehm gewesen, denke ich, und das wollte ich ihnen ersparen."

„Ich glaube, wenn sie es gewusst haben, dann hätten Sie sich für Ihre Eltern geschämt ... weil sie Ihnen nichts davon gesagt haben."

Er lacht wieder schwach.

„Na, worüber Sie sich so Gedanken machen. So wichtig kann die Sache doch gar nicht sein."

Sie nickt ohne Überzeugung und schielt auf ihre Armbanduhr.

„Stimmt. Ihre Sache ist mir nicht so wichtig. Meinen Vater zu finden, das ist mir wichtig. Aber ich denke, Sie können mir nicht weiterhelfen."

„Sie suchen einen Priester, der in meinem Alter ist und der ... Sie wissen schon. Das wird ein schwieriges Unterfangen, auch wenn es nur wenige gibt, denen so was passiert ist."

Sylvia nickt bestätigend. Sie steht auf und wendet sich zum Gehen. Sie hat diese Geste einstudiert. So tun, als sei das Gespräch beendet, als wisse man selber nicht weiter, als habe man sich verhaspelt in den eigenen Fragen. Aber dann sich umdrehen, während man schon geht, sich an die Schläfe greifen, als habe man Kopfschmerzen, um schließlich die entscheidende Frage zu stellen. Das hat sie so oft gesehen und nachgespielt. Selbst vor Gericht macht sie das mit Kalkül, und sie weiß, dass sie mit dieser Finte auch heute durchkommen würde.

„Wissen Sie? Solche Fälle sind gar nicht so selten. Meine Mutter hat mir oft von einer Nonne auf der Laueninsel erzählt, die das gleiche Schicksal wie sie selbst erlitten habe."

Schlagartig wird Alois' Gesicht aufmerksam. Wie ein Hund,

der eine Witterung aufnimmt und seine Ohren aufstellt, wird er hellhörig.

„Eine Nonne auf der Fraueninsel?"

„Ja, aber das ist lange her", sagt sie wie beiläufig.

„Wer soll denn diese Nonne sein?", hakt er nach.

„Einen Namen hat mir meine Mutter auch nie genannt. Mit so was geht man ja nicht hausieren. Meine Mutter hat sie gut gekannt, weil sie ein ähnliches Schicksal gehabt haben: Ein Kind von einem Pfarrer ..."

Sie meint, ein kurzes Erinnern in seinen Augen aufblitzen zu sehen.

„Eine Nonne von der Fraueninsel, sagen Sie?"

„Sie ist vor mehr als 20 Jahren plötzlich verschwunden und erst sehr viel später wieder aufgetaucht."

Alois Fischer macht eine kurze Bewegung in ihre Richtung und will etwas sagen, aber das Wort bleibt ihm im Halse stecken.

„Sie hat sich ihr Leben lang geschämt", sagt Sylvia. „Aber sie fühlte sich zum Schweigen verpflichtet. Erst ganz zum Schluss hat sie sich meiner Mutter damit anvertraut."

Alois sitzt nur noch da wie zusammengefallen. Seine Hände liegen gefaltet in seinem Schoß. Er senkt den Kopf und murmelt etwas Unverständliches.

Sylvia bleibt am Rand der Bank stehen und schaut auf ihn hinab.

„Wissen Sie? Je älter man wird, desto weniger lässt man sich von Pflichtgefühlen leiten. Gott sei Dank."

„Woher haben Ihre Mutter und die Nonne sich gekannt?", will er wissen.

‚Jetzt hat er den Köder geschluckt', denkt sie sich. ‚Jetzt kannst du die Angel einziehen.'

„Das weiß ich nicht. Meine Mutter hat viele Leute gekannt, Gott und die Welt. Sie ist als junge Frau Sennerin auf dem Spitzstein gewesen."

Ein Torero ist darum bemüht, den Todesstoß beim ersten Versuch zu setzen. Wäre Sylvia eine Stierkämpferin, man hätte sie auf den Schultern aus der Arena getragen, denn Alois zuckt wie getroffen zusammen. Seine Kinnlade sackt herab, sodass sein Mund weit geöffnet stehen bleibt. Er kneift die Augen zu Schlitzen zusammen. Als versuche er, in ihr Herz zu sehen, lässt er sie nicht aus dem Blick.

Sylvia weicht ihm aus. Sie tut so, als sähe sie seine Bestürzung nicht, und spürt deutlich: Die Geschichte von der Franzi auf dem Spitzstein ist wahr.

Alois hüstelt und nestelt plötzlich an seinen Manschettenknöpfen, während er kurze hektische Blicke zur Tür wirft. Seine Nervosität steigt. Schüchtern schaut er auf seine Hände hinab und sieht aus, als würde er etwas nachrechnen. Sylvia weiß, dass sie das Gespräch jetzt nur noch laufen lassen muss. Wieder wirft sie einen vielsagenden Blick auf ihre Uhr, und schon spricht er weiter.

„Wie alt sind Sie? Wann war Ihre Mutter auf dem Spitzstein und wo genau und wie hieß sie damals?"

Die Fragen kommen wie aus der Pistole geschossen.

‚Du willst den Spieß umdrehen, ha?', denkt sie fast belustigt, um sich in der nächsten Sekunde in der Rolle der Verfolgten zu sehen.

‚Mist', flucht sie innerlich. Sie hat einen Fehler gemacht: Den Mädchennamen der Sennerin, den kennt sie nicht. Sie beißt sich kurz auf die Unterlippe und ertappt sich dabei, dass sie ein Stoßgebet gen Himmel schickt.

‚Bitte, lieber Gott, gib, dass er es nicht merkt.'

Sie hat Mühe, seinen Blick auszuhalten.

„Franziska", sagt sie nach kurzem Zögern, und im gleichen Moment fällt ihr der Grabstein ein, die Inschrift und das Bild, das sie dort gesehen haben.

„Obermüller. Sie war auf der Aueralm, in den 60ern ... ich bin Jahrgang 70 ... wenn Sie es genau wissen wollen."

Seine Körperspannung lässt wieder nach und er sackt zurück.

„Gut", sagt er, „die Franzi ... die Obermüller Franzi."

Der Himmel sei gepriesen. Der liebe Gott hat sie erhört.

„Ja, ich habe Ihre Mutter gekannt."

Sylvia gibt sich sichtlich entrüstet und macht einen drohenden Schritt auf ihn zu. Sie hält sich an der Bank fest.

„Sie haben sie gekannt? Dann haben Sie doch gelogen?", keift sie ihn an.

Als seine Antwort ausbleibt, nimmt sie sich wieder zurück. In einem Gotteshaus sollte sie so nicht sprechen. Kurz befällt sie das Gefühl, dass sie eigentlich ein schlechtes Gewissen haben müsste. Aber sie hat sich so sehr in ihre Rolle hineingesteigert, dass sie das komplett verdrängt.

Ihr Blick fesselt ihn und verlangt eine Antwort. Sie würde nicht eher wegschauen, bis er geantwortet hat.

„Nein, nein", beschwichtigt er sie, „ich habe ihre Mutter gut gekannt, ja, aber da ist nie etwas gewesen. Das kann ich ausschließen. Ich bin nur ein paar Tage bei ihr gewesen, in ihrer Nähe. Das ist alles. Gott ist mein Zeuge."

„Alles? Wirklich?"

„Es war sehr schwer für mich, eine Prüfung Gottes, aber da ist nichts passiert ... danach erst war ich sicher, dass ich Pfarrer werden müsse. Das war ein Geschenk, das mit Ihrer Mutter, ein Geschenk Gottes."

„Ach ja?" Sylvia lacht zynisch auf. „Wenn der liebe Gott dir ein Geschenk machen will, verpackt er es als eine Prüfung, ein Problem?"

„Das verstehen Sie nicht. Die Treue braucht die Versuchung, wie der Mut die Gefahr braucht."

„Netter Spruch. Steht der in der Bibel? Was wissen Sie über meine Mutter?" Ihr Ton bleibt aggressiv. Sie setzt sich wieder zu ihm in die Bank.

„Erzählen Sie!"

„Ich weiß nicht viel, wirklich nicht. Ich bin schon 1964 weggegangen aus Prien, nach Freising zum Studium. Und als Student war ich nur noch selten in Prien, bis auf diesen einen Sommer ... 1968 war es. Da habe ich Ihre Mutter getroffen."

„Sie haben sie geliebt ...!?"

Er antwortet nicht, aber sein Gesicht bleibt nicht regungslos, sondern verrät ihr seine Gedanken.

„Ich hatte mich im Spitzsteinhaus einquartiert, und wir haben uns ab und zu getroffen. Mehr war es nicht. Sie hat ja gar keine Zeit für mich gehabt; war immer sehr fleißig, Ihre Frau Mutter."

Sylvia blickt ihn an, als wolle sie sehen, ob er ihrem Blick standhält. Sie mustert sein Gesicht. Er sagt die Wahrheit. Und sie lässt ihn von der Angel.

Sie hat ihm eingeredet, dass sie ihn verdächtigt, er könne ihr Vater sein. Und sie wusste, er würde sich von diesem Verdacht reinwaschen wollen. Er hat es geschafft.

„Sie sind 1970 geboren, und Ihre Mutter sagt, sie seien das Kind eines Geistlichen!?"

„Ja, und damals hat sie auch diese Nonne getroffen, hat sie mir gesagt."

Das wirkt auf Alois wie ein Stichwort.

„Ja, das mit der Nonne", sagt er, „das macht mich stutzig. Ich habe auch eine Nonne gekannt, die von der Fraueninsel verschwunden ist, vor 20 Jahren."

„Na ja, so viele Nonnen verschwinden ja nicht."

„Schwester Maria, hieß sie, aber ich habe nicht gewusst, dass sie mit der Franzi, also mit Ihrer Frau Mutter bekannt war. Ich habe sie erst ein paar Jahre später kennen gelernt."

Sylvias Taktik ist aufgegangen: Sie hat Gemeinsamkeiten zwischen ihnen geschaffen: Gemeinsame Bekannte, die gemeinsame Liebe zu einer Frau, die sie ihre Mutter nennt, und die gemeinsame Suche nach den familiären Wurzeln weichen jegliche Hemmungen bei ihm auf. Sie glaubt, nein, sie weiß, er wird ihr nun alles erzählen – ein Vogel, der den ganzen Winter über geschwiegen hat, und nun den ersten Frühlingsmorgen begrüßt, so wird er zwitschern. Um das noch zu bestärken, lehnt sie sich weit zu ihm herüber. Wie zwei Verschwörer, die einen Plan aushecken, sehen sie jetzt aus. Er schaut sich mehrfach über die

Schulter, um anzudeuten, dass er etwas Vertrauliches sagen würde, und Sylvia nickt ihm immer wieder zu, um seine Redseligkeit zu verstärken.

Er habe die Schwester Maria 1972 kennen gelernt. Damals sei er als junger Priester am Mühldorfer Gymnasium Religionslehrer gewesen. Bei einem Schulausflug auf die Fraueninsel habe er sie zufällig getroffen. Sie war zwar schon über 60 Jahre alt, erzählt er, aber sie habe dort noch als Lehrerin gearbeitet, für Hauswirtschaft, und sporadisch machte sie auch die Führungen durch das Kloster.

Er blickt über Sylvia hinweg, abwesend, als lausche er seinen eigenen Worten hinterher.

„Irgendwie sind wir ins Gespräch gekommen und ab dann haben wir uns immer wieder mal getroffen, wenn ich auf der Insel war."

Sie habe ihm erzählt, sie sei als Flüchtling nach dem Krieg zunächst im Werk Kraiburg gewesen und von dort auf die Insel gekommen.

„Ich bin ein offener Mensch, wissen Sie, schon damals, und habe ihr erzählt, dass ich im Krieg als Findelkind in Oberland abgegeben worden sei. Ich weiß noch, dass sie da plötzlich sehr hellhörig wurde und mehr erfahren wollte. Ich hatte von Anfang an das Gefühl, dass ich sie sehr interessierte."

Sylvia nickt ihm zu, als wisse sie das.

„Ich sagte ihr, dass ich nach dem Krieg adoptiert worden bin. Sie wollte alles wissen ... von mir und auch von meinen Stiefeltern, den Fischers."

Ihr Interesse habe ihn schon sehr gewundert. Aber es hätte auch nicht lange angehalten. Er habe ihr bereitwillig alles erzählt, und dann – und das sei komisch gewesen – habe sie irgendwann nicht weitergefragt. Sie habe ihm das Gefühl gegeben, dass sie jetzt genug wisse ... einfach so.

„Hat sie Sie auch gefragt, wann genau man Sie in Oberland abgegeben hat?"

„Natürlich, auch das."

Wieder hängt er offensichtlich seinen Gedanken nach, und Sylvia wagt es nicht, ihn zu unterbrechen.

„Kurz danach bin ich hierher versetzt worden, nach Altötting, und dann habe ich sie seltener gesehen, aber sie hat immer versucht, den Kontakt aufrecht zu halten. Sie schrieb mir zu Weihnachten, zu meinem Geburtstag, und irgendwie habe ich ein Gefühl der Nähe zu ihr gehabt, aber ich wusste nie warum. Erst später habe ich herausgefunden, woher ihr ...", er sucht das Wort, „Interesse kam."

„Und woher kam ihr Interesse?"

„Das hatte mit Oberland zu tun."

‚Jetzt wird's spannend', denkt Sylvia. ‚Endlich!'

„Sie war auch dort gewesen, als junge Frau", spricht er weiter.

„Woher wissen Sie das?"

Sylvia spielt die Unwissende perfekt. Alois macht eine lange Pause, während er seinen Blick in der ganzen Kirche umherschweifen lässt.

„Von dem Heinrich", sagt er schließlich leise.

„Heinrich?"

„Ja. Dann war das mit dem Heinrich ..."

Sylvias Anspannung wächst. Jetzt kommen Dinge zur Sprache, von denen sie nichts weiß, noch nicht.

„Und wer ist dieser ... Heinrich?"

„Das war ihr Sohn!"

Er sagt es so lapidar, dass es wie selbstverständlich klingt.

„Oh!"

Sylvia schlägt sich die Hand vor den Mund. Sie kann ihre Überraschung kaum verbergen. Wenn überhaupt, hatte sie erwartet, dass er, Alois Fischer, der Sohn der Schwester Maria ist.

Gespannt hört sie ihm weiter zu.

„Ich habe ihn im Gefängnis in Bernau getroffen, Bernau am Chiemsee, JVA. Da habe ich damals ab und zu als Gefängnisgeistlicher ausgeholfen. Heinrich saß dort ein, Mitte der 70er war es. Er war ein unglücklicher Mensch, ein Kleinkrimineller, und er tat mir einfach leid, ... umso mehr, als er mir irgendwann aus seinem Leben erzählte, dass er seit seiner Geburt, 1935, in Heimen gewesen sei, anfangs in Oberland, und was er dort mitgemacht habe. Unmenschliche Dinge hat er dort erlebt, dass sie ihm zwei Finger abgeschlagen haben, dass er froh war, das alles überlebt zu haben."

„Schrecklich!"

Sylvias Hand bleibt auf ihrem Gesicht liegen.

„Nach dem Krieg hat er Oberland verlassen müssen, war in immer neue Heime gesteckt worden, und irgendwann geriet er auf die schiefe Bahn, landete in immer neuen Gefängnissen wegen immer kleinerer Vergehen."

Obwohl er den Kopf schüttelt, ist es eine verständnisvolle Geste.

„Zwischendurch war er immer wieder auf freiem Fuß, schlug sich mit Aushilfsjobs durch, war nie lange an einem Ort; meist, bis er wieder irgendeine Gaunerei beging und weg musste. Sie erwischten ihn immer schnell. Wissen Sie? Sein Gang verriet ihn, sein unrunder Gang."

„Wie meinen Sie das? War er ... behindert?"

„Das nicht, aber er hatte nur zwei Zehen an jedem Fuß. Das merkt man beim Laufen."

Wieder macht er eine Pause. Sylvia überlegt krampfhaft, wie das alles zu ihrer Theorie passt.

„Ende der 70er hatte er seine Haftstrafe wieder einmal abgesessen. Ich wollte ihn danach zu mir nehmen, als Hausmeister vielleicht, damit er bei uns das ein oder andere richtet."

„Das war edel von Ihnen", hört sie sich selber sagen.

„Und da traf er auf Frau Steinberger, meine Haushälterin."

„Und?"

„Die war als Kind auch ein paar Jahre lang in Oberland gewesen, ohne dass sie es wusste. Danach haben sie sich verloren, aber der Heinrich hat sie wieder erkannt. Er stand wie angewurzelt, als er sie sah."

„Nach mehr als ..." Sylvia rechnet nach. „30? – Jahren. Wie soll man sich da auch noch erkennen?"

„35 Jahre. Er zeigte ihr seine Füße. Daran hat sie ihn erkannt, an den fehlenden Zehen."

Er schüttelt ungläubig den Kopf.

„Können Sie sich vorstellen, wie ich gestaunt habe? Da standen wir drei, waren alle zufällig durch das Schicksal zueinander geführt worden und stellten an diesem Tag fest, dass wir als Kinder im gleichen Kinderheim gewesen waren."

„An dem Tag haben sich ihre Wege wieder gekreuzt."

„Erika glaubte es zunächst noch nicht. Sie hatte gemeint, sie sei in der Nähe von Nürnberg gewesen, als Kind. Und um das zu beweisen, holte sie diesen Brief, den sie von ihrer Mutter geerbt hatte."

„Einen Brief?"

„Erikas Eltern hatten 1944 einen anonymen Brief bekommen, von einer Frau. Sie schrieb, man solle die Erika aus dem Heim holen. Sie beschwor die Mutter förmlich, das Kind dort rauszuholen, und außerdem bat sie darum, auch einen Jungen mit Namen Heinrich mitzunehmen, weil der ihr eigener Sohn sei."

Er schaut zu den Kerzen hinüber.

„Den Brief habe sie von ihrer Mutter kurz vor deren Tod bekommen, 1964. Er war abgestempelt in Nürnberg und deswegen hatte Erika geglaubt, sie sei dort gewesen. Aber das stimmte eben nicht, und das haben wir an diesem Abend erst durch den Heinrich erfahren."

Jetzt geht Sylvia ein Licht auf. Diese Geschichte erklärt, warum in Hittenkirchen keiner weiß, wo Erika Steinberger die ersten Jahre ihres Lebens verbracht hat.

„Erika ist 1938 in dem Heim geboren. Heinrich war drei Jahre älter als sie, und während ihrer ersten fünf Jahre hätten sie wie Geschwister dort gelebt, bis 1944. Da war Erika fast sechs, Heinrich zehn, und sie ist rausgeholt worden. Danach haben sie keinen Kontakt mehr gehabt, bis eben 1978, als er plötzlich vor unserer Tür stand."

„Und sich durch seine fehlenden Zehen *auswies*."

„Und wie die beiden so reden, da habe ich diesen Brief in die

Hände bekommen. Zum ersten Mal habe ich den damals gesehen, und gemeint, mich trifft der Schlag ... Die Handschrift kam mir gleich so bekannt vor. Es war die von Schwester Maria!"

Er habe sie erkannt, weil sie ihm regelmäßig schrieb. Ihre Handschrift war sehr charakteristisch, kindlich akkurat, kaum zu verwechseln. Der Brief sei nur sehr kurz gewesen. Er habe lange überlegt, ob er sie damit konfrontieren solle. Schließlich gründete sich sein Verdacht allein darauf, dass er eine Handschrift von vor 30 Jahren zu erkennen glaubte. Aber dann habe er es doch getan, und sie habe ihm alles gestanden.

„Was genau?"

„Dass Heinrich ihr Kind war, und dass sein Vater ein Pfarrer war. Als junge Frau hatte sie ihn in München getroffen. Eine Katastrophe. Der Mann hat ihr das Kind genommen, um es im Heim abzugeben."

Sylvia ist verwirrt. Alles, was der Pfarrer ihr erzählt, klingt plausibel, und sie hat keinen Grund, an seinen Worten zu zweifeln. Aber die Geschichte passt hinten und vorne nicht zu ihrer Theorie über Wilhelm Krenzner und Oberland.

„Hat sie Ihnen den Namen des Mannes gegeben?"

„Nein, und ich wollte es auch gar nicht wissen. Dass ein Mann der Kirche so etwas fertigbringt, hat mich an meinem Glauben zweifeln lassen."

„Sie meinen, Männer der Kirche sind von Haus aus gut?"

„So soll es sein, ja, und ich glaube daran – trotz allem!", sagt er mit fester Stimme.

„Man kann auch ein guter Mensch sein, ohne an Gott zu glauben", gibt Sylvia zurück.

„Sicher, das würde ich nie bestreiten, aber es ist einfacher, ein guter Mensch zu sein, wenn man an Gott glaubt."

„Für mich ist ein Mensch das, was er tut. Und dazu soll man auch stehen. Ob man glaubt oder nicht, das ist doch egal. Ich glaube eh nur an das, was ich sehe."

„Die Luft, zum Beispiel?"

„Wenn sie dick genug ist, ja, soll ja vorkommen ... bei Ihnen."

Er kann sich ein Schmunzeln nicht verkneifen, aber ihre Antwort lässt er nicht gelten und deutet mit Gesten an, dass sie von diesen Dingen nichts versteht.

„Wenn Gott zu Ihnen spricht, dann werden Sie auch das verstehen."

Sylvia hebt die Schultern und lässt sie wieder sacken.

„Ja! Wenn! Wenn Gott zu mir spricht!? Wissen Sie? Ich kann mir das gar nicht vorstellen. Wie ist das? Wie hört sich das an? Welche Sprache spricht Gott eigentlich?"

Sie hebt unabsichtlich ihre Stimme. An seiner ganzen Körperhaltung erkennt sie, dass er es müßig findet, sich mit ihr darüber auseinander zu setzen.

„Es ist die Berufung, die man spürt, die Berufung, Gutes zu tun."

Er legt sich dabei die Hand auf die Brust.

„Haben Sie Schwester Maria ... Gutes getan?", will Sylvia direkt danach wissen.

„Ja ... ich habe geschwiegen ... sie in Ruhe gelassen."

„Haben Sie der Erika von ihr erzählt?"

„Um Gottes Willen, nein."

„Warum nicht?"

„Gewisse Dinge sollten Geheimnisse bleiben, und was ging es mich an, ob sie ein Kind hatte. Das musste sie mit sich selbst ausmachen ... und mit Gott."

Sie nickt und lässt ihn dabei nicht aus den Augen.

„Und dem Heinrich? Mit dem vielleicht auch?"

Er lässt den Kopf hängen.

„Haben Sie jemals etwas getan, für das Sie sich später geschämt haben?"

Sylvia überlegt. Sie hat viele Dinge falsch gemacht in ihrem Leben, aber das Gefühl, sich schämen zu müssen, ist ihr fremd geblieben. Sie schiebt nur die Unterlippe kurz vor und zuckt mit den Achseln.

„Kann schon sein."

Alois Fischer spricht weiter: „Ich habe ihm gesagt, dass ich seine Mutter kenne, und dass er sie nicht suchen soll, denn sie würde sich seiner schämen, aber das habe nichts mit ihm zu tun, sondern mit seinem Vater. Mehr habe ich ihm nicht gesagt, und das war anscheinend schon zuviel."

„Wieso?"

„Ich denke, damit ist er nicht fertig geworden, denn kurz darauf war er weg, einfach verschwunden. Ich habe ihn nie wieder gesehen."

„Wann war das genau?"

„1978, im Herbst."

„Wann genau?"

„Genau weiß ich das nicht mehr, nach Allerheiligen, und dann war ich noch mal eine Zeit lang verreist. Und als ich zurückkam, da habe ich irgendwann erfahren, dass auch sie weg war. Sie wurde gesucht, aber man hat sie nie gefunden. Sie sagten eingangs, dass sie später wieder aufgetaucht sei?"

Sylvia ignoriert die Frage.

„Hat die Polizei Sie befragt?"

„Mich? Kind, wieso denn mich?"

„Na ja, Sie haben sie gekannt."

„Und? Was ging mich das an? Das war ja deren Sache, eine Familiensache. Ich hatte gehört, sie habe sich ins Ausland abgesetzt. Und ich wollte ja gar nicht, dass sie gefunden wird. Ich denke, sie hat genug durchgemacht."

‚Eben drum', denkt Sylvia und bleibt eine Weile stumm.

„Erinnern Sie sich an den Mord an dem Priester auf dem Schachenberg? Das war Mitte November 1978."

Er überlegt.

„Ja, natürlich. Jetzt, wo Sie es sagen, kann ich mich schwach daran erinnern. Üble Sache."

„Wissen Sie denn nicht, dass die Maria, beziehungsweise ihr Verschwinden, mit diesem Mord in Verbindung gebracht worden war?"

„Ach ja? Nein, das habe ich nicht gewusst. Und das wäre ja auch Unsinn. Meinen Sie nicht?"

20

„... aber das wäre alles andere als Unsinn!", beendet Sylvia ihren Redefluss.

„Du bist gerissen wie ein Fuchs", schimpft Matthias, „hast dir sein Vertrauen erschlichen."

„Erzähl's ja nicht meiner Mutter", winkt sie lachend ab und nimmt einen großen Schluck Wein. „Die würde mich glatt in den Keller sperren."

„Dass dir der Mädchenname eingefallen ist, das war dein Glück."

„Da war ich kurz vorm Weglaufen. Das darfst du glauben."

„Wer wagt, gewinnt", sagt Matthias, während er ihr Wein nachschenkt.

Es ist schon spät, als die beiden noch am selben Abend nach Sylvias Beichte auf seiner Couch sitzen und das Gespräch in der Altöttinger Kirche Revue passieren lassen.

Unübersehbar ist sie stolz darauf, dass ihre Strategie aufgegangen ist. Sie hat immer zunächst nur ein Gefühl, eine vage Intuition, sie riecht den Rauch; und wenn zusätzlich noch ihr Interesse geweckt ist, sucht sie systematisch nach Beweisen, bis sie das Feuer gefunden hat.

Ihre Taktik ist die der Anwältin: Sie geht auf den Zeugen los, greift ihn direkt an, drängt ihn in die Defensive, und schaut dann ruhig zu, wie er sich befreit. Dabei, so weiß sie, machen die meisten irgendwann Fehler.

Matthias lächelt sie verschmitzt an. „Du bist ein Miststück, Prost."

„Morgen bin ich wieder eine andere. Prost."

Sie trinken.

„Ja, ich glaube, das ist der Fehler in eurem System", meint er gedankenverloren, doch Sylvia hört ihm gar nicht zu. Sie ist ganz mit Alois Fischer beschäftigt.

„Er wollte es aber auch erzählen", verteidigt sie sich. „Ich hab' ihn nur ein wenig kitzeln müssen. Priester müssen ihr Leben lang zuhören. Kaum jemand interessiert sich für ihre Geschichten und Probleme. Und dann kam ich."

Sie zwinkert ihm zu.

„So hast du ihn sicher auch angelächelt – wie die Schlange, bevor sie das Kaninchen verschlingt."

„Nicht nötig", lacht sie. „Im Alter werdet ihr Männer generell gesprächig"

„Das sind Frauen ihr Leben lang", gibt Matthias zurück.

„Und? Hat sich im Laufe der Evolution so ergeben", erklärt sie. „Während die Männer auf der Jagd waren, haben die Frauen sich um die Kinder gekümmert, auch die Großmütter, und da muss man viel sprechen. Was aber machen die Großväter, wenn sie nicht mehr zur Jagd gehen können, ha?"

Sie reckt ihm herausfordernd ihr Kinn entgegen.

„Ok, sie werden gesprächig", gibt Matthias zu.

„Die Eskimos setzen die alten Männer irgendwann einfach nach draußen. Da erfrieren sie dann langsam", flüstert sie und schaut ihn ernst mit zusammengekniffenen Augen an.

„Das ist makaber, Sylvia. War das nicht eine dieser Strafen im Heim? Das mit den Wunden kühlen?"

„Stimmt", lenkt sie ein, während ihre Gesichtszüge sich wieder entspannen. „War nicht so gemeint."

Vorgebeugt sitzt sie da und stützt ihre Ellbogen auf ihren Knien ab. Mit beiden Händen umklammert sie das Glas und lässt ihre Augen durch den Raum wandern, als suche sie etwas.

„Rekapitulieren wir mal", sagt sie langsam.

„Alois behauptet, er sei in Oberland abgegeben worden, Weihnachten 1944, von einem Pfarrer, und er war ein Säugling. Das weiß er von seinen Eltern."

„Genau. Die Geschichte fehlt aber in der Schularbeit", bekräftigt Matthias. „Obwohl dort ansonsten fast alles drinsteht, speziell das, was in den letzten Jahren passiert ist. Das einzige Kind, das dort je von einem Pfarrer abgegeben worden ist, ist erst nach dem Krieg dorthin gebracht worden."

„Richtig. Das behaupten einerseits die Schüler und andererseits weiß ich das von Dick; und der weiß zusätzlich, dass dieses Kind ein „Christkind" gewesen ist, geboren Weihnachten 1944, wie Alois es von sich auch glaubt."

„So viele Christkinder kann es aber doch gar nicht geben."

„... und wir glauben eher der Schularbeit und dem Dick als dem Alois, denn der weiß es ja auch nur von Dritten, nämlich von seinen Eltern, seinen Stiefeltern."

„Und Dick van Gries, der war leibhaftig dabei und hat den Krenzner identifiziert, sagst du. Soweit können wir also sicher sein."

„Ergo ...", sagt Sylvia, „... das Kind, das der Krenzner abgegeben hat, das war der Alois."

Matthias nickt nachdenklich.

„Aber von diesem Kind heißt es auch, das sei das Kind einer jüdischen Mutter gewesen. Die habe das Kind dem Krenzner vor die Tür gelegt. Das hat er den Amis gesagt, oder? Warum diese Geschichte?"

„Na ja, stell dir mal vor, da kommt so ein Pfarrer in das Heim und sagt: *Ich hätt' da mal ein Kind abzugeben.* Der musste sich schon irgendwas ausdenken, damit die nicht lange nachfragen, und so eine Geschichte von einer jüdischen Mutter ... das war gar nicht so dumm."

„Möglich."

„Und weil er das erst aus der Schularbeit erfahren hat", denkt Sylvia laut nach, „hat er darauf so empfindlich reagiert."

„Du meinst, er hätte es von seinen Eltern erfahren müssen. Ja, das denke ich auch."

„Dass die Fischers das nicht gewusst haben sollen, das kann ich nicht glauben ... aber sie haben es ihm nicht gesagt."

„Anscheinend fanden sie es ...", er sucht nach dem Wort. „Anrüchig?"

„Hm. Und ich kann mir vorstellen, er hat sich für seine Eltern geschämt, weil das für die ein Problem gewesen wäre."

„Macht alles Sinn ..."

„Ja, und dann taucht Heinrich auf ... aus dem Nirgendwo."

Sie setzt ihr Glas ab und faltet die Hände.

„Und Alois findet zufällig heraus, dass dieser Heinrich das Kind einer Nonne ist, die er seit Jahren kennt: Schwester Maria, und von der wiederum erfährt er, dass Heinrichs Vater ein Pfarrer war."

„Den er aber nicht kennt."

„Wahrscheinlich nicht", sagt Sylvia. „Heinrich verschwindet, sobald er weiß, dass seine Mutter eine Nonne ist."

„Und wiederum kurz darauf stirbt Pfarrer Wilhelm Krenzner, am Kreuz."

„Und beide waren sie in Oberland ..."

„Was aber nur wir wissen ..."

„Und Heinrich war ein *Kind des Pfarrers*...", spricht sie ganz leise.

Matthias sieht, was sie denkt.

„Du meinst, der Krenzner, das war der Vater von Heinrich."

„Möglich, ja."

„Und Heinrich sein Mörder?"

„Wahrscheinlich ..."

Sie sitzt gedankenverloren da und spricht in ihr Glas.

„Versetzen wir uns mal in die Rolle der Schwester Maria: Da kommt jemand mit einem Brief, den sie selber vor Jahrzehnten geschrieben hat, und der ihre Lebensgeschichte enthüllt. Sie muss alles gestehen, und kurz darauf wird dieser Priester ermordet, und der – das weiß aber nur sie – war der Vater ihres Kindes."

Jetzt hebt sie den Kopf und schaut ihren Mann intensiv an.

„Da muss sie doch vermuten, dass das etwas mit dem Brief zu tun hat, oder?"

„Würde ich auch tun", bestätigt er. „Sicher hat sie Angst bekommen; und da macht sie sich auf und davon."

„Aber vorher wollte sie noch zu ihm, zu Alois, weil sie ihm vielleicht noch viel mehr zu sagen hatte; zum Beispiel, dass der tote Pfarrer der Vater ihres Kindes war!"

„Aber sie erreicht ihn nicht mehr, und kurz darauf ist sie weg."

Eine Minute lang schweigen sie sich an. Dann lehnt Matthias sich resignierend zurück und schüttelt ungläubig den Kopf.

„Das geht doch alles zu weit, Sylvia. Dafür gibt es keine Anhaltspunkte."

„Ich weiß, aber mein Gefühl sagt mir, irgendwie so muss es sein."

„Du und dein Gefühl. Vielleicht stimmt das alles nicht, was der Alois dir erzählt hat."

Sylvia ist überzeugt, dass er die Wahrheit gesagt hat.

„Vielleicht nicht die ganze Wahrheit", gibt sie zu. „Aber er hat nichts gesagt, was falsch klang. Nur ... irgendetwas stimmt da noch nicht ..."

„Genau. Ich glaube ihm nicht. Ist es nicht seltsam, dass er den toten Pfarrer nicht in Verbindung bringt mit Heinrich oder Schwester Maria?"

„Wie man's nimmt. Wenn der Heinrich ihm wirklich nicht viel gesagt hat, dann ist das doch möglich."

„Trotzdem." Matthias bleibt dabei: „Warum hat er den Heinrich nicht angezeigt? Warum ist er nicht wenigstens zur Polizei gegangen und hat gesagt, dass der da war, und jetzt ist er weg und dieser Pfarrer ist tot."

Sylvia zieht die Schultern hoch.

„Wir hätten das vielleicht gemacht, ja, aber ich glaube, das ist ein Mann, der hat seinen eigenen inneren Kompass."

„Kompass?" Matthias lacht zynisch auf.

„Ja, ein eigenes Wertesystem, das ihm seine Richtung weist. Und es braucht viel, um ihn davon abzubringen. Unser Rechtssystem ist für ihn zweitrangig. So sind viele religiöse Menschen. Die leben nach anderen Regeln als der Rest der Menschheit, nach ihren eigenen Regeln."

Da muss Matthias ihr zustimmen.

„Und außerdem: Auch wenn er so was geahnt hat", gibt sie zu bedenken. „Ich glaube, er hätte den Heinrich nie angezeigt, denn er hatte Verständnis für ihn, nicht für Maria. Das habe ich gespürt."

„Und wenn *er* sie ermordet hat?"

„Du meinst der Pfarrer ... die Nonne ...?"

Sylvia zieht ihre Augenbrauen hoch, und Matthias nickt.

„Sicher. Auch das ist möglich. Wenn du Gerichtserfahrung hast, traust du jedem alles zu."

„Na, Fragen über Fragen", sagt Matthias kopfschüttelnd, während Sylvia sich ihre Schläfen reibt. „Wir drehen uns im Kreis."

Sie hat das Gefühl, etwas Offensichtliches zu übersehen.

„Da hilft alles nix", murmelt sie vor sich hin. „Wir müssten den Heinrich finden!"

Er sieht sie überrascht an, doch sie ist so in Gedanken versunken, dass sie es nicht bemerkt.

„Den Heinrich finden?" Er klingt belustigt. „Und wovon träumst du nachts?"

„Der Alois weiß nicht, wo er ist, sagt er, aber die Erika, die hat nie jemand gefragt, und die könnte es wissen. Wäre doch gelacht, wenn die keinen Kontakt mehr gehabt haben, wo sie doch wie Geschwister aufgewachsen sind. Und später war da vielleicht doch mehr als Backe-Backe-Kuchen."

„Dann wüsste der Alois das doch auch."

Matthias bleibt skeptisch.

„Meinst du? Ich denke, die beiden reden nicht so viel miteinander – und über Oberland erst recht nicht. Alois, weil er weiß, dass seine Familiengeschichte nicht stimmt, und Erika, weil ... glaubst du eigentlich, dass Michael Schumacher vor der Kurve den Blinker setzt?"

„Wie bitte?"

Er schaut sie belustigt, aber verständnislos an.

„Na, wenn die mit dem Heinrich was angefangen hat, würde sie doch den Teufel tun und ihm irgendwas davon erzählen ..."

Er hat wieder einmal das Gefühl, sie gibt ihm Nachhilfe in gesundem Menschenverstand.

„Wenn a oide Hittn brennt", sieht er ein und lacht sie an, „na gscheit."

Sylvia bleibt ernst und meint nur, dass ihre Mutter das jetzt auch gesagt hätte.

„Du hast Recht!", lenkt Matthias wieder ein. „Die verschweigt uns was. Diese Geschichte mit dem Heinrich, dass der da war, und das mit dem Brief, das hat sie mir gar nicht erzählt."

„Genau. Geh zu ihr! Fühl ihr auf den Zahn!"

Sylvia ist plötzlich wieder hellwach und gibt Befehle wie eh und je. „Mit dem, was du jetzt über sie weißt, hast du eine Beziehung zu ihr. Setz sie ein bisschen unter Druck, dann macht sie Fehler."

„Sylvia!? Was soll das denn jetzt schon wieder?"

„Komm schon! Sei schlau und stell dich dumm, nicht andersrum."

Sie trinkt.

„Du bist doch eine Schlange", sagt er lächelnd.

„Anwältin!", gibt sie zurück und ihre Augen funkeln ihn an, während sie das Glas in einem Zug leert.

Nach einer kurzen Pause fragt er sie: „Das mit den Eskimos ... stimmt das?"

Sylvia zieht einen Mundwinkel schräg nach oben und zwinkert ihm mit einem Auge zu.

„Vielleicht", sagt sie.

Jetzt sieht sie richtig witzig aus.

*

Zwei Tage später läuft Matthias ziellos über den Friedhof in Altötting. Er weiß, dass er Erika Steinberger am ehesten am Freitagabend dort antreffen wird. Aber selbst, wenn sie nicht kommen würde, genießt er es, allein über den Kirchhof zu schlendern. Er schmunzelt über manch eine Berufsbezeichnung, die auf den Grabsteinen hinterlassen wurde: *Bundesbahnbeamter a.D.* ist eine davon, *After Sales Manager* eine andere.

Eine ganze Weile ist er schon auf und ab gelaufen, ist vor vielen Gräbern stehen geblieben und hat versucht, Geschichten zu erfinden, die sich hinter den Inschriften verbergen könnten. Dabei hat er fast die Zeit vergessen.

Als Erika Steinberger durch das Tor kommt, sieht er sie zunächst nicht, aber ihr für diese Umgebung auffällig schneller Gang macht ihn auf sie aufmerksam. Offenbar hat sie es eilig. Obwohl sie zielsicher auf das Familiengrab zusteuert, sieht sie sich ständig um. Matthias nähert sich von der Seite. Sie nimmt ihn erst wahr, als er fast neben ihr hergeht.

Ruckartig bleibt sie stehen und schaut zu ihm auf, während sie gleichzeitig ihre Handtasche ängstlich gegen die Brust drückt. Das Gleiche hat sie getan, als er sie zum ersten Mal auf der Straße angesprochen hatte. Lange ist das her, aber er hat immer wieder daran denken müssen, an ihre Augen vor allem, denn es waren ängstliche Augen, in die er damals geblickt hatte, und er hatte sich diesen Ausdruck nicht erklären können.

„Guten Abend, Frau Steinberger."

„Ach, Sie sind es. Jetzt habe ich sie gar nicht erkannt in ihrer Montur."

Matthias trägt seine Motorradkluft und hat sich seinen Helm unter den Arm geklemmt.

„Entschuldigung. Ich würde Sie gerne noch etwas fragen, und ich wollte Sie nicht zu Hause stören. Sie sagten ja, der Herr Pfarrer reagiert allergisch auf diese Sache."

„Ja ... wegen was?"

Sie blinzelt ihn an.

„Wegen Oberland ..."

Wieder kann er die Angst in ihren Augen erkennen.

„Woher wissen Sie das eigentlich, dass Sie dort waren?"

Ein Schatten fällt plötzlich über ihr Gesicht. Sie senkt den Kopf.

„Lassen Sie mich doch in Ruhe damit, bitte."

Matthias sucht ihren Blick, doch er findet ihn nicht. Sie schaut nervös in alle Richtungen, als wolle sie den Friedhof absuchen. Es sind nur wenig andere Besucher in der Nähe.

„Wir haben da ein paar Dinge herausgefunden ... über dieses Heim, keine schönen Dinge. Wollen Sie sie hören?"

Er beherzigt Sylvias Vorschläge und kommt sich fast schlecht dabei vor. Aber es funktioniert. Erika Steinberger fährt sich hastig mit der flachen Hand über ihr Gesicht. In ihrer ganzen Mimik und Gestik spiegelt sich die Unruhe, die sie erfasst, und am klarsten sieht er es an ihren Augen. Als würde sie den Atem des Jägers im Nacken spüren, so steht sie plötzlich still wie ein gelähmtes Opfer.

„Nein, ich glaube nicht, dass ich ..."

Ihre Stimme erstirbt, noch während sie spricht, aber sie versucht, es durch ein Lächeln zu überspielen, ein gezwungenes Lächeln, das ihr Gesicht verzerrt. Sie mustert ihn distanziert. Ihr kleiner Körper scheint zu wachsen, ihr Kinn fängt an zu zucken, immer stärker, bis es regelrecht bebt.

„Lassen Sie mich in Ruhe. Ich habe es eilig."

Sie presst die Worte hervor. Für Matthias hört es sich an wie ein Schrei mit verbundenem Mund. Sie wendet sich zum Gehen, aber er hält sie am Arm.

„Warten Sie! Ich will Ihnen doch nichts Böses. Ich habe etwas für Sie; ein Bild, das ich Ihnen zeigen möchte."

Er zieht das Bild aus der Tasche, das Sylvia von Dick bekommen hat und hält es ihr hin.

Es ist das Foto, das der Amerikaner 1945 vor dem Bachler Hof geschossen hat. Erika Steinbergers Bewegung erstarrt, und sie blickt auf das Stück Papier.

„Das sind Sie ... als Kind, nicht wahr?"

Er beobachtet sie genau. Sie ist bemüht, sich keine Gefühlsregung anmerken zu lassen, aber während sie das Bild betrachtet, nimmt ihr Gesicht weiche Züge an.

„Ja, das bin ich."

Ihre Augen füllen sich mit Tränen, aber Matthias tut so, als habe er es nicht gesehen.

„Die beiden Frauen, das sind Ihre Mutter ... und Ihre Tante?"

Sie blickt hinüber zu dem Grab, dann wieder auf das Bild und nickt langsam.

„Ich habe kein Bild von mir ... als Kind. Darf ich es haben?"

„Natürlich. Es ist für Sie."

„Danke ... Danke ... Woher haben Sie das?"

„Der amerikanische Soldat hat es gemacht."

Ungläubig blickt sie ihn aus großen Augen an, aus Augen, die Geschichten erzählen könnten.

„Der amerikanische Soldat ...?"

„Der war bei Ihnen in Hittenkirchen, als das mit ihrem Onkel war, und der war auch in Oberland gewesen ..."

Er wartet die Wirkung seiner Worte ab und gibt ihr Zeit zu reden, aber sie blickt nur auf das Bild und streift mit ihren Fingern darüber, als würde sie es streicheln. Er merkt, wie die Erinnerungen zu ihr zurückkommen.

„Woher wissen Sie, dass Sie in Oberland waren?", fragt er noch mal.

Ihr Kopf zittert ein wenig.

„Immer haben die Leute sich um mich gekümmert", murmelt sie vor sich hin. Seit ihrer Geburt sei sie in einem Heim gewesen, und als sie sechs war, habe man sie wieder rausgeholt und zurück nach Hause gebracht. Das wusste sie, aber wo genau sie war, das habe sie lange nicht gewusst. Tatsächlich habe sie früher gemeint, sie sei in Nürnberg gewesen, denn das habe ihre Mutter ihr immer gesagt, und kurz vor deren Tod, 1964, habe sie erst erfahren, dass sie in Oberland war, von ihrer Mutter, da war sie schon beim Herrn Pfarrer. Aber er, Matthias, solle dem Herrn Pfarrer nichts sagen, denn der sei so gut zu ihr, habe sich immer um sie gekümmert, und der könne das mit dem Oberland nicht mehr hören, richtig allergisch sei der da drauf.

Sie lächelt ihn jetzt sogar ein wenig an, ein schüchternes Lächeln, das Fragen aufwirft.

„Ja, ich weiß das alles ... und das mit dem Heinrich, das wissen wir auch ..."

Bei dem Wort Heinrich ist ihm, als habe er einen Schalter umgelegt. Das zaghafte Lächeln auf ihrem Gesicht verschwindet wie auf Knopfdruck und ihre Gesichtszüge frieren augenblicklich wieder ein.

„Was wissen Sie von dem ... Heinrich ...?"

Ihre Blicke prasseln wie Speere auf ihn ein.

„...dass der praktisch ihr Bruder gewesen ist ... und dass der später wieder aufgetaucht ist", sagt Matthias wie aus der Pistole geschossen.

„Das stimmt nicht", fährt sie ihn an. „Der ist damals weit weggegangen ... in die Berge ..."

Damit lässt sie ihn stehen und läuft davon. Matthias macht keine Anstalten sie aufzuhalten. Er bleibt stehen und sieht ihr nach.

Sie geht steif, energisch, mit langen Schritten. Das Foto hält sie gegen ihre Brust gepresst.

Am Tor hält sie kurz inne, als würde sie überlegen. Sie lässt ihre Blicke noch einmal in einem weiten Radius über das Gelände schweifen und sieht dabei auch in seine Richtung. Dann aber wendet sie sich mit einem Ruck wieder um und schlägt das Gatter hinter sich zu.

Matthias schaut fragend in die Runde. Der Friedhof ist jetzt menschenleer. Er spaziert noch ein wenig durch die Gräberreihen, und findet sich schließlich am Grab der Steinbergers wieder. Frische Blumen stehen darauf, aber in dem kleinen Kerzenhaus brennt kein Licht.

Er bückt sich und öffnet das Türchen. Die Kerze darin ist ausgegangen. Er nimmt sie heraus, um sie anzuzünden, und als er sie wieder zurückstellen will, bemerkt er dahinter ein zusammengeknülltes Stück Papier.

Noch einmal blickt er sich um. Immer noch ist er ganz allein. Er zieht das Knäuel hervor und faltet es vorsichtig auseinander. Es ist ein kleiner Zettel, auf dem jemand ein paar wenige Worte aufgekritzelt hat.

Als er sie gelesen hat, zieht er hektisch sein Handy aus der Tasche und tippt Sylvias Nummer ein.

*

„Eine Bootshütte ...?" Sylvia denkt nach.

„Ja. *Bin heut schon in der Bootshütte* steht auf dem Zettel."

„Das kann nur eine Nachricht von Heinrich sein. Wir haben Glück. Jetzt haben wir ihn."

„Wieso? Woran denkst du? Bootshütten gibt es viele."

„Die Heumann hat doch erzählt, dass zum Bachler Hof noch eine Bootshütte in Harras gehören würde. Und so viele Hütten gibt es da nicht. Ich glaube, ich weiß, wo die sein muss ... Ich fahre gleich mal hin."

„Sei vorsichtig!", will er sagen, aber da ist die Leitung schon tot.

Er läuft zu seinem Motorrad.

Tatsächlich gibt es nicht allzu viele Bootshütten am Westufer des Chiemsees. Sylvia kennt sie alle, und von den meisten weiß sie auch, wem sie gehören. Bei den anderen kann sie es aufgrund ihrer Lage erschließen. Sie ist sicher, dass sie die Hütte auf Anhieb finden würde, denn viele können nicht in Frage kommen.

Langsam fährt sie vom Hafen kommend die Harrasser Straße entlang und blickt linker Hand zum See hinunter. Bis zum Yachthafen zählt sie fünf Hütten, und von denen weiß sie jeweils, wer sie benutzt. Daran schließen sich das Krankenhausgelände und die Segelschule an.

„Hier kann es nicht sein", sagt sie sich und fährt weiter. Auf der Höhe eines Uferabschnitts, der Schöllkopf genannt wird, fährt sie einen kleinen Parkplatz an. Von dort aus kann sie den Chiemsee-Uferweg bequem zu Fuß erreichen. Sie weiß, dass zwischen Schöllkopf und dem Gelände vom *Fischer am See* ein paar Hütten liegen, die sie nicht zuordnen kann.

„Eine davon muss es sein", glaubt sie.

Als sie aussteigt, ist es fast noch taghell. Sie läuft zum See hinunter und sucht das Ufer mit Blicken ab. Im Norden sieht sie die Steganlagen vom *Fischer am See*, aber sonst nichts. Südlich von ihr steht zwar eine weit in den See hinaus gebaute Hütte, aber die liegt so nah am Badeplatz, dass sie kaum zu einem

Hof in Hittenkirchen gehören kann. Und andere Hütten gibt es nicht. Nachdenklich geht sie zurück zum Parkplatz.

Als sie bei ihrem Wagen ankommt, fällt ihr ein, dass sich weiter südlich, jenseits des Schöllkopfes, eine Gegend anschließt, von der sie meint, dass man sie vom Uferweg aus schlecht oder gar nicht erreicht. Da hinten ist sie nie gewesen. Es sind eigentlich nur noch ein paar Meter von ihrem Parkplatz aus, und so beschließt sie kurzerhand, sich auch dort noch umzusehen. Sie geht wieder zurück zu dem Wanderweg, quert die Zubringerstraße zum Badeplatz und läuft weiter in Richtung Bernau. Links von ihr steht das Schilf hoch und versperrt den Blick auf den See.

„Schilf", fällt ihr ein. „Das stand doch in einem der Briefe von der Resi, dass die Bachlers dort Schilf geschlagen haben."

Instinktiv fühlt sie, dass sie richtig liegen könnte. Eine leichte Euphorie, aber auch ein wenig angespannte Angst steigen in ihr auf.

Keine 100 Meter hinter der letzten Abzweigung, bemerkt sie einen Trampelpfad, der dort in den Schilfgürtel hineinführt. Sie schaut sich um. Es ist niemand zu sehen, und die Dämmerung bricht langsam herein.

Vorsichtig geht sie weiter und folgt dem Pfad. Der Boden ist feucht und matschig, aber sie erkennt deutlich, dass er erst kürzlich benutzt worden ist. Bald schon wird das Schilf lichter und geht über in eine kleine Wiese, die an den See stößt. Sylvia stoppt abrupt, wie vom Schlag gerührt: Am Ufer steht eine Hütte. Das muss sie sein!

Eine Minute lang bleibt sie wie angewurzelt stehen und lauscht. Es ist nichts zu hören oder zu sehen. Mit zaghaften Schritten schleicht sie sich weiter heran, bis sie zu einem kleinen Steg kommt, der die Hütte mit dem Land verbindet. Wieder lauscht sie, dann betritt sie die Bretter vorsichtig wie eine Katze, die ihre Pfote ins Wasser taucht.

Die Hütte ist nicht mehr im allerbesten Zustand. Der Eingang befindet sich auf der rechten Seite und ist mit einem Vorhangschloss gesichert, abgesperrt. Daneben erlaubt ihr ein kleines Fenster, einen Blick ins Innere zu werfen. Der Raum ist geräumiger, als es von außen aussieht. Durch ein größeres Fenster an der gegenüberliegenden Seite fällt das letzte Tageslicht ein. Augenblicklich wird Sylvia klar, dass dies die Behausung sein könnte, nach der sie sucht. Auf einem kleinen Tisch erkennt sie ein paar Utensilien, die darauf hindeuten, dass sich hier vor kurzem jemand fast häuslich eingerichtet hat: Besteck liegt herum, gebrauchtes Geschirr steht daneben.

Sie geht nach vorn zum Wasser. Die Hütte ist zum See hin offen, so dass man mit einem Boot hineinfahren könnte, aber der Zugang wird durch ein hölzernes Gatter geschützt. Dahinter hängt eine grobe Plane vom Dach bis fast auf das Wasser hinunter und schirmt das Innere gegen neugierige Blicke ab.

Immer wieder schaut Sylvia sich um. Sie hört nur das leise Plätschern der Wellen gegen den Steg und von weiter weg das Rauschen des Schilfes, das sich im Wind bewegt. Ringend mit ihrer Nervosität und ihrer Neugier, überlegt sie krampfhaft. Um ganz sicher zu sein, dass sie Heinrichs Unterschlupf gefunden hat, müsste sie in das Innere der Hütte gelangen.

Kurz entschlossen schlüpft sie aus ihren Turnschuhen und zwängt sich mit wenigen Griffen aus ihrer Hose. Sie streift sich ihr T-Shirt über den Kopf und hechtet ins Wasser.

Als sie eintaucht, wird ihr bewusst, dass sie die Temperatur des Wassers überschätzt hat und muss an ihre Mutter denken.

‚Solang noch Schnee auf der Kampen liegt', hat die immer gesagt, ‚geht man nicht in den See.'

Bislang ist es zwar ein warmer Mai gewesen, aber auf der Kampenwand liegt tatsächlich noch Schnee, fällt ihr ein, während sie sich im Wasser warm strampelt. Dann holt sie mehrfach tief Luft und taucht unter dem Gatter hindurch. Als sie wieder hochkommt, befindet sie sich im Innern der Hütte.

Mühelos zieht sie sich aus dem Wasser und wirft ihre Blicke in jeden Winkel. Eine kleine Holzbank steht an der Wand, und davor, auf dem kleinen Tisch, den sie von außen schon gesehen hat, entdeckt sie bei genauem Hinsehen auch Krümel, frische Brotkrümel.

Sie schreitet den Raum ab. Im hinteren Bereich findet sie eine Tür zu einem Verschlag. Auch hier ist ein Schloss angebracht, aber es ist offen. Sie greift danach, klinkt es aus und zuckt erschreckt zurück, als ihr die Tür ruckartig entgegenspringt. Was sie in dem schwachen Licht erkennt, macht jeden Zweifel zunichte.

Zur gleichen Zeit stellt Heinrich seinen Wagen auf dem Parkplatz an der Harrasser Straße ab und macht sich leise pfeifend auf den Weg.

Auf dem Boden vor Sylvias Füßen liegen ein moderner Schlafsack und ein paar ungeöffnete Konservendosen.

Begleitet von einem unangenehmen Quietschen, drückt sie die Tür vorsichtig wieder zu. Sie hält inne, als habe sie noch ein anderes Geräusch gehört, aber alles bleibt ruhig. Halbnackt steht sie da und beginnt langsam zu frösteln.

Mit schnellen Blicken tastet sie das Innere des Dachs ab. In gut zwei Metern Höhe befindet sich eine tiefe Ablage. Darüber spannt sich die Decke, so dass dazwischen ein Raum von gut einem halben Meter bleibt, ein Stauraum, der aus ihrer Höhe nicht einzusehen ist. Damit ihr ja nichts entgeht, hüpft sie ein paar Mal auf und ab, um zu sehen, was dort oben abgelegt ist. In dem wenigen Licht erkennt sie nicht viel. Einige Bretter und Kisten liegen herum, es riecht nach altem, trockenem Holz, und in der hintersten Ecke glaubt sie, einen alten Koffer zu sehen. Sie schreitet die Holzwand weiter ab und greift am hintersten Ende der Ablage nach oben, um sich mit einem Klimmzug vorsichtig hochzuziehen.

Sie hat richtig gesehen. In der entferntesten Ecke liegt ein alter verstaubter Koffer, umgeben von ein paar Holzleisten und Eisenstücken. Kurz lässt sie sich wieder herab und setzt im gleichen Moment zu einem Sprung an. Mit Schwung zieht sie sich hoch und kommt mit ihrem Oberkörper ganz auf der Ablage zu liegen. Ihre Beine baumeln hinter ihr in der Luft.

Es dauert nur einige Sekunden, bis ihre Augen sich an die Dunkelheit gewöhnt haben. Dann streckt sie sich und angelt nach dem Koffer. Sie erreicht ihn nicht ganz. So gerade kann sie ihre Fingernägel hinter die Beschläge des Koffers krallen und bewegt ihn so ein Stück zu sich heran. Der Staub, den sie dadurch aufwirbelt, steigt ihr in die Nase, und sie muss heftig niesen. Sie springt herunter und landet diesmal ungewollt hart auf dem Bretterboden. Wieder lauscht sie. Der Wind, meint sie, würde stärker. Ansonsten bleibt es ruhig.

Noch einmal springt sie hoch und greift nach dem Koffer. Jetzt erreicht sie ihn sofort, zieht ihn nach vorn an den Rand und lässt sich zusammen mit ihm herunter. Staub und Dreck regnen auf sie herab. Sie dreht den Kopf weg und wird von einem heftigen Niesanfall geschüttelt, so dass der Koffer ihr entgleitet und polternd vor ihren Füßen aufschlägt. Durch den Aufprall auf dem Holzboden springen die Schlösser auf und der Deckel klappt hoch.

Wie in Zeitlupe geht Sylvia in die Knie und öffnet den Koffer ganz. Während sie auf den Inhalt starrt, wird ihr allmählich bewusst, in welcher Gefahr sie sich befindet.

Heinrich überquert in diesem Moment die Zufahrt zum Schöllkopf. Er blickt sich um und sieht niemanden. Trotzdem hört er auf zu pfeifen, als er jetzt auf dem Uferweg weitergeht.

Stoff, ein grober schwarzer Stoff liegt vor ihr. Mit spitzen Fingern berührt sie ihn und hebt ihn langsam an: Eine Nonnentracht.

‚Das muss ihr gehört haben', schießt es ihr durch den Kopf. ‚Agnes – Maria – Magdalena ... wie auch immer du geheißen haben magst, das war deins.'

Vorsichtig nimmt sie das schwere Tuch heraus und legt es zur Seite. Darunter kommt Wäsche zum Vorschein, Baumwollwäsche, die einen unangenehmen Geruch verströmt, muffig, obwohl die Sachen weitestgehend trocken sind. Mit schnellen Griffen durchwühlt sie den restlichen Inhalt. Ein kleiner Kulturbeutel fällt ihr in die Hände. Darin sind Waschutensilien untergebracht.

In der Innentasche des Koffers ertastet sie ein schmales Büchlein und zieht es heraus. Es ist ein kleines graues Heft, ein Personalausweis, wie sie ihn als Kind noch kannte. Behutsam öffnet sie ihn. Es knackt ein bisschen. Sie schlägt die Seite mit dem Bild auf und blickt in das Gesicht einer Frau mittleren Alters, darunter eine saubere kindliche Unterschrift, die leicht lesbar ist. Was sie liest, überrascht sie nicht mehr, aber es lässt ihre unruhige Angst noch einmal anwachsen.

Heinrich erreicht gerade den Trampelpfad, der zu der Hütte führt. Er bleibt kurz stehen, um sich zu vergewissern, dass ihm niemand folgt. Dann betritt er den Schilfgürtel.

Agnes Binder lautet die Unterschrift in dem Personalausweis. Sylvia beginnt zu schwitzen und fröstelt nicht mehr. Wenn man sie vorher hier gefunden hätte, wäre es keine große Sache gewesen. Sie hätte sich widerrechtlich Zugang zu einem Gebäude verschafft und würde sich dort so gut wie unbekleidet aufhalten. Nicht, dass sie solche Dinge regelmäßig macht, aber die Hüttenbesitzer sind an solche Besucher gewöhnt, weiß sie.

Nur: Jetzt ist sie im Besitz eines Koffers, der einer Frau gehört hat, die vor über 20 Jahren verschwunden ist; und nachdem auch ihr Pass bei den Sachen ist, wird ihr schlagartig klar, dass Agnes Binder tot sein muss.

Erschrocken klappt sie das graue Heft zu und steckt es wieder weg. Ihr Adrenalinspiegel beginnt zu steigen. Die anderen Sachen stopft sie mit hastigen Bewegungen in den Koffer und versucht, ihn wieder zu verschließen. Eines der beiden Schlösser klemmt.

‚Ich muss das alles mitnehmen', befiehlt sie sich und lässt das klemmende Schloss mit Gewalt einrasten, während sie sich gleichzeitig hektisch umschaut. Ihr Blick fällt auf das größere der beiden Fenster. Es lässt sich leicht öffnen. Draußen ist immer noch alles ruhig. Auch der Wind hat jetzt schon nachgelassen; wie so oft, wenn es Abend wird.

Sie hebt den Koffer hinaus und will schon hinterhersteigen, als ihr klar wird, dass sie das Fenster unverschlossen lassen müsste. Das Adrenalin pumpt sich von kleinen Krämpfen begleitet durch ihren Körper. Sie zögert und lauscht. Stille.

Dann schließt sie das Fenster von innen und springt ins Wasser – ohne an ihre Mutter zu denken.

Unter dem Gitter taucht sie hindurch ins Freie und zieht sich draußen am Steg wieder aus dem Wasser. Ihre innere Unruhe wächst. Hastig greift sie nach ihren wenigen Sachen und läuft um die Hütte herum. Bei dem Fenster auf der Nordseite steigt sie mit ihren nassen Beinen in ihre Hose und zerrt sie mühsam hoch.

Als sie sich nach ihrem T-Shirt bückt und wieder aufrichtet, sieht sie ihn kommen.

Durch das lichte Schilf erkennt sie zunächst nur seine Gestalt. Erschrocken presst sie sich gegen die Wand und streift sich ihr Hemd über. Mit dem Koffer unter den rechten Arm geklemmt, drückt sie ihre Schuhe krampfhaft mit beiden Händen gegen den Bauch. So steht sie da und hält die Luft an.

‚Wenn er jetzt um die Hütte herumgeht, ist alles aus', ist ihr einziger Gedanke. Sie versucht zu überlegen, was sie zu ihm sagen würde, aber es gelingt ihr nicht.

Der Mann geht nicht um die Hütte herum. Sie hört seine Schritte auf dem Steg und dann raschelt ein Schlüsselbund.

‚Er wird meine nassen Spuren in der Hütte bemerken', denkt sie sich, ‚und dann kommt er raus ... und dann hat er mich ... Scheiße.'

Halb schließt sie die Augen und wagt kaum zu atmen, aber in der Hütte bleibt es ruhig. Sie spürt, wie er sich plumpsend auf die Holzbank fallen lässt. Wieder ist es still. Ein paar Augenblicke wartet sie noch. Dann bewegt sie sich langsam auf Zehenspitzen davon.

Die Holzbretter knarren leise unter ihren vorsichtigen Tritten. Als sie die Wiese erreicht, glaubt sie schon, dass sie es geschafft hat. Sobald sie das feuchte Gras unter ihren Füßen fühlt, nimmt sie ihre Beine in die Hand und springt mit wenigen langen Schritten in das rettende Schilf.

Auf dem Uferweg schlüpft sie in ihre Turnschuhe, ohne dabei stehen zu bleiben, und rennt eilig weiter. Mehrfach blickt sie sich um, aber hinter ihr ist nichts zu sehen. Trotzdem rennt sie, als renne sie um ihr Leben und hält das Tempo, bis sie atemlos an ihrem Auto ankommt und nach dem Schlüssel in ihrer Hosentasche fingert.

Sie fährt nicht zu ihren Eltern nach Hause, sondern in Matthias' Wohnung, denn in ihrem eigenen Zuhause müsste sie ihrer Mutter unter Umständen etwas erklären, was sie momentan nicht erklären kann. Diesmal hat sie keine Skrupel, ihren alten Schlüssel zu benutzen.

Den Koffer stellt sie mitten in der Küche ab und atmet zum ersten Mal wieder tief durch. Die Anspannung der letzten Stunde fällt langsam von ihr ab, während sie ihre Beute ruhig betrachtet. Schließlich öffnet sie den Koffer.

Der muffige Geruch der Kleider steigt ihr wieder in die Nase. Jetzt empfindet sie ihn noch durchdringender als vorhin in der Bootshütte. In aller Ruhe breitet sie die Sachen vor sich aus: Die schwere Tracht, drei Garnituren Unterwäsche, ein einfaches Kleid und zwei Blusen, aber keine Schuhe. Der Kulturbeutel enthält eine Zahnbürste und Zahnpasta, eine kleine Flasche Mundwasser, eine Bürste, ein Haarnetz, ein Stück Seife, mehr nicht, keinerlei Kosmetik außer einer Flasche Kölnisch Wasser 4711, nicht einmal einen Lippenstift. Für eine Frau von 68 Jahren, eine Nonne zudem, nicht ungewöhnlich, denkt sie sich.

Tief unten im Koffer ist ein Gebetbuch verstaut. Sylvia

nimmt es kurz zur Hand. Es ist von jahrelanger Benutzung abgegriffen. Darin eingelegt findet sie eine Reihe von Totenzetteln und Sterbebildern.

Sylvia starrt auf die Sachen, als könnten sie diesen Menschen, der Agnes Binder war, heraufbeschwören. Sie stellt sich vor, dass das ihr Leben war.

Ihr Pass ist ausgestellt von der Gemeinde Chiemsee, am 17. November 1953. Außerdem hat sie hinten in den Pass ihre gefaltete alte Kennkarte mit dem Reichsadler eingelegt, ausgestellt in Wasserburg am Inn am 12. Juni 1938.

Die Augen auf ihrem Foto sehen dunkel aus. Sie liegen tief und stehen eng beieinander. Ihr Blick wirkt ernst und eindringlich, fast unheimlich, meint Sylvia.

Als Matthias plötzlich hinter ihr steht, schreckt sie auf.

Sie hat gerade festgestellt, dass Alois Fischer die Augen seiner Mutter hat.

21

Sylvia sitzt gegen den Schrank gelehnt auf dem Fußboden. Sie hat ihre Knie an die Brust gezogen und umfasst ihre Beine. In dieser Haltung beobachtet sie Matthias, wie er vor dem offenen Koffer kniet und jedes einzelne Wäschestück daraus nacheinander hochhält.

„Da hat dein Schutzengel heute jedenfalls Überstunden gemacht", meint er, doch sie ist so vollkommen in Gedanken verloren, dass sie ihn gar nicht hört.

„Wie kommt der Koffer in diese Hütte?", flüstert sie mehrmals vor sich hin.

Matthias hält den Personalausweis der Agnes Binder in den Händen. Er betrachtet das Bild lange und eindringlich.

„Sie wird kaum dort gewohnt haben", sagt er schließlich und klappt das Heft wieder zu.

„Aber dieser Heinrich", meint Sylvia. „Der wohnt da, ab und zu. Da bin ich mir sicher."

„Wenn er es überhaupt ist ... der Mann, den du gesehen hast."

Daran hat Sylvia keinen Zweifel; und auch, dass die Hütte zum Bachler Hof gehört, steht für sie außer Frage.

„Die Einzige, die von denen noch da ist, ist Erika Steinberger. Also ...?"

Er wirft ihr einen auffordernden Blick zu.

„Du meinst, wir sollten sie verhaften lassen?"

Sylvia kann sich nicht vorstellen, dass irgendjemand etwas von dem Koffer gewusst hat. „Den hat doch jahrzehntelang keiner angerührt."

Matthias nimmt Agnes Binders Gebetbuch in die Hände und schlägt es vorsichtig auf.

„Totenzettel", sagt er, und zieht das ein oder andere der Bilder hervor, die zwischen den Seiten eingelegt sind.

„Hm", sinniert Sylvia. „Die üblichen Sterbebilder ..."

Sie bleibt regungslos in ihrer kauernden Haltung und überlegt.

„Das hier nicht!"

Matthias blickt auf ein Foto in seinen Händen. „Das ist ein Kinderbild."

Wie elektrisiert reißt Sylvia ihren Kopf hoch.

„Ein Kinderbild? Lass sehen!" Mit einem Satz kniet sie neben ihm.

Matthias hält ihr ein winziges Bild hin, kaum größer als seine Handfläche, vergilbt, an den Rändern gewellt und gezackt.

Sylvia nimmt es vorsichtig an sich. Beide starren sie auf das Kindergesicht darauf. Ein Säugling.

Sie dreht das Bild um. Auf der Rückseite hat jemand ein Datum und einen Namen notiert, in sauberer Handschrift, unverkennbar die Handschrift aus dem Personalausweis: *Helmut, März 1945* lesen sie.

„Helmut!", ruft Sylvia aus, und es fällt ihr wie Schuppen von den Augen. Mit der flachen Hand schlägt sie sich gegen die Stirn.

„Das hat Dick gesagt! Das Kind, das der Krenzner abgegeben hat, das hieß Helmut!"

Matthias versteht nicht, was sie damit sagen will.

„Erst die Amis haben ihm den Namen Louis gegeben."

Sylvia nimmt das Bild in beide Hände. Wie eine kleine Schale hält sie es.

„Klar, das muss *er* sein", stößt sie mit halb geöffnetem Mund hervor. „Das sind ihre Augen!"

„Mit Phantasie", sagt Matthias ruhig und zieht ein zweites Bild aus dem Buch hervor.

„Hier ist noch eins."

Sylvia blickt mit fassungsloser Begeisterung zu ihrem Mann herüber. Wieder ist auf der Fotografie ein Kind abgebildet, ein Junge, der frech und zahnlos in die Kamera lächelt. Matthias dreht sie um, liest und nickt.

„Heinrich?", fragt sie gespannt, während er weiterhin ruhig nickt.

„August 1940", antwortet er und reicht es ihr wie ein Geschenk herüber.

Beide betrachten sie die alten Fotos. Sylvia sprüht fast vor Freude.

„Heinrich gleicht dem Krenzner …", jubelt sie beinahe, „dem Wilhelm! Ich habe doch das Bild von ihm als junger Mann! Er kommt auf seinen Vater, definitiv."

Mit einem schnellen Griff zieht sie den Personalausweis der Agnes Binder aus dem Koffer und schlägt ihn auf.

„Und hier! Sieh doch!", sagt sie, während sie das Kinderbild vergleichend daneben hält. „Der Alois, oder der Helmut – wie er ihr gleicht!"

„Das erste Kind", meint Matthias, „gleicht meist dem Vater … damit er die Frau als Mutter seines Kindes auch annimmt; und das zweite Kind ähnelt öfter der Mutter. Hat sich in der Evolution so ergeben."

Er zwinkert ihr zu. Lächelnd schiebt sie eine Haarsträhne hinter ihr Ohr und zieht ihre Augenbrauen zusammen. Eine Geste, die ausreicht, um wieder dieses Gefühl bei ihm auszulösen, das ihn so oft unvorbereitet trifft.

„Macht Sinn", gibt sie zu und wirkt sofort wieder nachdenklich.

„Ich denke, ich werde ihn jetzt mal besuchen, diesen Heinrich, ganz offiziell sozusagen."

„Spinnst du jetzt?"

„Wieso?"

Matthias meint, das sei zu gefährlich.

„Wenn man vom Land kommt, ja", denkt sie laut nach, „aber wenn man sich übers Wasser nähert, dann schöpft er keinen Verdacht."

„Willst du dir die Radieschen von unten ansehen? Der Mann könnte ein Gewaltverbrecher sein."

Sylvia wischt seine Bedenken mit einer Handbewegung weg.

„Und? Das ist ein altersschwacher Mann. Ich bin jung und stark. Vor dem habe ich keine Angst", gibt sie trotzig zurück.

„Und das soll auf deinem Grabstein stehen? Dass du jung und stark warst?"

Sylvia hat ihm gar nicht zugehört. Sie spinnt schon Pläne.

„Wir können zusammen hingehen! Spielen ‚Guter Bulle – böser Bulle'. Du bist der Gute, ich das eiskalte Miststück. So hast du mich doch neulich genannt, oder?"

Und wie sie das sagt, sieht sie ihm direkt ins Gesicht und zieht noch einmal ihre Augenbrauen zusammen. Matthias will noch vorschlagen, die Polizei einzuschalten, aber er verkneift es sich, denn er weiß, dass er sie jetzt nicht mehr aufhalten kann.

„Ja, kommt mir bekannt vor", sagt er nur, aber da ist sie schon aufgesprungen, voller Tatendrang.

In der Nacht schläft sie schlecht. Sie weiß nicht, liegt es noch am Jetlag oder einfach nur an der Aufregung, dass sie sich hin und her wälzt. Jedenfalls treibt es sie schließlich früh aus dem Bett.

Schon um halb acht erscheint sie am Badeplatz beim Schraml und wundert sich, dass sie nicht die Erste ist. Ein paar Frühschwimmer sind schon unterwegs und zwei junge Männer vom Bootsverleih haben gerade begonnen, die Segelboote abzudecken.

Sylvia lässt sich von ihnen ein Kajak geben und paddelt los. Es ist ein warmer Samstagmorgen. Der See liegt um diese Zeit noch spiegelglatt und ruhig vor ihr.

Nach wenigen Minuten hat sie die Bootshütte in Sicht. Zunächst beobachtet sie nur von der Ferne und lässt sich langsam weiter treiben. Je näher sie kommt, desto vorsichtiger taucht sie das Paddel ein, um möglichst wenig Geräusche zu machen. Als sie bis auf zehn Meter herangekommen ist, bringt sie das Boot zum Stillstand und lauscht.

Die Hütte liegt absolut ruhig. Das Fenster an der Nordseite steht offen, aber es ist niemand zu sehen. Lautlos legt sie an, hievt sich aus dem Kajak und schlendert lässig den Steg entlang. Vorsichtig schielt sie in das offene Fenster. Sie kann nichts Besonderes erkennen, aber sie hat das unbestimmte Gefühl, dass sie selbst beobachtet wird.

Unsicher streift sie ihre Schuhe ab. Am Rand des Bodens setzt sie sich hin und lässt ihre nackten Beine im Wasser baumeln. Der See liegt vor ihr in seiner ganzen Pracht. Allein der Anblick von Wasser hat sie seit jeher wie magisch angezogen. Er gibt ihr das Gefühl, abtauchen zu können und frei zu sein. Rechts von ihr steht das Kampenwandmassiv zum Greifen nah.

‚Ein Bild, das sich nicht in Worte fassen lässt', denkt sie und blinzelt in die Sonne. Die warmen Strahlen auf ihrem Gesicht tun ihr gut. Der veränderte Geruch ihrer Haut bei Sonneneinstrahlung steigt ihr in die Nase. Sie saugt ihn genüsslich ein und erinnert sich daran, dass sie eigentlich Urlaub machen wollte.

‚Wer wär' schon gern in Mexiko?', fragt sie sich, als ein Geräusch hinter ihr sie herumfahren lässt. Eine Ente verschwindet gerade im Schilf.

Sylvia steht auf und geht ein paar Schritte auf die Hütte zu. Alles bleibt still. Unbeweglich steht sie da und lauscht. Während sie das Glitzern der Sonne auf dem Wasser beobachtet, verspürt sie den Drang einzutauchen.

‚Es ist ja niemand zu Hause', glaubt sie schließlich und schlüpft kurzerhand aus ihren Shorts, zieht sich ihr T-Shirt über den Kopf und springt übermütig mit Anlauf in die Fluten.

Diesmal ist sie auf den plötzlichen Kälteschock vorbereitet. Sie taucht ein, rollt und dreht sich unter Wasser, als wolle sie gegen die Kälte ankämpfen, und schwimmt mit ein paar kraftvollen Zügen hinaus. Nachdem ihr Körper sich an die Temperatur gewöhnt hat, legt sie sich ruhig und flach mit dem Rücken auf das Wasser und lässt sich treiben, während sie den stahlblauen Himmel über sich bewundert.

Als sie sich wieder umwendet, um zurückzuschwimmen, sieht sie ihn.

Mit der flachen Hand an seine Stirn gelegt, steht er vor der Hütte und blickt zu ihr herüber. Sylvia verharrt kurz ganz still und unbewegt – wie eine Forelle im Strom. Sie schwimmt langsam auf ihn zu.

Erst da lässt er seine Hand sinken und dreht ab, um hinter

der Hütte zu verschwinden. Sein Gang fällt ihr auf. Er geht schwerfällig und vorgebeugt, fast wie ein Ringer, der die Kampfmatte betritt und sich auf seinen Gegner zu bewegt.

Nach wenigen Schwimmzügen erreicht sie ihr Boot und hält sich daran fest. Noch bevor er um die Ecke biegt, hört sie seine schweren Tritte auf dem Holzboden. Er kommt zu ihr an den Rand des Stegs und baut sich förmlich über ihr auf. Sylvia blinzelt ängstlich nach oben.

„Guten Morgen", bringt sie hervor.

Gegen die tief stehende Sonne kann sie sein Gesicht kaum erkennen, aber seine Sandalen sind fast auf Augenhöhe mit ihr. Sie bemerkt, dass er an beiden Füßen jeweils nur zwei Zehen hat.

Der Mann blickt auf sie herunter und sagt mit einer tiefen kehligen Stimme: „Das ist Privatbesitz hier."

„Entschuldigung. Ich hab' nur kurz angelegt, um ein bisschen zu schwimmen."

„Das sehe ich."

„Ich bin auch gleich wieder weg."

Bewegungslos steht er da und lässt sie nicht aus den Augen.

Sylvia schaut irritiert ein wenig umher. Sein Schweigen empfindet sie als bedrohlich.

„Und jetzt?", fragt er barsch.

Sylvia zögert.

„Äh ... könnten Sie sich vielleicht kurz umdrehen? Ich habe nichts an."

„Auch das noch!"

Er stößt ein kurzes, bellendes Lachen aus und bleibt zunächst noch stehen. Doch dann macht er kehrt und trottet davon.

Sylvia klettert derweil behände aus dem Wasser und flucht darüber, dass sie kein Handtuch mitgenommen hat. Während sie sich die Kleider über ihren nassen Körper streift, blickt sie ständig zu der Stelle hinüber, wo er verschwunden ist ... und bleibt.

Sie wartet noch kurz und beginnt dann, ihr Boot loszubinden, blickt dabei aber ständig über ihre Schulter zurück.

Er kommt erst wieder um die Ecke, als sie schon wieder in ihrem Kajak sitzt. Mit dem Paddel in ihren Händen fühlt sie sich sicher.

„Privat?", fragt sie. „Aber Sie sind doch nicht von hier, oder?"

„Woher wollen Sie das wissen?"

Seine Stimme klingt unfreundlich.

„Weil ... *ich* bin von hier ..."

Er sagt nichts.

„... und ich kenne die meisten hier ... auch diese Hütte, und da ist noch nie niemand gewesen ..."

„Jetzt schon", fällt er ihr ins Wort.

„... deswegen hab' ich mir nichts dabei gedacht", beendet sie den Satz unbeirrt.

„Ist trotzdem privat."

„Ich weiß. Sie gehört zu irgendeinem Hof ... der wurde aber längst aufgegeben."

Sein Gesicht ist wettergegerbt. Er mustert sie kühl, wie ein Schneider.

„Keine Ahnung. Ich hab' den Schlüssel von der Besitzerin."

„Die haben hier früher Schilf geschlagen. Wissen Sie das?"

Er schüttelt nur den Kopf, ganz leicht, und seine Mimik zeigt, dass ihr Wissen ihn neugierig macht.

„Ist auch lange her. Die Besitzer halten die Hütte noch. Wäre ja auch schade, wenn sie verfällt."

„Sind Sie Heimatforscherin, oder was?"

„So ähnlich. Ich kenn' mich gut aus ... hier", sagt sie und blickt über den See. „... bei *uns*", ergänzt sie, während sie ihm direkt ins Gesicht blickt.

Er wendet sich schon ab und macht deutlich, dass er das Treffen für beendet hält, doch Sylvia hakt schnell noch einmal nach.

„Und Sie? Woher kommen Sie eigentlich? Sie hören sich irgendwie tirolerisch an ... aber irgendwie auch nicht."

Sie legt ihren Kopf schief. Ihre Worte sind freundlich und signalisieren echtes Interesse.

„Südtirol, ja, aber ich komme immer wieder gern hierher."

Ist das ein Ansatz von Gesprächsbereitschaft? Sie fasst mit einem Lächeln nach.

„Versteh' ich. Es gibt nicht Schöneres als diesen See und den Blick auf die Berge, nicht wahr? Das hat der Ludwig Thoma schon geschrieben. Kennen Sie den?"

Er schmunzelt zum ersten Mal, beugt sich herunter und packt mit der rechten Hand die Spitze ihres Kajaks an. Für eine Sekunde klammert sie sich ängstlich an ihr Paddel, aber er stößt ihr Boot wortlos weg, dass sie rückwärts ein paar Meter weit hinaustreibt.

Als sie wieder zum Stehen kommt, ruft sie ihm zu: „Darf ich wiederkommen?"

Jetzt lacht er sogar.

„Klar!", ruft er ihr zu. „Aber warum denn, Mädchen?"

Sie hat gewonnen, das spürt sie.

„Sie erinnern mich an jemanden."

Er zögert lächelnd.

„An wen?"

„Ich weiß nicht genau, aber ich komme schon noch drauf ..."

Jetzt lacht sie und wendet das Boot mit drei kräftigen Schlägen.

Als sie noch einmal über ihre Schulter zurückblickt, ruft sie ihm zu: „Dann bis morgen!"

Dabei sieht sie, dass sein Lächeln schon erfroren war.

*

„Man kann sie von hier aus nicht sehen, aber gleich dahinten ist es." Von der Terrasse beim *Fischer am See* aus zeigt Sylvia zum See hinüber.

Sie hatte vorgeschlagen, gemeinsam zu Mittag zu essen; sie habe ihm etwas zu erzählen.

„Aber diesmal zahlst du", hatte sie noch bestimmt, und Matthias war eben dieses Restaurant in Harras eingefallen, was Sylvia mit einem „Trifft sich gut" quittiert hatte.

Atemlos hat Matthias ihrer Geschichte gelauscht.

„Warum hast du mich nicht mitgenommen?", fragt er sie, als sie fertig ist. „Er hätte dich samt dem Kajak versenken können."

„Ok! Morgen fahren wir gemeinsam hin."

„Sylvia! Das kann gefährlich sein", meint er mit sorgenvoller Miene.

„Schmarrn! Der ist an die 70", winkt Sylvia lässig-selbstsicher ab. „Zwar nicht altersmilde, aber der tut mir nichts."

Begeistert erzählt sie von ihrem Plan.

„Du bleibst in der Nähe", befiehlt sie, „draußen, in einem Boot. Tust so, als ob du angelst. Das erregt keinen Verdacht."

„Na, da kann ich dir auch nicht helfen, wenn es brenzlig wird, oder?"

Wieder macht sie eine abfällige Handbewegung und sagt nur: „Ja, kommt mir bekannt vor."

*

Der nächste Tag ist ein Sonntag.

Bevor er sich auf den Weg zur Kirche machen will, läuft sie ihm vor seiner Haustür in die Arme und drängt ihn freundlich zurück.

„Komm schon. Zieh dir was anderes an. Der Himmel kann warten."

Dieses Argument bemüht sie häufig, und darauf hat Matthias noch nie eine Antwort gehabt.

„Wir müssen gleich los. Er wird nicht den ganzen Tag auf mich warten."

Beim Schraml hat sie sich diesmal zwei Kajaks reservieren lassen, erzählt sie, als er kurz darauf in ihren Wagen steigt. Auf der Rückbank entdeckt er eine Angel und einen weißen Hut. Er nickt anerkennend.

„Sieht aus, als hättest du einen Plan!"

Sylvia zwinkert ihm zu.

„Nur ...", fragt er. „Angeln vom Kajak aus ...? Macht man das?"

Sie unterbricht ihr Lächeln, indem sie kurz die Lippen spitzt. Offenbar hat sie das übersehen, aber es dauert nicht lange, bis ihr eine Antwort einfällt.

„Eskimos schon!", entgegnet sie und lächelt verschmitzt, ohne ihn anzusehen; und Matthias wird ganz still.

Vom Badeplatz aus paddeln sie gemeinsam los. Es ist kurz vor zehn und schon heiß. Am Himmel ist nicht eine einzige Wolke zu sehen, und auf der Kampenwand liegt fast kein Schnee mehr.

Als sie den *Fischer am See* passiert haben, kommt die Hütte in Sichtweite. Sie trennen sich. Matthias lässt sich weiter hinaustreiben und wirft seine Angel aus, während Sylvia direkt und zielsicher auf die Hütte zusteuert.

Als sie längs des Stegs anlegt, steht er schon vor ihr und stemmt die Fäuste in die Hüften.

„Darf ich?", fragt sie mit einem entwaffnenden Lächeln und hält ihm demonstrativ die Leine hin.

Wortlos greift er danach. An seiner rechten Hand fehlen zwei Finger. Das war ihr am Tag zuvor noch nicht aufgefallen.

Sie schält sich aus dem Kajaksitz, ohne ihn aus den Augen zu lassen und hievt sich hoch auf den Steg, während er umständlich die Leine um einen Pfosten legt.

„Ein Segler sind Sie jedenfalls nicht", sagt sie und deutet mit dem Kinn auf seine Arbeit.

„Hält schon", meint er nur.

Sylvia nickt und lächelt ihn weiter aufmunternd an, aber er erwidert ihre Freundlichkeit nicht. Smalltalk ist seine Sache nicht, glaubt sie, und kommt sofort zur Sache. Das ist ihr auch am liebsten.

„Die Hütte", sagt sie ihm direkt, aber freundlich ins Gesicht, „gehört zu einem Hof in Hittenkirchen."

„Ja, das ist so", brummt er.

„Sind das Verwandte von Ihnen? Die Bachlers?"

Die Frage klingt beiläufig, als würde die Antwort sie eigentlich nicht interessieren. Sie blickt dabei auf den See hinaus, wo

Matthias in gut 100 Metern Entfernung regungslos und perfekt getarnt in seinem Boot treibt. Aus den Augenwinkeln sieht sie, dass der alte Mann zuckt. Seine Kinnlade sackt herab und wird abrupt gestoppt.

„Sie kennen ... die Leute?"

Sylvia hat das Gefühl, dass der Name allein einen leichten Schock bei ihm auslöst.

„Nur den Hof, ja", sagt sie. „Aber da ist ja keiner mehr. Wissen Sie, wo die sind?"

Jetzt sieht sie ihn an. Sie lächelt nicht mehr.

In seinem Gesicht breitet sich ein Argwohn aus, wie bei jemandem, der glaubt, in eine Falle gelockt zu werden.

Er strafft die Schultern, als erwarte er einen Angriff.

„Das geht Sie nichts an", blafft er sie trotzig an, doch Sylvia bleibt ruhig.

„Die finden wir schon", sagt sie immer noch wie beiläufig und geht ein paar Schritte an ihm vorbei. Sie bemerkt seinen Schweißgeruch.

„Warum sollten Sie?", fragt er, während er sich nach ihr umdreht.

„Das geht Sie wieder nichts an. Wenn Sie mit den Bachlers nichts zu tun haben."

Sylvia wirft einen Blick in die Hütte hinein. Die Tür steht sperrangelweit offen.

Er wird schweigsam. Sie merkt, wie es in ihm arbeitet.

Mit vor ihrer Brust verschränkten Armen lehnt sie sich lässig gegen den Türpfosten. Sie lächelt ihm ins Gesicht, während sie innerlich den Degen zieht und ‚En garde' denkt.

„Ich habe Ihnen doch gesagt, Sie erinnern mich an jemand."

Er kneift die Augen zusammen, als wolle er direkt in ihr Herz schauen.

„Ich weiß jetzt auch, an wen."

„Ach ja?"

„Ja! An einen Pfarrer!"

Kampfeslustig legt sie ihren Kopf in den Nacken.

„Der ist vor über 20 Jahren ermordet worden", fährt sie fort. „Hing kopfüber am Gipfelkreuz auf dem Schachenberg, aufgeschlitzt von oben bis unten."

Sie macht mit ihrer Hand eine entsprechende Bewegung und verharrt dann.

„Der sah Ihnen ähnlich."

Der Mann zuckt zusammen. Dieser Satz trifft ihn sichtlich.

Sein Gesicht nimmt einen leeren Ausdruck an, aber er bleibt äußerlich gelassen. Trotzdem merkt sie, dass er sich innerlich windet. In der plötzlichen Stille stehen sie sich gegenüber wie ein Raubtier und dessen Beute. Sie belauern sich gegenseitig. Sylvia macht wieder ein paar Schritte auf ihn zu und will an ihm vorbeigehen. Seine Unruhe ist fassbar. Schweißperlen bilden sich auf seiner Stirn und seine Augen huschen unstet hin und her.

„Kind, wie wollen Sie das wissen ...?", stößt er hervor und greift unvermittelt nach ihrem Handgelenk.

Sie spürt, wie sich ihr Puls beschleunigt und bleibt stehen. Dass er sie *Kind* nennt, erinnert sie an etwas. Sie blickt auf seine Hand. Er kaut Nägel, fällt ihr auf.

„Ich war damals acht Jahre alt, und die Geschichte hat mich als Kind so sehr mitgenommen, dass sich das Bild dieses Mannes in mein Gedächtnis eingebrannt hat."

Das ist sogar die Wahrheit.

„Lassen Sie mich jetzt los, bitte", sagt sie mit zitternder Stimme.

Er ignoriert ihre Worte. Sein Händedruck wird fester, seine Augen fixieren sie.

„Was wollen Sie damit sagen?"

Die Finger seiner anderen Hand ballen sich immer wieder zu einer Faust zusammen. Sylvias Herz hämmert unter ihrem T-Shirt, aber sie bemüht sich, ruhig zu wirken. Wieder schaut sie auf den See hinaus. Matthias kann sie nirgends mehr sehen.

„Nichts. Mir geht es um etwas anderes."

„Nämlich ...?"

„Kurz nachdem dieser Pfarrer ermordet worden war, verschwand auf der Fraueninsel eine alte Nonne. Agnes Binder war ihr Name. Und wissen Sie was? Ich habe deren Sachen gefunden … hier in dieser Hütte."

Sie weist mit dem Kinn nach rechts. „Vor ein paar Tagen."

Der Alte ist plötzlich irritiert. Keine Regung in seinem Gesicht entgeht ihr. Das, was sie sagt, kann er nicht einordnen. Sylvia fühlt sich wieder im Ballbesitz. Trotzdem: Sein Griff wird fester.

„Lassen Sie mich jetzt los!", befiehlt sie ihm.

Er schaut ihr nur tief in die Augen, fragend. In ihm arbeitet es. Er sagt nichts, lässt sie dann aber los.

„Was für Sachen?"

„Einen Koffer mit Wäsche, eine Nonnentracht und einen Pass", sagt sie. „Und da habe ich ein wenig recherchiert."

„Sie?"

„Ja, ich. Keine Polizei, wenn Sie das meinen."

Er senkt den Blick. Als er wieder aufschaut, wirken seine Augen unruhig.

„Und?"

„Ich wollte wissen, wem diese Hütte gehört."

Sie sieht ihn mit einem Blick an, der verrät, dass jetzt etwas Überraschendes kommen würde.

„Und?", wiederholt er.

„Sie gehört zum Bachler Hof in Hittenkirchen, aber da ist keiner mehr. Und wenn Sie zu denen nicht gehören, dann wird die Polizei herausfinden, wer zu denen gehört."

Wieder packt er sie am Handgelenk, diesmal heftiger und plötzlicher als zuvor, und zieht sie zu sich heran. Zorn steht jetzt in seinem Gesicht. Er kommt ihr nah, so nah, dass sie seinen Atem riechen kann, zu nah. Die nackte Angst erfasst sie mit einem Mal. Wie eine Kobra bringt sie sich vor ihm in Stellung, und als er zähnefletschend seinen Mund öffnet, stößt sie zu; blitzschnell wie eine gereizte Schlange. Ihr Schlag trifft ihn, bevor das erste Wort seine Lippen verlässt.

Instinktiv hat Sylvia ihre freie rechte Hand zur Faust geballt und sie aus der Hüfte heraus gegen ihn geschleudert. Ihr Schrei hallt über das Wasser und scheucht vereinzelt ein paar Enten auf.

Diesen Schlag hat sie vor Jahren unzählige Male geübt. Das ist lange her, aber den Bewegungsablauf führt sie immer noch mit traumwandlerischer Sicherheit aus. Die halbe Drehung der Faust auf dem Weg zu ihrem Ziel gelingt ihr perfekt. Ihr Arm ist fast ausgestreckt, als die mittleren Knöchel von Zeige- und Mittelfinger gegen die Spitze des Brustbeins prallen. In Bruchteilen einer Sekunde zieht sie ihre Faust wieder zurück, um den vollen Impuls auf den Körper des Mannes einwirken zu lassen. Obwohl sie längst nicht ihre gesamte Kraft in den Schlag gelegt hat, sitzt er. Der Alte stemmt sich gegen das Rückwärtstaumeln, indem er seinen Oberkörper anspannt und nach vorn kippt. Kurz sieht sie das Weiße in seinen Augen, während er keuchend den Rest Luft ausstößt, der sich noch in seinen Lungen befand. Er löst seinen Griff.

Sylvia packt seinen Arm mit beiden Händen und dreht ihn auf seinen Rücken. Vor Schmerz will er aufschreien, doch er bringt nur ein leises Röcheln zustande. Wie ein Fisch auf dem Trockenen schnappt er nach Luft. Mit vorgebeugtem Oberkörper, den Rücken zu ihr gewandt, steht er krampfend da. Sylvia erhöht den Druck auf seinen Arm noch einmal kurz und schiebt den alten Mann mit Leichtigkeit vor sich her bis an den Rand des Stegs.

„Können Sie schwimmen?", raunt sie ihm zu, doch bevor er antworten kann, schickt sie ihn mit einem Tritt in den See. Platschend schlägt er auf und verschwindet unter der Wasseroberfläche, keine zehn Sekunden nachdem ihre Faust ihn getroffen hat.

Einen Moment lang bleibt sie noch stehen, um sicher zu gehen, dass er wieder hoch kommt. Dann rennt sie den Steg entlang, löst die Bootsleine mit einem schnellen Griff und schlüpft in ihr Kajak.

Als sie nach dem Paddel greift, pflügt er durch das aufgewühlte Wasser und kommt auf sie zu.

Sylvia stößt sich kräftig ab und bemerkt, dass Matthias mit hektischen Bewegungen auf die Hütte zusteuert. Sie taucht ihr Paddel ein und entfernt sich mit zwei kräftigen Schlägen. Rückwärts schießt ihr Boot auf den See hinaus, während sie dem Schwimmer zuruft: „Ich will Ihnen doch nichts Böses."

Er weiß, wann er verloren hat. Erreichen kann er sie nicht mehr. Erschöpft klammert er sich an den Steg und beobachtet, wie das zweite Boot herankommt. Sein Blick gleitet von ihr zu ihm und wieder zurück.

„Das Wichtigste wissen wir eh schon", sagt Sylvia in ruhigem Ton. „Es geht eigentlich nur noch um ein paar Kleinigkeiten."

Matthias' Boot liegt jetzt neben ihr. Sie wechseln einen schnellen Blick.

Der Mann im Wasser scheint plötzlich zu verstehen.

„Sind Sie der Mann, der nach dem Heim gefragt hat?"

Matthias nickt schweigend.

„Was wollen Sie von mir?" Seine Stimme klingt resigniert, verzweifelt. „Wer sind Sie überhaupt?"

„Wir haben nicht vor, zur Polizei zu gehen", sagt Sylvia, „aber wir haben ein paar Fragen an Sie ... wegen der Erika."

Als er diesen Namen hört, geht merklich ein Ruck durch seinen Körper, aber er erschlafft gleich darauf, als würde ihm jeder Lebensmut geraubt.

An die Bretter geklammert, lässt er seinen Kopf sacken und ist nur noch bemüht, einen letzten Rest Würde zu bewahren. Er murmelt leise vor sich hin, aber seine Worte werden über das Wasser gut transportiert.

„Lassen Sie die Erika doch aus dem Spiel", hören sie ihn flehen. „Bitte."

*

Wenige Minuten später haben die drei sich um den kleinen Tisch in der Bootshütte versammelt.

Der Alte hat trockene Kleider angezogen. Zusammengesunken wie ein Häuflein Elend sitzt er da und spielt mit den Brotkrümeln, die über den Tisch verteilt sind. Matthias und Sylvia hocken steif auf der Bank und beobachten ihn angespannt, abwartend. Er schaut sie nicht an.

„Sie sind der Heinrich, nicht wahr?", fragt Sylvia in die Stille hinein.

Er nickt und lässt ein kurzes zynisches Lachen hören.

„Und Sie? Die Heimatforscher?"

Sylvia signalisiert mit ernstem Blick, dass Matthias sich dieser Frage annehmen soll, doch der duckt sich verlegen weg.

Sie stellt ihn und sich selbst vor. Als sie Staudacher sagt, sieht sie ihm an, dass der Name ihm bekannt ist.

Sie wiederholt noch einmal, welche Sachen sie vor einigen Tagen in der Hütte gefunden hat. Sachen, von denen sie glaubt, dass sie einer gewissen Agnes Binder gehört haben müssen; einer Nonne, die 1978 aus dem Kloster auf der Fraueninsel verschwunden sei, spurlos. Und das, kurz nachdem dieser Pfarrer auf dem Schachenberg ans Kreuz gehängt worden war.

Heinrich sagt immer noch nichts, sondern nickt kaum merklich und schiebt die Brotkrümel von links nach rechts.

„Wir glauben, dass die beiden Fälle etwas miteinander zu tun haben", mischt Matthias sich ein. „Der Schlüssel dazu dürfte diese Hütte hier sein – und die gehört einer gewissen Erika Steinberger."

Wieder ist es, als ob der Name seine Lebensgeister weckt. Er richtet sich auf.

„Und bei der waren Sie dann. Das weiß ich schon."

„Ja."

„Lassen Sie die Erika in Ruhe ... bitte", wiederholt er flehend. „Die hat vielleicht noch ein paar Jahre ..." Er bricht wieder ab und lässt erneut seine Schultern absacken.

Die beiden tauschen einen schnellen Blick. Sylvia zieht ihre Augenbrauen zusammen.

„Sie nicht?", fragt sie leise.

Ein schwaches Achselzucken beantwortet die Frage.

„Seien Sie unbesorgt", verspricht Sylvia. „Wir wollen niemandem etwas Böses."

„Mir können Sie eh nichts Böses mehr tun."

Seine Worte klingen endgültig.

„Ich habe alles gesehen, aber lassen Sie die Erika in Ruhe. Bitte! Ja?"

Matthias und Sylvia wechseln kurz hintereinander mehrere Blicke.

„Sie waren mit ihr in Oberland, nicht wahr?"

Matthias wagt als Erster, das Kinderheim anzusprechen.

Heinrich sieht auf, und er bejaht. Seit seiner Geburt sei er dort gewesen. Erika sei im Heim zur Welt gekommen, sagt er, drei Jahre nachdem er selbst dort abgegeben worden war, und wie eine Schwester wäre sie für ihn gewesen. Diese Agnes Binder habe sich damals um sie beide gekümmert.

„Aber da hieß sie noch anders", unterbricht Matthias ihn. „Schwester Magdalena, nicht wahr?"

„Sie wissen ja eh schon alles."

In seiner Stimme schwingt Resignation.

„Mehr als das", legt Matthias nach. „Ich habe der Erika ein bisschen auf den Zahn gefühlt."

Sylvia stoppt ihn augenblicklich mit einer Handbewegung, denn der Alte schreckt auf.

„Wir haben ein wenig recherchiert", versucht sie ihn zu beruhigen und wirft ihrem Mann einen tadelnden Blick zu. „Und das meiste wissen wir, ja. Erzählen Sie uns das Entscheidende."

„Nur, wenn Sie die Erika aus dem Spiel lassen."

„Versprochen."

Er macht eine Pause.

„Wir haben ihr vertraut, ja, sie war wie eine Mutter zu uns, soweit das ging, aber sie konnte uns auch nicht beschützen."

„Hat sie es denn versucht?"

„Schon", sagt er leise. „Wenn sie nicht da war, haben wir uns unter den Betten versteckt oder einfach nur die Augen zugehalten, weil wir meinten, dann sieht uns keiner."

Er spielt mit seiner Hand, an der die zwei Finger fehlen, der kleine und der Ringfinger.

„Haben Sie die im Heim verloren?", will Sylvia wissen.

Er nickt, und er schluckt. Als sie die Erika abgeholt haben, da hätte man ihm auf die Finger geschlagen, weil er das kleine Mädchen angefasst habe. Tage-, wahrscheinlich wochenlang sei die Hand vereitert gewesen. Der Heimleiter selber wäre es gewesen, der ihn geschlagen habe.

„Breithaupt?", fragt Matthias nach.

Auch dieser Name lässt ihn hochfahren.

Später haben sie erst den einen, dann den anderen Finger amputieren müssen. Aber da sei Schwester Magdalena schon weg gewesen. Und selbst wenn sie da gewesen wäre, da hätte sie auch nicht helfen können. Gegen den Breithaupt sei auch sie nicht angekommen.

Erkennbar sieht er den General wieder vor sich. Es macht Matthias und Sylvia verlegen, einen alten Mann über die traumatischen Erlebnisse seiner Kindheit sprechen zu hören.

„Das war ... wann?", fragt Sylvia schüchtern.

„'44. Da war sie plötzlich weg. Und sie haben uns gesagt, sie ist abgehauen, ein Feigling sei sie, eine vaterlandslose Verräterin."

Er habe sich selbst Vorwürfe gemacht, denn er hätte geglaubt, es habe mit ihm zu tun. Deswegen habe er sich selbst gehasst, und das habe ihm jedes Vertrauen zu anderen Menschen geraubt, außer zu Erika.

„Und dann kam es noch schlimmer: Kurz darauf haben sie sie rausgeholt, die Erika!"

Ein Mann sei gekommen. Er wisse noch, dass der gehinkt hat und dass die beiden fürchterliche Angst vor ihm hatten. Auf einem Motorrad habe er sie weggefahren, der Bachler.

„Heute weiß ich, dass das ihr Vater war", sagt er traurig.

Danach sei er durch die schlimmste Zeit seines Lebens gegangen. Es wären nur ein paar Monate gewesen, aber die seien ihm endlos vorgekommen.

„Bis plötzlich die Amerikaner da waren ...", schloss er.

„Und dann war alles vorbei?"

Ihre Betonung verrät, dass sie kein Ja erwartet.

„Wie man es nimmt. Für die Kleinen bestimmt. Die sind adoptiert worden. Auf meinem Weg gab es noch ein paar andere Stationen. In immer neue Heime haben sie mich gesteckt ... ich war schwer erziehbar, wissen Sie?"

„Erziehungsheime im Nachkriegsdeutschland", nickt Matthias.

Heinrich nagt auf seiner Unterlippe.

Eines davon, erzählt er, sei von einem ehemaligen HJ-Führer geleitet worden. „Erziehung durch Demütigung" wäre seine Devise gewesen. Der habe dem Breithaupt in nichts nachgestanden, und da wäre er gern gestorben.

„Da lernst du das Beten", sagt er. „Wenn es dir am dreckigsten geht, dann ist Gott dir am nächsten." Aber er habe ihn nicht sterben lassen, und man müsse auch gar nicht sterben, um die Hölle zu erleben.

„Wir sind hier schon mit ganz anderen Verbrechern fertig geworden", zitiert er. „Unter Adolf ...", das sei noch das Geringste gewesen.

Die Zwangsjacke habe er oft getragen, bis sie ihn ganz in die Psychiatrie gesteckt hätten.

„Psychiatrie? Wieso das?", will Matthias wissen.

„Wenn du drei Tage in einer Dunkelzelle eingesperrt bist, und nur rausgeholt wirst, damit er dich zusammenschlagen kann, da drehst du schnell durch."

Die beiden blicken ihn sprachlos an und lassen erschüttert die Köpfe hängen. Sylvia ringt nach Worten, aber sie findet keine.

Die *Klapsmühle,* wie er sich ausdrückt, sei nicht mal das Übelste gewesen, denn da hätten sie ihn wenigstens in Ruhe gelassen. Er sei zwar meistens ans Bett gefesselt worden, aber er habe Medikamente bekommen und nicht mehr viel gespürt.

„Und mit 21, da haben sie mich rausgelassen."

1956, sagt er, sei es gewesen. Da sei die Wehrpflicht eingeführt worden, und er erinnere sich noch gut daran, dass die Leute gesagt hätten: Der Gestank der Toten liege noch in der Luft. Trotzdem: Er habe sich freiwillig gemeldet. Was hätte er denn sonst machen können? Es wollte ihn ja keiner. Aber nicht mal da haben sie ihn genommen. Wie ein verkrüppeltes Kalb auf dem Viehmarkt, so sei er sich vorgekommen.

„Was hätte ich denn machen sollen?", wiederholt er.

„Da sind Sie ... auf die schiefe Bahn geraten", hilft Matthias ihm weiter.

„Meine *gute Erziehung* war so leicht nicht abzuschütteln."

Wieder tauschen Sylvia und Matthias betroffene Blicke.

„Ich war in vielen Gefängnissen ... meist in München", fährt er fort.

„Und da hab' ich ihn irgendwann getroffen ... muss so Anfang der 60er gewesen sein."

„Wen?", fragt Matthias.

„Der, an den ich Sie erinnert habe", sagt Heinrich und blickt Sylvia direkt an.

Sie nickt.

„Den Krenzner."

Der Name löst bei Heinrich eine körperliche Reaktion aus. Er schüttelt sich kurz und senkt den Blick wieder.

„Er war schon pensioniert", sagt er nach einer kurzen Pause. „Half aber noch als Gefängnispfarrer aus, hin und wieder."

Mit geschlossenen Augen sitzt er da und knetet beständig seine entstellte Hand.

„War mir unheimlich, der Typ. Immer wieder kam er zu mir, besuchte mich, ließ mir keine Ruhe. Ich konnte ihn gar nicht abschütteln. Der steht auf mich, der ist schwul, dachte ich mir."

Dann sagt er wieder lange nichts, sondern streicht über seine Hand und knetet seine Finger.

„Aber es war etwas ganz anderes", hilft Sylvia ihm schließlich weiter. „Er war ihr Vater."

Heinrich sagt nichts. Sein Mund bewegt sich, aber es kommt kein Wort heraus. Er schaut sie intensiv an.

„Auch das wissen Sie?", fragt er ungläubig.

„Ihre Ähnlichkeit ...", fängt Sylvia an, doch sie redet nicht weiter.

„Ja", greift er es auf. „Ich fürchte, wir sind uns ähnlich, aber das habe ich damals nicht gesehen. Ich konnte ja nicht wissen, dass er mich wiedererkannt hatte ... an meinen Füßen."

Matthias will wissen, wie er denn herausgefunden habe, dass der Krenzner sein Vater ist.

Heinrich überlegt.

„Eigentlich hätte ich selbst drauf kommen können", erzählt er dann langsam. „Er hat mir schon damals immer gesagt, was ich zu tun oder zu lassen hatte. Die meisten seiner Sätze begannen mit *Du musst* ..., aber erfahren habe ich es erst durch den Fischer Alois."

Sylvia legt interessiert ihren Kopf schief und zupft an ihrem Ohrläppchen.

Den Fischer Alois habe er in Bernau getroffen, in der JVA in Bernau am Chiemsee, 1978, auch im Gefängnis, auch ein Gefängnispfarrer. Aber der sei ein ganz anderer Typ gewesen als der Krenzner Wilhelm. Von Anfang an habe er das Gefühl gehabt, der Mann ist in Ordnung. Irgendwann habe er ihm von seiner Kindheit in Oberland erzählt. Daraufhin habe der Fischer gesagt, dass er selbst auch dort gewesen sei, aber nur kurz, sehr kurz. Er sei eines der Kinder gewesen, die gleich nach dem Krieg adoptiert worden seien. Und als man ihn aus dem Gefängnis in Bernau entlassen habe, da hätte der Fischer ihm eine Arbeit angeboten. In seinem Pfarrhof in Altötting, da sei immer das eine oder andere zu richten, kleinere Sachen, Gartenarbeit oder so. Ein feiner Kerl sei er gewesen. Er habe das dankend angenommen und sei auch dorthin gefahren.

„Und als ich da vor der Tür stehe, denke ich, mich trifft der Schlag: Da steht die Erika vor mir!"

Matthias holt tief Luft.

„Da kreuzten sich die Wege der Kinder aus Oberland", stellt er fest.

„Ja", nickt der Alte. „Ich hab' sie gleich erkannt. Sie mich nicht. Musste ihr meine Füße zeigen. So wie der Krenzner mich erkannt hatte, so erkannte sie mich dann auch."

Ein Lächeln zeigt sich plötzlich in seinem Gesicht. Auch Matthias lächelt und schaut zu Sylvia hinüber. Die aber hat nur Augen für den alten Mann, der schon wieder ernst wird, als er weiterredet.

Dann sei etwas passiert, spricht er, das er sich lange nicht erklären konnte.

„Ein paar Tage – vielleicht eine Woche – nachdem ich die Erika wieder getroffen hatte, kam der Fischer Lois zu mir: War ziemlich außer sich. Er weiß, wer meine Mutter ist, hat er gemeint, und ich soll nicht nach ihr suchen. Sie sei eine *Frau Gottes*, oder so ähnlich, hat er damals gesagt."

„Und da schöpften Sie Verdacht ..." beginnt Sylvia vorsichtig, „... dass der Krenzner ihr Vater ist?"

„Ja! Er hat ab und zu wirres Zeug geredet ... wissen Sie? ... er trank hin und wieder was ..."

„Macht jeder Pfarrer", lässt Sylvia sich hören. „Warum auch nicht?"

„Ich war ab und zu dabei ... und da wurde er schon mal gesprächiger."

Heinrich sieht mit ernster Miene aus dem Fenster.

„Von einer Nonne, hat er manchmal geredet, die er gut kennen würde. Ich hab' mir meinen Teil gedacht ... sind ja auch nur Menschen ... jedenfalls ... die habe sogar ein Kind gehabt."

Pause. Er lässt die Worte stehen. Matthias räuspert sich.

„Ich weiß auch nicht, warum er mir das ein paar Mal erzählt hat. Ich glaube, er wollte wissen, was ich davon halte. Mir war das doch scheißegal. Aber als ich hörte, dass meine Mutter eine Nonne sei, da hat da irgendwas geklingelt."

Er tippt sich mit dem Zeigefinger an die Stirn. Sylvia kann das nachvollziehen.

„Haben Sie das dem Alois gesagt?", fragt sie.
„Nein, natürlich nicht. Ich bin einfach auf und davon."
„Und der Erika? Haben Sie es der gesagt?"
Heinrich windet sich.
„Lassen wir die Erika aus dem Spiel, ja?"
Sylvia bestätigt es mit einem Handzeichen.
„Ich bin einfach zu ihm hin, zum Krenzner. Damals lebte er schon in einem Altenheim, in Rosenheim. Auf seinem Spaziergang habe ich ihn abgefangen ... und mitgenommen."
„Verschleppt, haben die Zeitungen geschrieben", wirft Matthias ein.
„Quatsch! Der ist schon freiwillig mitgegangen. Ich wollte ihn doch nur fragen, ob diese Frau, von der er mir erzählt hatte, ob das meine Mutter sei."
„Und das hat er so einfach zugegeben?"
„Nein, aber ich wollte es wissen. Und dazu musste ich ihm ... wie sagten Sie vorhin? ... ein bisschen auf den Zahn fühlen."
Er kneift die Augen zusammen. Die Erinnerungen an Krenzner wecken seine Aggressivität.
„Und das ist eskaliert?", fragt Sylvia.
Heinrich lacht jetzt sogar. Das sei ein alter Mann gewesen, an die 80. Der habe seine Seele erleichtern wollen.
„Beichten wollte der. Nachdem er sein Leben lang auf der anderen Seite gesessen hatte."
Als Matthias ihn fragt, ob er nicht ein wenig „nachgeholfen" habe, schlägt er mit der Faust auf den kleinen Tisch, dass Sylvia erschrickt.
„Herrgott noch mal, ja. Mir war das doch scheißegal, ob der irgendeine Nonne vögelt hat. Seine Sünden hat er eh mit jedem Schluck Messwein hinuntergespült, aber in dem Fall ging es mich was an. Ich hatte ein Recht, es zu erfahren. Und freiwillig hätte er mir nie alles gesagt."
„Alles?"
„Alles! Ja! Alles von der Agnes, meiner Mutter."
„Von der Sie bis dahin nichts wussten ..."

„Nur das, was der Alois mir erzählt hatte. Das war nicht viel, gar nichts. Dass sie auf der Fraueninsel war, das habe ich mir zusammengereimt ... den Rest ... den hat er mir ... erzählt."

Den letzten Halbsatz spricht er nur leise aus.

„Und der Krenzner hat Ihnen auch gesagt, dass sie die Schwester Magdalena aus Oberland war."

„Ja."

Heinrich nickt heftig.

„Das war der eigentliche Schock für mich! Da bin ich ausgerastet! Da ist die Sache aus dem Ruder gelaufen ... eskaliert, wie Sie sagen."

„Und haben ihn umgebracht ...?" Matthias' Stimme klingt schwach. Heinrich zuckt nur kurz mit den Achseln.

„Irgendwann war es nicht mehr aufzuhalten ... ich weiß auch nicht, wie es gekommen ist ... ich war nicht mehr ich selbst."

Sylvia holt tief Luft und atmet laut aus.

„Ich denke, er hat Ihnen Dinge über Ihre Mutter gesagt, die nicht schön waren."

Heinrich nickt mit dem ganzen Körper und blickt wieder nach draußen. Ein entsetzlich trauriger Ausdruck erfasst sein Gesicht.

„Er hat gesagt, dass sie sich nach Deutschland eingeschlichen habe. Ein Wirtschaftsflüchtling sei sie gewesen. Er habe Mitleid mit ihr gehabt und sie aufgenommen, aber sie hätte es ihm nicht gedankt. Böse sei sie gewesen, verführt habe sie ihn, obwohl sie lustlos gewesen sei wie ein altes Weib. Und belogen habe sie ihn. Sie könne keine Kinder bekommen, aber dann sei es doch so gekommen."

„Sie ...", meint Matthias.

„Ja! Ich. Und er habe ihr geholfen, und das Kind, also mich, in Oberland abgegeben, weil er meinte, dass ich es dort besser haben würde als bei einer ledigen Mutter. Dass es mir dort so schlecht ergehen würde, das habe man damals nicht absehen können. Das Heim sei erst später zu dem geworden ... bla, bla, bla."

Er hat sich mittlerweile in Rage geredet. Sylvia muss nur noch Stichworte geben.

„Und die Agnes ...?"

„Der habe er sogar noch eine Anstellung vermittelt, aber danach habe er sie aus den Augen verloren. Er hätte ihr ja stets geholfen, immer und überall."

Wieder entsteht eine Pause.

„Erst später, als die Zeiten wirklich schlecht geworden seien, muss so 1943 gewesen sein, da habe sie sich wieder bei ihm gemeldet, gesagt, sie sei seit Jahren in Oberland und habe ihren Sohn, also mich, dort wieder gefunden. Ein Riesentheater hätte sie gemacht, dass alles so schlimm sei. Immer hätte sie gemeint, jeder will ihr was und sie bekommt nicht genug ab vom Kuchen, und die Welt sei ja so ungerecht. Aber was hätte er machen sollen, hat er mich gefragt. Sie da rausholen? Mit mir womöglich? Als Pfarrer?"

Er wirft seine Hände in die Luft.

Diesmal hätte der Krenzner ihr nicht helfen können, und da habe sie gesagt, dass sie weg wolle, in ihre alte Heimat ... nach Schlesien.

„Mitten im Krieg?" Sylvia lehnt sich zurück. „Das haben Sie ihm doch nicht geglaubt, oder?"

Heinrich macht eine wegwerfende Bewegung.

„Ach, Kind. Damals hat es geheißen, der Endsieg steht kurz bevor. Aber Sie haben schon Recht. Sie hatte einen triftigen Grund: Sie war wieder schwanger."

Sylvia bleibt ruhig, doch Matthias fährt hoch.

„Hat er gesagt von wem?", platzt es aus ihm hervor.

Heinrich verzieht das Gesicht zu einem abfälligen Grinsen.

„Von wem? Sie habe es mit jedem getrieben, hat er gesagt. Der General selbst sei wahrscheinlich der Vater gewesen. Nur deswegen habe sie so schnell weg gemusst."

Wieder tauschen Sylvia und Matthias vielsagende Blicke aus, aber Heinrich merkt nicht, dass die beiden mehr wissen.

„Und dann habe er ihr wieder geholfen. Sie war ja mittellos.

Geld habe er selbst damals auch keines gehabt, aber er hätte ihr ein Kunstwerk geschenkt, einen Kessel, pures Gold. Damit hätte sie ihr Leben lang versorgt sein können."

„Aber sie ist nicht weit gekommen ... die Agnes", meint Sylvia.

„Nein, das war eh eine Schnapsidee mit der Flucht. Schon bald sind ihr die Flüchtlinge und Evakuierten aus dem Osten entgegengekommen."

„Und dann ist sie umgekehrt?"

„Hat sich unter die Flüchtlinge gemischt und ist irgendwie wieder nach Bayern zurückgekommen. Bei Mühldorf, da, wo heute Waldkraiburg liegt, wurde sie wieder *angespült*, so hat er gesagt. Wie Treibgut. Sie und ihr Kind."

„Das hat sie auf der Flucht bekommen?"

„Einen Jungen. Der muss schon ein Jahr alt gewesen sein, als sie wieder bei ihm vor der Tür stand."

„Wann, meinen Sie, war das?" Matthias rechnet mit.

„Na, direkt nach dem Krieg. Muss so Mitte '45 gewesen sein." Mehr als ein Jahr, habe der Krenzner gesagt, sei sie da schon umhergeirrt und habe nicht mehr Fuß fassen können. Angeblich sei sie verzweifelt gewesen, und es habe ja auch keine jungen Männer mehr für sie gegeben. Deswegen hätte sie sich wieder an ihn gewandt, und wieder habe er ihr geholfen. Im Kloster auf der Fraueninsel habe er sie unterbringen können. Aber zunächst hätte er dafür gesorgt, dass sie eine neue Identität bekommt. Ihren Namen habe man *eingedeutscht*: Aus Agnieszka Bienderova sei Agnes Binder geworden.

„Und das Kind?", will Sylvia wissen.

„Das musste natürlich weg", sagt er wie selbstverständlich. „Er hat das Kind an sich genommen und es bei irgendeiner Adoptivfamilie untergebracht."

Sylvia zuckt zusammen.

‚Dieser Krenzner, dieses miese Schwein', denkt sie sich. ‚Aber es hat alles geklappt, bis ganz zum Schluss.'

Sie schweigen sich an. Jeder denkt still an Agnes Binder.

„Dass Wilhelm Sie gefunden hatte", fragt Sylvia, „wusste Agnes das?"

Heinrich zieht die Schultern hoch.

„Ich weiß nicht. Ich glaube nicht. Sie hatten keinen Kontakt mehr, und außerdem hätte sie dann auch versucht mich zu finden."

„Auch? Wie kommen Sie darauf?"

Er zögert. Seine Gedanken gleiten ab. Er wendet sich ab, als ob er in seiner Erinnerung einem Gespräch lauscht. In seinem Gesicht liest Sylvia eine Traurigkeit, vielleicht auch Reue. Jedenfalls sehen sie beide das Unglück in seinen Augen.

„So war sie eben ..."

„War ...?"

„Sie ist tot."

„Haben Sie auch sie umgebracht?"

Er schweigt und schaut wie abwesend auf das Wasser. Sylvia folgt seinem Blick mit den Augen.

„Da habe ich sie rausgezogen", sagt er und weist mit dem Kinn auf die Stelle, die er meint. „Aber da war sie schon tot."

Matthias verdreht den Kopf. „Sie meinen, sie ist ertrunken ... hier?"

Der Alte beachtet ihn gar nicht.

„Ich wollte das nicht", sagt er ganz still. „Sie hat mir leid getan. Aber sie haben mir mein Leben genommen ... jetzt habe ich nicht mehr lange."

„Zwei Leben für eines?"

Er sieht sie nicht an.

„Sie haben versprochen, Sie lassen die Erika in Ruhe."

Matthias zieht seine Augenbrauen hoch. Sylvia nickt schweigend und gibt Matthias ein Zeichen, dass sie jetzt besser gehen sollten. Beim Aufstehen legt sie dem alten Mann ihre Hand auf die Schulter.

„Die Agnes ...", fragt sie, „was haben Sie mit ihr gemacht? Wo ist sie?"

Er beginnt leise zu weinen.

„Auf dem Schachenberg", schluchzt er, „bei ihm."

„Ach ja ...", will Matthias beim Hinausgehen noch wissen. „Wie haben Sie den Alten eigentlich da raufbekommen?"

Heinrich sieht gedankenverloren zu ihnen hin und wischt sich die Tränen aus den Augen.

„Getragen. So ein alter Mensch", sagt er, „der wiegt ja nicht mehr viel ... aber dass der Alte noch so viel Blut in sich hatte, das hätte ich nicht gedacht."

Teil 5

**Altötting – Chiemsee
im Herbst 1978**

„Pfarramt Altötting", meldete Erika Steinberger sich am Telefon.

Sie wartete vergebens auf eine Antwort, aber sie vernahm deutlich die Atemzüge einer Person. Aufregung und Angst schwangen darin.

„Pfarramt Altötting", wiederholte sie.

„Kann ich bitte den Herrn Pfarrer sprechen?", hörte sie eine schwache Frauenstimme.

„Wer spricht denn da bitte?"

„Bitte! Es ist wichtig", insistierte die Frau. Obwohl sie nur leise sprach, sagte sie es mit deutlichem Nachdruck.

„Tut mir leid ... nein ... er ist verreist ... die ganze Woche noch."

„Oh."

Sie bemühte sich erst gar nicht, ihre Enttäuschung zu verbergen.

Erika überlegte, bevor sie fragte: „Kann ich etwas für Sie tun? Etwas ausrichten vielleicht?"

Kurz war Stille, dann hörte sie die Stimme wieder, noch zaghafter als zuvor.

„Wann kommt er denn zurück?"

„Wie gesagt, nächste Woche."

„Und wo ist er? Kann man ihn erreichen?"

Es war fast ein Flehen.

„Eher nicht. Er ist im Urlaub."

„Urlaub?"

Es klang überrascht. Erika füllte sich nicht aufgefordert, darauf zu antworten.

„Hören Sie! Ich kann mir nicht vorstellen, dass Sie das etwas angeht? Und wer sind Sie denn bitte?"

Statt einer Antwort kam eine zögerliche Gegenfrage.

„Sind Sie seine ... Haushälterin?"

Sie sprach das Wort sehr vorsichtig aus, wie ein Pferd, das an das Hindernis herangaloppiert.

„Ja, das bin ich."

Sekundenlang sagte die Frau am anderen Ende der Leitung nichts mehr. Erika hörte, wie sie heftiger atmete und meinte zu spüren, dass die Fremde sich konzentrieren musste und Kraft sammelte, um weiterzureden.

„Ist der Heinrich bei Ihnen?", fragte sie plötzlich und schnell, als wolle sie etwas hinter sich bringen.

Erika war für einen Moment sprachlos. Eine Ahnung überfiel sie in genau diesem Augenblick.

„Nein ...", sagte sie langsam und gedehnt. Während eine Gewissheit in ihr dämmerte, drang die fremde Stimme wie von fern an ihr Ohr.

„Du bist die Erika! Nicht wahr?"

Sie sagte es mit einer umfassenden Erleichterung, als würde auf diesen Satz zwingend ein Geständnis folgen; und obwohl Erika jetzt wusste, wer mit ihr sprach, zuckte sie zusammen und begann, am ganzen Leib zu zittern.

„Schwester Magdalena?", fragte sie und wurde blass.

Heinrich hatte Erika alles gesagt.

Nach ihrem Wiedersehen im Pfarramt waren sie tagelang unzertrennlich gewesen – so weit das ging. Sie hatten sich alles erzählt. In den Jahren nachdem Erika aus Oberland verschwunden war, hatte er viel mitgemacht. Ihr war es verglichen mit ihm gut ergangen, einigermaßen. Nach einer Woche kam es ihnen vor, als seien sie nie getrennt gewesen.

Auch dass Alois ihm berichtet hatte, er würde seine Mutter kennen, vertraute er ihr an. Er solle sie aber nicht suchen, habe Alois ihm geraten, denn sie habe ein schweres Schicksal zu ertragen. Heinrich sagte ihr, er wisse zwar nicht, wo er anfangen solle, aber er müsse sie suchen.

Danach war er mehrere Tage lang verschwunden. Genau so schnell wie er aufgetaucht war, war er auch wieder weg.

Aber er kam zurück. Wenig später fand Erika am Grab ihrer Mutter und ihrer Tante eine kurze Botschaft von ihm.

Ich muss dich treffen, heimlich, allein hatte er auf einen Zettel geschrieben, den er in dem kleinen Kerzenhäuschen deponiert hatte.

Er könne sich im Pfarrhof nicht mehr blicken lassen, eröffnete er ihr. Wer seine Mutter sei, das wüsste er jetzt. Die Frau, die damals diesen Brief an Erikas Mutter geschrieben hatte, sei eine Nonne gewesen, und Erika würde sie auch kennen, denn sie habe sie beide in Oberland betreut: Schwester Magdalena habe sie damals geheißen.

Der Name löste bei Erika eine spontane Erinnerung aus. Jetzt würde sie sich anders nennen, sagte er weiter, nämlich Schwester Maria, aber sie sei immer noch als Nonne in einem Kloster ... auf der Fraueninsel ... im Chiemsee.

Erika war sprachlos. Sie selbst konnte sich zunächst nur schwach an Schwester Magdalena erinnern, aber je mehr Heinrich von ihr erzählte, desto mehr Erinnerungen kamen zu ihr zurück. Und Heinrich verheimlichte oder beschönigte ihr gegenüber nichts.

Was er ihr schilderte, machte sie fassungslos.

Und dann hatte er ihr gesagt, er könne nicht bleiben, er müsse weg. Warum, darüber wollte er nicht reden.

Erika war außer sich. Jetzt, wo sie sich wiedergefunden hätten, nach so vielen Jahren, da könne er doch nicht so einfach wieder gehen. Er habe doch niemanden sonst, niemanden außer ihr.

Aber Heinrich blieb dabei, meinte, er könne nicht bleiben, er würde es ihr irgendwann erklären, aber es sei viel passiert und jetzt müsse er zunächst selbst mit den Dingen ins Reine kommen, vielen Dingen, alleine. Dazu müsse er weg. Wohin, das wisse er nicht. Er sagte es so bestimmt, dass sie merkte, jeder Widerspruch wäre zwecklos gewesen.

„Ich habe eine Bootshütte am Chiemsee", bot sie ihm an. „Davon weiß kaum jemand. Dort kannst du erstmal bleiben, wenn du willst. Es ist nur ein Unterschlupf ... aber den kann ich dir notdürftig herrichten."

Heinrich winkte ab. Sie solle sich lieber von ihm fernhalten, eine Zeit lang. Doch Erika bestand darauf, ihm zu helfen.

„Jetzt, wo der Herr Pfarrer für ein paar Tage verreist ist, da geht das leicht. Und wenn der Winter kommt, dann musst du da eh wieder weg."

Heinrich legte seinen Arm um ihre müden Schultern und zog sie zu sich heran. Sie gingen zusammen über den Friedhof. Er drückte ihr einen schnellen Kuss auf die Wange, und sie ließ es geschehen.

Als Schwester Maria jetzt nach ihm fragte, sagte sie, er sei wieder verschwunden. Sie wüsste nicht, wo er sei.

„Können *wir* uns treffen?", fragte Schwester Maria.

Erika zögerte.

„Warum?"

„Ich ... das muss ich dir erklären ... bald. Geht das?"

„Gut! Wann?"

„Schon morgen!"

„In Ordnung. Wo?"

„In Gstadt?"

„Kenn' ich."

„An der Anlegestelle."

„Wann?"

„Mein Schiff geht um ... halb sechs."

„Von der Fraueninsel?"

„Ja."

„Gut! Ich werde da sein."

Erika hatte den Hörer schon fast auf die Gabel gelegt, da fiel ihr noch etwas ein.

„Sind Sie noch dran?"

Schwester Maria war noch da.

„Wir haben uns lange nicht gesehen. Wie werden wir uns erkennen?"

„Ich habe einen kleinen Koffer dabei."

*

Das Schiff, mit dem Agnes Binder die Fraueninsel verlassen hatte, kam pünktlich in Gstadt am Chiemsee an. Es war schon dunkel, als sie von Bord ging, und es regnete leicht. Sie verschwand in der Dunkelheit. Später konnte sich kaum jemand mehr an sie erinnern. Man erklärte es damit, dass die Menschen generell viel weniger aufmerksam sind, wenn es regnet.

Erika war mit dem Wagen gekommen und erwartete sie auf dem Parkplatz bei der Anlegestelle.

Das Wiedersehen der beiden Frauen verlief denkbar unemotional. Sie begrüßten sich wie Fremde. Vor über 30 Jahren hatten sie sich zuletzt gesehen. Erika war damals noch ein Kind von sechs Jahren gewesen. Jetzt war sie gerade 40 geworden, fast so alt, wie Agnes damals war, als sie Oberland verlassen hatte.

An ihrem Gesicht sah Erika sofort, dass Agnes sie wiedererkannte, doch dann nahmen ihre Züge schnell einen verwirrten Ausdruck an. Sie wirkte wie verfolgt, gehetzt.

„Kannst du mich nicht doch zum Heinrich bringen?", bat Agnes, nachdem sie ihren Koffer auf dem Rücksitz abgestellt hatte. „Ich muss ihn sehen."

Erika zuckte mit den Schultern.

„Vielleicht", sagte sie und steuerte den Wagen auf die Landstraße hinaus. „Wir können es versuchen. Versprechen kann ich nichts."

Sie fuhren nach Prien. Während der Fahrt sprachen sie wenig. Erika musste sich auf die Straße und den Verkehr konzentrieren. Das Fahren bei Regen in der Dunkelheit bereitete ihr Schwierigkeiten. Ab und zu schaute sie kurz zum Beifahrersitz hinüber, und Agnes erwiderte ihr verlegenes Lächeln, aber ihr Gesicht blieb dabei leer.

„Ich hätte dich nicht mehr erkannt", sagte Erika.

„Ich glaube, ich dich schon", entgegnete Agnes. „An deinem Lächeln."

Erika musste daran denken, dass auch der Heinrich genau das zu ihr gesagt hatte.

Auf dem kleinen Wanderparkplatz an der Harrasser Straße stellte sie den Wagen ab.

„Dort hinten liegt eine kleine Bootshütte", sagte sie. „Gehört zu unserem alten Hof."

„Dem Bachler Hof?"

Erika war überrascht, dass Agnes den Namen kannte, fragte aber nicht weiter nach.

„Ich hab' sie dem Heinrich zur Verfügung gestellt."

„Warum tust du das?"

Immer haben die Leute ihr geholfen, antwortete Erika. Jetzt wolle auch sie helfen, dem Heinrich.

Die beiden Frauen liefen das kurze Stück auf dem Uferweg schweigend nebeneinander her. Dann bogen sie in das Schilffeld ab. Als die Hütte in Sicht kam, blieben sie kurz stehen. Alles war dunkel und ruhig. Agnes sah enttäuscht aus.

„Könnte sein, dass er trotzdem da ist", meinte die Jüngere und ging voran.

Aber er war nicht da.

Erika zündete eine Petroleumlampe an. Das Licht leuchtete die Hütte langsam aus. Agnes ging ein paar Schritte auf und ab und sah sich um. Bei dem Feldbett blieb sie stehen.

„Hier ... *lebt* ... er?", fragte sie unsicher.

„Vorübergehend ... solange er noch nichts anderes hat."

Nachdenklich nickend hob sie seinen Schlafsack an.

„Kalt und feucht. Da holt er sich doch den Tod."

Erika zuckte nur mit den Schultern.

„Er hat schon schlechter gewohnt."

Agnes ließ sich langsam auf dem Bett nieder und schaute sich um. Ihr Blick verriet, dass sie wusste, was Erika damit sagen wollte. Sie deutete auf den Platz neben sich.

„Setz dich doch. Ich denke, ich habe dir etwas zu sagen ..."

Sie legte beide Hände vor ihr Gesicht.

Erika folgte ihrer Aufforderung und studierte sie von der Seite. Die Alte wirkte jetzt nicht mehr sonderlich unruhig.

„Vom Heinrich? Da musst du mir nicht viel sagen. Er hat mir schon alles erzählt."

„Alles?"

Erika gab sich selbstsicher.

„Ich denke, ja. Dass du dich in Oberland um uns gekümmert hast, weil du seine Mutter warst ... bist."

Agnes nickte stumm.

„Hat der Alois es ihm doch gesagt?"

„Dass er dich kennt, ja, aber er wollte nicht, dass der Heinrich dich findet."

Agnes schaute sie eindringlich an.

„Hat er mich denn ... gefunden?"

Erika wich ihr aus.

„Wir haben den Brief, den du damals geschrieben hast ... an meine Mutter."

„An deine Mutter?"

„Sie hat den Brief gehabt ... als sie gestorben ist ... und sie hat ihn mir gegeben."

„Sie ist tot? Wann ist sie denn gestorben?"

„'64", sagte Erika, „im Sommer."

Agnes rechnete nach.

„Dann ist sie nicht alt geworden, nicht wahr?"

Jetzt stemmte Erika die Arme in ihre Hüfte und warf ihren Kopf zurück.

„Was soll diese Fragerei?"

Als eine Antwort ausblieb, hakte sie nach.

„Hast du sie gekannt ... persönlich?"

Agnes schüttelte den Kopf.

„Nein, gekannt wäre zuviel gesagt. Aber ich habe sie kennen gelernt, ja, kurz."

„Wo? In Oberland?"

Die Nonne nickte und sprach dann weiter.

„Ich weiß nicht viel über sie. Wirklich nicht. Ich hatte von ihr gehört, dass sie sich die Bachlerin nannte, aber ich habe sie selbst nur in der einen Nacht gesehen, als sie dich auf die Welt gebracht hat ..."

Erika wurde hellhörig und zuckte zusammen, als sie diese Worte hörte.

„... deine Mutter hat nicht gewusst, was mit ihr passiert."

„Was soll das heißen, sie hat nicht gewusst, was mit ihr passiert?"

„Sie war damals schon krank."

„Krank? Was meinst du damit? Meine Mutter war doch nicht krank."

Agnes legte ihre Hand auf Erikas Arm.

„Doch ... sie war ... damals schon ... nicht gesund ... im Kopf."

Fast sprach sie jedes Wort einzeln aus.

„Nein, meine Mutter war nicht krank", fauchte Erika sie an und zog ihren Arm zurück. „Und im Kopf erst recht nicht!"

Sie erntete einen mitleidigen Blick, und Schweigen.

„Wie hieß meine Mutter?", wollte sie nach kurzem Nachdenken wissen. Sie wurde lauter. Agnes' Blick war fragend.

„Steinberger natürlich. Renate Steinberger."

„Nein! Siehst du? Du verwechselst sie. Meine Mutter hieß Helene", sagte sie trotzig. „Alle nannten sie Lena. Renate, das war meine Tante, ihre Schwester ... und die war ... krank."

Agnes zog unwirsch ihren Kopf zurück. Ihr Blick drückte Unverständnis aus, aber sie sagte nichts.

„Sag was! Was weißt du über meine Mutter?"

„Erika! Deine Mutter hieß Renate, und sie war krank, und dein Vater ... weißt du denn nicht, wer dein Vater war?"

Erika verstummte.

„Nein, das weiß ich nicht", sagt sie nach einer kurzen Pause.

Agnes holte tief Luft und überlegte, was sie sagen sollte.

„Ihr Bruder ... ihr eigener Bruder ...", flüsterte sie wie in sich gekehrt und sprach nicht weiter, denn Erika sprang auf und hielt sich die Hand vor den Mund, als kämpfe sie gegen eine aufsteigende Übelkeit an. Der Atem stockte ihr. So stand sie kurz da. Agnes saß regungslos vor ihr und schaute zu ihr auf.

„Du lügst!", schrie Erika plötzlich. „Was sagst du denn da? Das ist ja ungeheuerlich!"

Agnes sagte immer noch nichts und schaute sie nur an.

„Ich bin zu alt, um zu lügen. Warum sollte ich das tun?"

„Weil dein ganzes Leben eine einzige Lüge ist. Ich weiß doch alles von dir."

Jetzt sah Agnes sie traurig an.

„Ja, da hast du Recht. Mein Leben ist eine einzige Lüge."

Ihre Stimme war schwach. Fast hauchte sie die Worte.

„Aber was weißt du schon davon?"

„Alles!"

Drohend richtete sie ihren Zeigefinger gegen die Alte.

„Der Heinrich, der weiß alles von dir, und er hat mir alles gesagt, alles! Dass er dein Sohn ist, dass du jahrelang mit ihm in diesem Heim gelebt hast, ohne dass auch nur irgendjemand etwas davon wusste ..."

Ihre Stimme überschlug sich. Sie wedelte mit ihrer Hand vor Agnes' Gesicht.

„... und dass du wieder schwanger geworden bist. Und da bist du davongelaufen und hast ihn im Stich gelassen, den Heinrich, dein erstes Kind, und dein zweites Kind, das hast du auch weggegeben, weil es dann leichter war für dich ... abzuhauen. Was für eine Mutter warst du denn? Du hast deine Kinder im Stich gelassen und willst meine Familie in den Schmutz ziehen?"

Agnes kam langsam hoch.

„Erika! Wer sagt denn das alles?"

Wie unter Schock schaute sie auf das Wasser.

„Der Heinrich!", schrie Erika immer wütender werdend. „Der weiß alles über dich, und er hat mir alles gesagt, alles. Eine Soldatenhure, das warst du!"

In ihren Augen leuchtete der pure Hass. Agnes stand jetzt mit dem Rücken zur Wand.

„Nein ... nein", wehrte sie sich. „Das stimmt doch alles nicht ... Soldatenhure? Das hat er gesagt?"

Agnes wirkte konsterniert.

„Ja! Das hat er mir gesagt. Und auch, dass du noch ein Kind bekommen hast ... von dem keiner weiß ... und auch nicht, von wem es war ... weil du hast es doch mit jedem getrieben ... in diesem Heim ..."

Wütend fuchtelte sie mit ihrer Faust vor dem Gesicht der alten Frau.

„Genug! Das reicht! Das kann er nicht gesagt haben."

Agnes hob abwehrend ihre Hand und streckte sie ihr entgegen. Sie überlegte. Dieses Wissen konnte Heinrich nur von Wilhelm selbst haben. Der Verdacht, der sie schon vor Tagen befallen hatte, schien sich zu bestätigen.

„Nein", sagte sie ruhig, „es war derselbe Mann: Heinrichs Vater. Mein zweites Kind war auch von ihm, und er hat mir auch dieses Kind genommen, wie er mir zuvor schon den Heinrich genommen hatte ... ja ... und in Oberland abgegeben, ohne es mir zu sagen, nach dem Krieg. Es war Heinrichs Vater, der das getan hat. Und ein Pfarrer war er."

Tränen schossen ihr in die Augen.

Erika war immer noch außer sich. Sie atmete schwer, während erste Zweifel in ihr aufkeimten. Trotzdem schrie sie die alte Frau weiter ungehemmt an.

„Das ist nicht wahr! Du lügst! So was gibt es doch gar nicht. Du lügst doch, sobald du das Maul aufmachst."

„Nein, Erika", gab sie still zurück. „Ich sage dir die Wahrheit. Mein zweites Kind ... ja, es stimmt ... das war auch von einem Pfarrer, genau wie der Heinrich, und er hat es mir weggenommen und weggegeben ... in Oberland. Begreifst du denn nicht?"

Beschwörend hob sie ihre Hände und sah die Jüngere eindringlich an.

Erika sagte nichts. Sie dachte scharf nach und sah die Verzweiflung in Agnes' Gesicht. Ihr zweites Kind, hatte die alte Frau gesagt, war nach dem Krieg in Oberland abgegeben worden. Das

Gleiche, wusste sie, war auch mit Alois Fischer geschehen. Die Saat des Zweifels ging immer weiter auf. Woher kannte Schwester Maria ihren *Herrn Pfarrer*, fragte sie sich plötzlich, und warum wollte sie ihn tags zuvor so dringend sprechen. Erika blickte in die Augen der alten Frau und sah etwas, was sie längst hätte sehen müssen. Mit einem Mal begriff sie und legte vorsichtig die Hand flach vor ihren Mund.

„A ... Alois?", stammelte sie und schaute auf das Wasser.

„Ja! Alois", nickte Agnes. „Jetzt ist es raus."

Es klang, als habe sie neuen Mut, neue Kraft gefunden, und während sie es sagte, richtete sie ihren Oberkörper auf. „Ich denke, wir sollten jetzt gehen", sprach sie. „Der Heinrich wird wohl eh nicht mehr kommen."

„Ach ...!?" Erika baute sich bedrohlich vor ihr auf. „Und jetzt willst du wieder davonlaufen? Jetzt, wo sie dich wiedergefunden haben, willst du dich wieder aus dem Staub machen?" Sie griff nach ihr und raunte ihr zu: „Nein! Jetzt bleibst du hier und wartest, bis er kommt, damit du ihn siehst, und was sie aus ihm gemacht haben, in diesem Heim. Das soll er dir erzählen."

Agnes drehte sich wortlos weg von ihr. Sie wollte sich an ihr vorbei drängen, doch Erika versperrte ihr den schmalen Weg und packte sie kräftig am Ärmel ihres Mantels.

„Ich hab' gesagt, du bleibst hier, du ... Pfaffenhure, wenn dir das besser taugt."

Reflexartig riss Agnes beide Arme hoch und schüttelte Erikas Hand ab. Einen Moment lang war es totenstill. Die beiden Frauen standen sich auf dem engen Raum zwischen Wasser und Wand gegenüber und blitzten sich an. Agnes spürte Angst in sich aufsteigen, denn Erikas Gesichtszüge waren vor Wut verzerrt.

Plötzlich schrie sie los und schleuderte ihre Fäuste wild gegen die alte Frau. Kaum, dass diese ihre Hände schützend vor ihr Gesicht halten konnte, wurde sie schon von mehreren Hieben an Körper und Kopf getroffen und taumelte zurück. Mit ihrem Rücken prallte sie hart gegen die Bretterwand der Hütte. Erika setzte nach. Ein, zwei Schritte machte sie auf sie zu, bekam ihren schweren Mantel bei den Schultern in den Griff und warf ihre Gegnerin zur Seite. Agnes stolperte und verfing sich in einer Leine. Den Sturz konnte sie nicht vermeiden. Als Erika realisierte, was passieren würde, versuchte sie noch nach ihr zu greifen, doch ihr Griff ging ins Leere. Agnes fiel der Länge nach in das eiskalte Wasser.

Ihr Schrei hallte nur kurz durch die Hütte, und es war kein Angstschrei, sondern es klang eher, als schrie sie vor Überraschung.

Sofort kam sie wieder hoch und zog mit weit geöffnetem Mund zischend die kalte Luft ein. In Panik ruderte sie mit ihren Armen durch das aufgewühlte Wasser, als suchte sie irgendwo nach Halt. Ihren Kopf hatte sie in den Nacken geworfen und spuckte verzweifelt um sich.

Erika stand starr am Rand und blickte fassungslos auf sie hinab. Der Schock war ihr in die Glieder gefahren und lähmte sie. Sekundenlang war sie unfähig, sich zu bewegen. Nur ihr Verstand arbeitete auf Hochtouren und sagte ihr, dass die alte Frau nicht schwimmen konnte!

Agnes streckte ihre Arme nach oben, Erika entgegen, und strampelte mit ihren Beinen heftig gegen das Versinken. Vergebens. Immer wieder ging sie unter, um gleich darauf den Kopf wieder kurz über das Wasser zu recken. Hustend, pustend und keuchend stemmte sie sich gegen das Ertrinken.

Ihre Augen schauten wirr. Sie schrie nicht einmal. Sie schrie nicht einmal um Hilfe.

„Warum schreit sie nicht?", schoss es Erika durch den Kopf. „Warum schreist du nicht?"

Es dauerte einige Momente, bis ihre Schockstarre nachließ und sie ihren Blick von der wild Kämpfenden lösen konnte.

Hektisch schaute sie sich um, unschlüssig, was sie tun könnte. An der rückwärtigen Wand lehnte ein Ruder. Sie flog dahin, griff danach, stolperte wieder zurück und sah, wie Agnes schon hinabsank. Sie kämpfte noch unter Wasser, schlug mit den Armen unkontrolliert um sich. Es war mehr ein Zappeln, und Erika stieß das schwere Ruder zu ihr hinunter.

„Nimm es! Pack es!", schrie sie und tauchte das Holz immer wieder aufs Neue in das klare, bewegte Wasser. Sie suchte die Arme der Frau, aber sie spürte keinen Griff auf der anderen Seite.

„Fass an!", rief sie ihr zu. „Fass doch an ..."

Doch Agnes hörte sie nicht. Ihr dicker wollener Wintermantel hatte sich mittlerweile vollgesogen und beschwerte sie wie Blei. Ihre Bewegungen wurden langsamer, ruhiger.

Sie war schon ganz unter der Wasseroberfläche verschwunden, da machte sie plötzlich noch einmal eine heftige Bewegung, als ginge ein Ruck durch ihren Körper. Ihr Kopf schoss wieder nach oben. Erika konnte sehen, dass ihre Lippen blau waren vor Kälte. Die Augen hatte sie weit aufgerissen, aber sie sah nichts mehr.

Wieder streckte Erika das Ruder zu der Ertrinkenden hin, doch Agnes war schon zu schwach, um danach zu greifen.

Dann schlug Erika plötzlich zu.

Sie legte ihre ganze Kraft in diesen ersten Schlag, und sie wusste nicht, ob es aus Mitleid, Wut oder Hass geschah. Sie schlug einfach nur zu. Krachend prallte das schwere Ruder gegen den Kopf der alten Frau. Erika stemmte sich mit aller Kraft nach hinten und schwang das Holz hoch über sich in die Luft. Von dort fiel es fast wie von alleine in einer halbkreisförmigen Bewegung nach unten. Erika drehte sich mit und zog das Gerät wie eine Sense über das Wasser. Klatschend traf das Blatt auf den Wellen auf und ließ Agnes hinter einer Fontäne verschwinden.

Die Stille setzte genauso plötzlich ein wie die Bewegungen im Wasser erstarben. Agnes begann, langsam hinabzusinken.

Fassungslos starrte Erika ihr hinterher. Der Körper der Alten war schon fast nicht mehr zu sehen, als sie zu ihrem dritten und letzten Schlag ausholte. Ihre Kraft reichte schon nicht mehr, um das Ruder weit anzuheben, aber bevor es eintauchte, drehte sie den Stiel, und spürte, dass sie den Schädel der Frau mit der Kante getroffen hatte.

Sekundenlang stand sie nur da. Das Ruder entglitt ihr und landete polternd auf dem harten Bretterboden. Als sie schließlich begriff, was geschehen war, legte sie vorsichtig beide Hände auf ihr Gesicht und starrte auf das immer noch leicht bewegte Wasser.

Dann rannte sie in Panik davon.

Erst als sie wieder in ihrem Wagen saß, fühlte sie sich sicher. Trotzdem konnte sie nicht losfahren. Im ganzen Körper fühlte sie ihr Blut pochen. Sie atmete heftig und schaute gehetzt in alle Richtungen. Viel konnte sie nicht sehen, denn es war stockfinster, aber es regnete nicht mehr. Sie glaubte, dass niemand in der Nähe war.

Beim Blick in den Innenspiegel durchfuhr sie ein Schreck. Agnes' Koffer thronte mitten auf der Rücksitzbank.

Hektisch zog sie ihn zu sich nach vorne, als wollte sie ihn schnell verstecken. Sie überlegte. Sie konnte ihn unmöglich mitnehmen. Kurz entschlossen sprang sie wieder aus dem Auto, presste den Koffer an sich und lief das kurze Stück zurück zur Hütte.

Dort war alles still. Keine Anzeichen ihres Kampfes waren zu sehen. Nur das Ruder war der einzige Zeuge. Quer lag es auf dem Boden und zeigte auf die Stelle, an der Agnes untergegangen war. Erika räumte es auf und untersuchte, ob Blut daran war. Es war nichts zu sehen.

Aus dem rückwärtigen Verschlag holte sie sich eine kleine Leiter und stieg darauf, um den Koffer in die hinterste Ecke auf die Ablage unter dem Dach zu schieben. Nachdem sie alles andere wieder an seinen Platz zurückgeräumt hatte, löschte sie das Licht der Petroleumlampe und sah noch einmal ins Wasser. Es war dunkel und still.

Für Mitte November war es während der letzten Tage eigentlich zu warm gewesen, aber in den Nächten hatte es schon Frost gegeben, und der Chiemsee war bitterkalt, deutlich unter zehn Grad. Dass ein Mensch darin nicht lange überleben würde, das war Erika klar. Eine alte Frau von 68 Jahren erst recht nicht.

Agnes hatte es keine zwei Minuten geschafft.

22

Am Tag nachdem sie Heinrich in der Bootshütte getroffen haben, ist Sylvias Kurzurlaub zu Ende.

Matthias fährt sie zum Flughafen. Wie so oft, hat sie den gleichen Flug gebucht: 12 Uhr mittags ab München direkt nach Philadelphia. Auf der Fahrt sitzen sie schweigend nebeneinander. Jeder hängt seinen Gedanken nach.

Sylvia denkt an die drei Frauen, mit denen sie sich in den letzten Monaten beschäftigt hat:

Anna Wimmer war als junge Frau in eine Ehe gezwungen worden. Aber sie konnte sich damit nicht abfinden, und plante, dem Leben zu entfliehen, das andere sich für sie ausgedacht hatten. Ihre Segel waren schon gesetzt, aber den Versuch, diesem Los zu entgehen, hatte sie mit ihrem Leben bezahlt.

Therese Bachler hingegen hatte es geschafft. Ohne einen Plan war sie einfach davongelaufen, geflohen vor einem Verbrechen in ihrer Familie. „Das Wetter war ihr günstig", hatte sie in einem ihrer Briefe geschrieben, und der Wind hatte sie ohne ihr Zutun in ein besseres Leben getragen.

Zwei Frauen, die ihr Schicksal selbst in die Hand genommen hatten; die eine freiwillig, die andere getrieben, die eine war dabei umgekommen, die andere hatte ihr Glück in einem fremden Land gefunden.

In jeder der beiden Frauen findet Sylvia auch einen Teil ihres eigenen Lebens wieder, und sie fragt sich, wohin die Reise für sie gehen wird. Irgendwo dazwischen muss es sein, denkt sie.

Und jetzt war da auch noch diese Agnes Binder. Sie musste ihr Leben lang eine Getriebene gewesen sein, eine verängstigte Person, deren Glauben an ihre Welt mehrfach erschüttert worden war. Und auch sie hat schließlich resigniert und versucht auszubrechen, zweimal, und zweimal hat das Schicksal sie wie einen Spielball wieder eingeholt und zurückgebracht, wieder angespült wie Treibgut, hatte Heinrich erzählt.

„Die Geschichte geht mir nicht aus dem Kopf", sagt Sylvia, als sie sich im Flughafen vor der Sicherheitsschleuse verabschieden.

„Mir auch nicht. Ich werde sie aufschreiben."

„Ja", bekräftigt sie. „Gute Idee. Mach das ..."

Eine Weile steht sie schweigend vor ihm und spielt mit dem Ring an ihrer rechten Hand.

„... aber vergiß' nicht: Das ist eine Familienangelegenheit."

„Ois is Familie, ois ...!", entgegnet Matthias.

Sie lacht leise.

„Kenn' ich. Polt, nicht wahr?"

Matthias nickt schmunzelnd und nimmt ihre Hand.

„Das Wort *Familienbande*", flüstert sie mit dem Blick auf ihrer beider Hände gerichtet, „hat einen Beigeschmack von Wahrheit."

Als er nicht reagiert, fügt sie hinzu: „Karl Kraus."

„Ach ja! Wer sonst?", meint Matthias und fängt an zu überlegen, was er darauf sagen soll, aber er kommt nicht weit, denn das Klingeln seines Handys unterbricht ihn. Der Klingelton hört sich an, wie das leise Kichern einer Frau.

Sylvia erschrickt fast und zieht ihre Augenbrauen zusammen, während er den Anruf ablehnt.

„Ich halte mein Wort", sagt sie und lächelt ihn herzlich an.

„Was ich versprochen habe, das halte ich", wiederholt sie.

„Und ich vergesse nichts – fast nichts!"

Ein halbes Jahr später ...

„Heinrich ist gestorben", sagt Erika Steinberger. „Krebs ... die Bauchspeicheldrüse."

„Sind Sie noch bei ihm gewesen?", fragt Matthias.

„Die ganze Zeit über war ich bei ihm ... in Bozen."

„Das ist gut!"

Erika nickt.

„Werden Sie dem Herrn Pfarrer sagen, dass Heinrich sein Bruder war?", will Matthias wissen, bevor sie auflegen kann.

„Ich weiß nicht, vielleicht, irgendwann."

*

„Bin ich jetzt mit der Lokal-Redaktion verbunden?"

Es ist eine Frauenstimme mit dezent bayrischem Akzent.

„Jawohl, datt sind Sie."

‚Jetzt beschäftigen die auch schon Preußen', denkt die Frau sich.

„Können Sie sich an die verschwundene Nonne von der Fraueninsel erinnern?"

„An watt?"

Die Stimme klingt jung.

„Nee, davon weeß isch nix."

„Die liegt irgendwo auf dem Schachenberg, in der Nähe des Gipfelkreuzes."

Der junge Mann lacht.

„Und woher wollen Sie datt wissen, junge Frau?"

„Sagen wir, ich hab's geträumt ... "

„Ja, ja,", lacht er, „da wünsch' isch Ihnen auch andere Träume ab und zu ..."

„Danke! Aber vielleicht könnten Sie es trotzdem so weiterleiten", gibt die Frau nüchtern zurück und legt auf.

Danach dauerte es noch ein paar Tage, bis ein Suchtrupp losgeschickt wurde. In einer Felsspalte unterhalb des Gipfelkreuzes auf dem Schachberg bei Sachrang fanden die Männer die Überreste einer weiblichen Leiche. Anhand des Ringes, den die Tote getragen hatte, konnte man sie schnell identifizieren. Es war der Ring einer Nonne aus dem Kloster auf der Fraueninsel, der Ring einer gewissen Schwester Maria, mit bürgerlichem Namen Agnes Binder, die seit genau 25 Jahren als vermisst galt. Offenbar war sie erschlagen worden. Ihr Schädel wies mehrere Brüche auf. Mindestens einer davon wurde als tödliche Verletzung angesehen. Er rührte wahrscheinlich von einem Schlag mit einem scharfkantigen Werkzeug her; man vermutete eine Axt.

Die Anruferin konnte nicht ermittelt werden.

... das Segel bestimmt die Richtung.

Chinesisches Sprichwort